德清清地流

何建明 著

浙江摄影出版社
全国百佳图书出版单位

宋代葛应龙在《左顾亭记》中云,"县因溪而尚其清,溪亦因人而增其美",对"德清"之名进行了诠释和赞美。

在当代,我以为要诠释百业兴旺、地利人和的德清,则须将精准、精细、精深的社会治理放在首位来论说,似乎这样方可真正地认识德清、珍爱德清、弘扬德清,让德清新发展经验在全中国放射光芒并产生引领意义……

——题记

莫干山

下渚湖

新市古镇

宜居天堂

序　水德行香　清朗生辉

　　认识德清无须犹豫和考虑什么，你只需顺着德清大道，从东往西一路"滑"去就行——那一头是100多年前便让欧洲人为之发狂的被誉为"清凉世界"的莫干山……春天的莫干山有多美，人间所能想象和描绘的春色，皆可以在此找到。即使到了冬天，你依然可以感受到这里的"清凉"是那样悦心，因为松柏和青竹上挂着雪珠与冰花，其实有着一种爽爽的暖意。

　　我说一路"滑"去看德清，是因为12公里长的德清大道是德清的缩影：她美，美得青春，美得滑润，又十分娇艳与温馨；她鲜亮，处处流光溢彩，让你的眼睛无法移开片刻；她激情澎湃，富有朝气和生机，郁郁葱葱中奔流不息的气息似冲浪般激荡着吸引着你，呼唤你去感受、去触摸前方更美的景致，以及接受和拥抱她……

　　这就是德清。你在行中闻其香气，你在观中品其味道，你在听中享其韵律，还有清朗与生辉的诱惑……

　　任何时候，沿着德清大道，你的心都宛如在绸上行走，"滑"然而行，乐然而行，欣然而行，并会久久陶醉于其中……

　　这就是德清。她让你"滑"出的心，如梦如幻、如云如虹，而忘却归途。

　　能让心"滑"着而行的地方，一定是令人称心如意、神清气爽的。

　　即使在2020年这非同寻常的疫情防控期间，你来德清，你的心依然会感到爽爽然、悠悠然的惬意和舒坦。

　　不是所有土地都可以让人"滑"然而行,能让你的心"滑"然而行的，一定是美而优、舒而适、和而平、温而顺的地方，她自然更是奋进与希望、幸福与美满的存在……

所有的真实与真情皆在此间显现，自然每一块土地上的色彩——这里指的是疫情下的人的表情和一个地方所呈现的表情，或尽然绽放，或悄然失色……难怪钟南山和李兰娟对德清格外寄予情愫，赞美这片土地就是他们心目中的"人间天堂"。

其实，一场突如其来的疫情，已经让无数原本如纸花和玻璃画般美妙的景象，彻底地支离破碎。

然而，德清依然美丽、纹丝未变，恰让我心更加"滑"而行之，因为那里的人——普通的百姓和勤业的干部，他们从心底溢出的笑容让我毫无阻碍地舒展着"滑"的心路——

是的，这里的一切没有因疫情而伤碎，只有比以往更好。

"上有天堂，下有苏杭。"位于苏杭中央的德清，很好地保持着自己泰然自若的本色，几乎没有被风云变幻的肆虐疫情所左右。这需要特别地称道，也从另一方面更准确地诠释了我的"题记"。

在中国的文字中，"清"通常是指自然和本色，或者是自然界的一种天成固有的底色，它蕴藏着某种不可侵犯的高贵和神圣。

"前溪沧浪映，通波澄渌清。""碧水千塍共，青山一道斜。""远山翠隔几重围，行出山前翠渐微。""溪塘曲曲乡间路，云水茫茫野浦烟。"……阅读古今千篇咏颂德清的诗赋，我们所感受到的皆是水色天青。于是我们也知道了有水流淌着的山与田，一定是清凌凌的；清凌凌的原野与山岭，也必定是水盈漾漾，波光明耀。一开始，我一直没弄清楚为何明明是一片湖塘，却被德清人称为"漾"。原来这"漾"有讲究，它非简单的一种水动之状，而是内藏着一种当地人悠闲自得的精神状态，以及内心求安积善的高尚品质。有风轻漾，无风则无漾，可谓动静相宜、灵秀温情而适之——德清地域与人性本色也。

叹之!

今德清人皆知古人称"溪以其清而为县之最胜",却将后一句"龟以其灵而为溪之至祥"隐在心头,深深地藏了起来。其实,这才是德清最为重要的人文底色。

"龟,神物也;敬康,清正人也。"(宋·葛应龙《左顾亭记》)这话的大意是:德清山清水秀自然美,是"龟"这灵性之物在起作用,而让这块土地永葆吉祥和美的正是这里的"清正人"。龟在中华民族的传统文化中,是一种吉祥高贵之物。古人认为,"溪以其清"可使这块大地生德,而溪中存龟,则可使有德的大地飘然行香。

其实,古时把具有灵气的神龟,视为奠定社会执政能力和执政智慧的基石。

我曾经多次来到德清,一直在寻找一个答案:为什么德清总能让人眷恋与赞叹,并且还会让人产生一种走时不舍、离别许久后仍念念不忘的情愫?

这是为什么?

呵,现在我明白了,弄明白这一真谛竟然也与这场突如其来的疫情有关,虽然看起来十分偶然,却隐含着丰富而深刻的必然——

司机把我从上海接到德清,是 2020 年 4 月 11 日的上午。到达德清县城已是中午,因为我事先提出要见见县委书记,所以一直与当地的几位文化人在饭桌上等。原本定好 11 点半与书记见面,但一直到 12 点半仍然没有见到她。

"实在抱歉,今天上午书记有三个活动,所以很不好意思,耽误您了。"县里的同志一次次向我解释。其实对我来说早一点晚一点都无所谓,只是心中有些不解:周六休息日,县委书记竟然还要参加三个活动,到底是什么样的事让德清"一把手"忙成这样?

"第一件事是书记特意安排利用早餐时间给正在德清休养的浙江省援鄂医疗队员补一顿春节'团圆饭'……

"第二件事是德清县人民政府与阿里巴巴签署《数字乡村建设合作协议》,书记是一定要出席的。

"第三件事是浙江省援鄂医疗队纪念林植树活动,书记需要出席。"

做这三件事,德清县委书记在一个休息日至少得早上7点钟左右出家门喽!

"是的,不仅书记、县长是这样,我们德清干部基本都是这个样……大家都已习惯了。"

与德清的同志一番对话后,我豁然开朗,对"德清为什么行"有了清晰的答案:

原来,这里的执政者在数年间一以贯之地以自己全身心的德行和追求高尚与完美的志向,如涓涓细流般滋润着这块美丽的大地,所以才使德清越来越充满迷人的魅力,并让所有来者都油然而生一种不舍、不忘和叹为观止的情愫。

"人有德行,如水至清"——这八个字映衬了千百年来的德清底色,也映照了流光溢彩的德清本色。不错,看这里的山,看这里的水,看这里的人,皆可与这八字贴合。然而,以我所见和所感看德清,尤其是观改革开放以来的德清,那生机勃勃、气象万千、社会安宁、百姓幸福的社会景象,再用"人有德行,如水至清"八个字来表述,似乎已经不能代表她的全部,尤其是她的精神内核!

那么,在中国特色社会主义思想引领下的新德清和未来的德清又是什么样呢?又应该是什么样呢?

我在想,我在看……

我在看,我在想……

直到有一天,我登上碧波荡漾的下渚湖中那座高高的楼阁,再转头遥望远处烟雨蒙蒙中的莫干山时,心头突然"蹦"出八个字——"水德行香,清朗生辉"!

是啊,你瞧这轻拂的春风中,那山环着湖、湖连着漾、漾牵着溪、溪绕着田、田围着庄、庄簇拥着城镇的德清大地上,那如上苍落下的明耀耀的"联合国世界地理信息大会"会址的巨型明珠,那车水马龙、四通八达、鲜花簇拥的城市宽阔街道,那幽谷秘境、鸟语醉神的裸心谷、郡安里,那揽天丈地、行山走水的地理信息小镇,那湖中映人、人行水动的百亩漾洲和银燕飞翔、满天如星的"通航机场"……这,不正是当今德清风流人物和60余万人民"水德行香",才使这片古老而焕发青春的大地"清朗生辉"的吗?

是的,今日之德清,处处"水德行香,清朗生辉"!因此,我们每个见过她的人,也会怦然涌起磅礴的激情和漫溢的诗意……

正是因为她有着奇异的生动和精彩的美丽,以及丰富的内涵和可以比照的事物,她必定会让中国乃至整个世界为之倾倒与折服。

因为这里,有我们所期望的那种社会形态和现代文明社会的治理模本和样板……

七	『德清样本』这样诞生	65
八	五四村模板	76
九	中国第一个『城市大脑』	87
十	数据密码激活秀山丽川	96
十一	万鸟归巢于吾乡	114
十二	唤醒了沉睡最久、最美的『你』……	127
十三	让躺倒的土地站立起来	141
十四	『微改革』——嵌入心坎的情	157
十五	田野上的钢琴曲如此悠扬动听……	164
十六	『好山好水』前后是好人	179
十七	闪耀光芒的一颗『珠』精神	196
十八	邂逅你是风华与浪漫，是幸福与向往……	227

目录 — contents

序　水德行香　清朗生辉	1
一　高光时代这样开启	1
二　22年前的那一场『德行』叩问	12
三　自带光环的『裸心』	23
四　乐水里有至高尽美	38
五　『地』与『球』的魅力	42
六　从『小镇』到联合国	53

一　高光时代这样开启

这个世界上什么最难？毛泽东时代就有人说过：改造农民、管理好乡村是最难的一事。这个世界上什么最强大？以前我们一直认为核武器最强大，现在看来可能一个肉眼根本见不着的病毒都会比核武器要强大十倍、百倍。然而，经历一场肆虐全球的新冠肺炎疫情浩劫之后，我们会发现：其实真正强大的既非新冠病毒，也非称霸世界一百多年的美利坚合众国，而是我们中国的普通乡村以及生活在这里的人们——在德清，你会感受和看到这样一个我称之为"高光时代"的中国。

中国已经开启了这样一个伟大时代，西方世界的一些人不愿相信，因为在他们的观念中，中国是落后的，是得依靠西方的技术与文明才可能追随其后并由此获得一定的发展与进步的。所以他们无法相信，今天的中国怎么可能会比他们更强大、更高效、更科学和更人性化呢？

新冠肺炎疫情的发展结果给了整个世界这样一种怀疑。其实原因并不复杂，因为他们不了解今天的中国，不了解今天的中国人如何生活和享受现代科学技术，更不了解中国今天所追求和已经开启的完全不同于过去五千年文明的一种全新的社会管理体系与管理方法……

外人无法理解为什么一向自认为国力强大、资源丰厚、体系敦实的国家，竟然在一种常人摸不着、看不见的病毒面前被打得落花流水，甚至造成瞬间的国体"崩盘"与制度瘫痪，而在中国，情况则完全相反：虽然我们也有失误，但我们迅速调整战略战术，充分发挥国家制度优势和人民团结一心的力量，以国家动员的形式和14亿人众志成城的战斗姿态，以最快的速度遏制住了病毒的传播所带来的危害，挽回了千百万人的生命并确保了国家的稳定与巩固。

大疫让"中国为什么能"这个问题更加引人关注了。

而德清就是这样一本书，一本能够让全世界明白这个问题的书。

老实说，在没有深入考察和了解德清之前，即使长期在北京生活，又非常熟悉上海的我，竟然也对已经走在全国许多城市和乡村前面的今日之德清社会，有着同样的惊叹和惊喜：什么叫让人骄傲的国啊——德清就是其缩影！

是的，别说那些一向对中国崛起怀有敌意和怀疑的西方世界，即便是许多坐在书斋里的中国人自己，也并非十分了解日新月异、一日千里的祖国。但它就是这个样！它就是这样美！

我让 天地 焕然 一下灿烂
我让 年华 猛然 一下慌乱
我让 空气 醉然 一下酥软
整个 地球 油然 围着我转
我让 小鸟 欣然 围着赞叹
我让 花朵 嫣然 围着摇颤
我让 鱼儿 跃然 围着追赶
……

我自己都没有想到为什么写到这一处时，竟然想到了一些爱美又喜欢自夸的年轻人唱的这首名为《我怎么这么好看》的歌。但我确实想用一种青年人喜欢的口吻来赞美和形容我正在书写的德清。很多时候，文字和语言都会失去魅力，或许唯有载歌载舞才能准确表达对你羡慕和敬重的那份真挚情感。

今日之德清和德清社会，正是我想用"你为什么这么好看"来表达对其的疑问和认识。这其实可能是所有来过德清和不曾来过德清的人的共同问题。

德清到底发生了什么？德清过去和现在到底有什么不一样？德清正在向何处发展？……变化着的德清又是个什么样？

这，正是我想探究和未来许多人想知道的事。它对中国的未来和世界的未来意义深远而迫切。

地处浙北、距杭州和湖州城区都仅有40余公里的德清，它的四周是桐乡、安吉、南浔和杭州。如果再放大一些，那么德清恰好在两个"天堂"中间。有句古语："上有天堂，下有苏杭。"德清人自豪地这样说："我们在天堂的中央。"德清与杭州毗邻，但属于湖州市管辖。过去它又一直被杭州人称为"后花园"。然而今天的德清人并不太喜欢这种说法，因为他们开始自信地说："德清就是德清人的花园。"这话的意思是：德清是独立、美丽、具有自强能力的花园，无须依傍谁而求取光辉。

古时隶属九州之扬州的德清，曾立国称为"防风国"。其部落首领防风氏与治水英雄大禹平起平坐，传说其治水本事不逊于大禹，所以大禹对防风氏心怀妒忌而斩之。史书上留下防风氏一段悲壮的功绩。如今德清下渚湖一带依然屹立着一座防风祠。德清一带历来是兵家必争的富饶之地，故称"武康"。在很长一段时间里，武康和德清两县分治于此。直到1958年，旧时的武康和德清合二为一，称德清县，一直延至今日。如今的德清县城，其实是1994年才迁定的原武康镇址所在地。然而，新德清县城经过20余年建设，早已成为一座镶嵌在江南大地上的现代化水乡名城。

然而，即使有着如此地理优势、自然条件很不错的德清，其实在发展历史上也曾有过尴尬的时候。说德清，必说莫干山，因为莫干山的名气在很大程度上比"德清"二字的分量还要重。之所以重，是因为它重在"文气"上。一个经典的历史传说，能托起这块天地的"高光"。

许多不了解古中国吴文化历史的人，开始一定会对"莫干山"这个名字产生好奇。而像我们这些从小熏陶在吴语之中的人，对生于斯、长于斯的土地上的历史传奇故事早已耳熟能详。

莫干山这一座名岳，其实是因纪念一对恩爱而又能铸一手好剑的夫妇而得名。相传春秋末期，有一对夫妻名叫干将、莫邪，他们是当地有名的铸剑神手。两人曾在莫干山剑池畔铸过一对雌雄剑，雌剑名"莫邪"，雄剑号"干将"。故剑以人名，山以剑名。莫干山由此得名。

莫干山剑池

干将生成八尺之躯,英武异常,与师兄之光一起拜剑祖真人为师,学得一身采炼五山铁精、六合金英之艺。满师回乡后,采药师芦花老爹把独生女儿莫邪嫁给了干将,夫妻俩便在山上以铸剑为业。

国王得知铸剑神手的英名,限令他们在三个月内铸成一把稀世宝剑进献。夫妻俩立即寻找铁精金英,并选定深山飞瀑处为铸神剑的地方。开炉后红焰腾空,日夜不息。九九八十一天后,炉中金汁还是不能达到沸点。莫邪用瀑布泉水调和山中黄土,割断头发,剪下指甲搅拌成泥团,再对着泉水照自己的面影捏成人像,投进冶炉。忽听炸雷一声响,一团白烟冲天升起,久久不散,炉内金汁沸扬,很快铸成宝剑毛坯。夫妻俩又在瀑布旁淬、铲、磨、锉、刻……终于铸成雌雄二剑。这剑神奇,合则为一,分则为二,青光耀眼,寒气逼人。

准备献剑的前夜,干将在门外舞剑,狂风中一条竹青蟒蛇飞来,吐出长舌,一口吞了宝剑。咔嚓一响,蟒蛇变成剑鞘,鳞纹错落,极其精美。恰在此时,室内婴

莫干山美景

儿啼哭，莫邪刚刚生了个男孩，为纪念夫妻铸剑，给孩子取名"莫干"。

夫妻俩知道国王生性残忍，只怕献剑凶多吉少。莫邪便让干将把雄剑连同神鞘藏起，雌剑献给国王。国王看那剑果然是青光四射的宝器，便问此剑妙在哪里。

干将道："妙在刚能斩金削玉，柔可拂钟无声；论锋利吹毛断发，若诛戮血不见刃！"国王大喜，命他试剑。一缕青丝放在剑口轻轻一吹，只见丝发根根对断，文武百官齐呼："神剑！神剑！"国王又问："如何能试诛戮不见血？"干将说可用牛羊。国王大怒："神剑岂可沾染畜生污血，我就想借你的六阳之首！"干将大笑，从容对答："杀献剑者，谁来献剑？杀献策者，谁来献策？"国王却说："世上只留此一剑，寡人就安心了！"他站起身冲下宝座，一剑杀了干将。

干将人头落地之后，旋转五圈，圈圈大叫："国必亡，王必丧！"其状其景，无不令人震惊。

后来的结局，有一则民间传说这样描述：

干将被害的 16 年后，其子莫干长成英武少年。在他生日这天，母亲莫邪把铸剑、献剑、干将被害的事情告诉了儿子。莫干在竹林中一棵竹子的洞孔里找到雄剑，发誓为父报仇。

莫干在途中遇到父亲师兄之光大伯。大伯告诉莫干，要报仇需借两样东西，一是借你宝剑，二是借你头颅。接着他讲了诛杀昏王的计谋，莫干二话不说便割下自己的头，连同宝剑，双手捧给之光大伯。

铸剑师之光袖藏宝剑，手提包袱，来到王宫前一路高叫："玩奇童之头，看世间妙术！"国王闻讯立即召他进宫。之光让人备鼎升火，一会儿油鼎内油浪沸腾，之光打开包袱，将莫干人头放进去。那头颅顿时随着油浪起伏，上下翻动，嘴里还唱起歌来："王不王兮国乃亡……"国王正站在边上观看，奇童头忽然连叫三声"昏王"。之光大喝："干将剑在此！"只见他抽出袖里宝剑，轻轻一挥，国王的头便掉进了油鼎。奇童头和国王头立即斗了起来，眼见国王头老奸巨猾，之光说："贤侄，我来助你！"他一剑剐下自己的头落入鼎内，与莫干头合力把国王头颅压到鼎底。

这时一股旋风从神剑里旋转而出，剑鞘变成一条巨蟒，一口吞干将剑，一口吞莫邪剑，然后化为一片金云飞出宫外，直升天空……

莫干山剑池。一队官兵进山捉拿莫邪，莫邪正在铸剑池边祭奠丈夫，忽见池潭里白浪涌腾，一条巨蟒跃出，口中飞出宝剑，银光闪处那带队的狗官已人头落地。宝剑又飞回巨蟒口中，巨蟒连连向莫邪点头，莫邪知道雌雄剑已飞回剑池，纵身一跃，跳进了深潭……

当地人为了纪念干将、莫邪，便把他们铸剑的地方叫"剑池"，其所在山称为"莫干山"。

"莫干故事问真假，总是江南第一山。"应该说，德清大地第一次"高光"是因为这一传说。当然，在德清境域内还有一座被称为"封山"的山也很有名气，它的成名是因为在中华五千年文明史上，曾经有一古国防风。与大禹同时代的防风氏，治水有方，但被大禹屈杀，人们为了纪念他，将现在德清县下渚湖街道境内、距莫干山 30 公里处的一座并不显眼的小山称为"封山"。而此处恰巧也是古防风国的立国所在地。古书《太平寰宇记》有此记载："上古防风氏尝居此山"，"武康县防风山在县东一十八里，先名封山……古防风氏之国。"海拔仅有 125 米的封山虽无法与莫干山相比，但其因有了更悠久的历史衬托而更显"高光"。

然而，莫干山在当今世界真正走向"高光"，则是因为1894年一个叫佛利甲的美国传教士在此一游并在欧美报刊上著文称其为"消夏湾"，之后，德清莫干山的名字便一下在一百二三十年前的19世纪末20世纪初名扬海内外……在上海，我曾经听人说，1843年上海开埠以后，洋人的大铁船开始浩浩荡荡地驶向这个昔日的中国东方渔港。对中国的土地，洋人是陌生的，于是他们在驶入吴淞口后，站在大铁船的甲板上，用望远镜向陆地的西部察看，原来上海是一马平川的冲积平原，几乎没有任何山丘。于是拿望远镜的船长将镜头往上仰了一下：看到了！那边有座山峰，应该有一两个小时的汽车行程……于是，一些最早登陆上海的洋人们在节假日和他们认为可以逍遥的日子，或骑着马，或骑着自行车，或叫上几辆黄包车，向着那座山的方向寻觅度假的"a very good place"（好去处）。但后来发现，车子根本不管用，这片"平川"上根本没有路可走，唯有"水路可行"。于是，一群西方冒险家第一次经历了中国小船上的长途旅行。"看上去就在眼前，却要走几个日落日出。"——一位德国商人这样感叹。他们从上海出发，然后沿京杭大运河到达塘栖，再穿过德清老县城乾元到武康，由避暑湾上岸至三桥埠。下船后，洋人依然感觉就在眼前的山仍然很难抵达，只好坐上当地最时尚的竹轿。这种竹轿是为上山者特制的，全是用当地所产的毛竹制成，由俩人前后抬着，其实坐在上面很霸气，也很舒服。习惯于坐汽车和骑自行车出行的洋人们发现中国的这种"人力坐车"很有味道，也很有气派，再加高高在上，于是有人给它起名为"王座"，意为王者之座。由于在平地和上下山时，坐在竹轿上面"一起一伏""一颠一簸"的那种节奏感和"吱吱嘎嘎"的音乐声伴在一起，格外悠闲与舒坦，所以"王座"后来在洋人口里与回忆中经常听到，说的就是德清的竹轿。

德清的第二次"高光"，其实应该要从莫干山被洋人们"认识"的这一次算起。因为洋人们在上海做生意之际找到了一处绝佳的天然度假地——莫干山，所以到德清、到莫干山，成了20世纪初的上海洋人最喜欢的一种时尚度假行为。洋人们在大上海赚足了钱之后，就成立了一个"避暑会"，专门到莫干山和上海周边的风景名胜地避暑度假。这个"避暑会"尽由大亨们组成，所以很有实力，除了外国商人外，还吸收了部分中国买办，因此可以对当时的中国政府机构吃三喝四。后来在"避暑会"的要求下，起步才没几年的上海铁路局开通了上海至杭州拱宸桥的专线火车。这下德清和莫干山就完全进入又一个全新的高光时代：上海的洋人和各界大亨、社会名流纷至沓来……

"自三桥埠西行五六里，至新凉坞，一路稻香，垂穗离离。过乌程桥，溪光绕路，潺潺出履下。又五六里，至庾村，则山家俱在翠微深处，绿竹如篸矣。取道竹坞中，仰不见日，春夏如秋。蹑涧石，旋折而登，皆危崖壁立，下临绝壑。石磴陡峻，百步一休，盖乐其道之险，而忘其疲焉……"

于是乎，莫干山旁的山民们从此常常在路上一边擦着汗珠，一边口中念念有词地哼着前武康知县吴康侯的《莫干山记》，奋力向山的巅峰迈进。

继美国人佛利甲之后，法国传教士谭卫道又为莫干山做了一件大事：这位动植物学家，花费大量精力，跑遍了莫干山的角角落落，收集了数百上千种动植物名称与词条，仅杜鹃一花，他在此就发现了52个新种类，而莫干山上他所发现的鸟类多达807种。这"东方植物园"的美名也由此冠在了莫干山身上。

> 世界上多少晶莹皎洁的珠宝，
> 埋在幽暗而深不可测的海底；
> 世界上多少花吐艳而无人知晓，
> 把芳香白白地散发给荒凉的空气。
> ……

1898年夏天，英国人洪慈恩带着家眷来到莫干山，他完全被这座东方神山所吸引，并陶醉于其中。于是，一边口中吟着他所崇拜的当时英国最著名的诗人托马斯·格雷的诗句，一边对夫人说："我要在此为我们建一座安身的别墅，以证明我们的爱情天长地久……"于是，莫干山上的第一座欧式别墅在山巅上巍峨挺立，成为一道耀眼的示范式风景。

从此，"到莫干山建座别墅"成为大上海洋商人和本地名流的一种身份象征。

莫干山别墅由此蓬勃而生，金光而起，名震四海！

那青翠的山峦之中，嵌着一座座风格各异的别墅，宛若一颗颗璀璨的珍珠和宝石，让古老的莫干山从神奇的传说过渡到了现实和时尚的风雅之上，并且清香之味一直延续至今……而今，我们在莫干山上所见的那些星罗棋布的各式别墅共有250多座，被誉为"世界建筑博物馆"。莫干山由此声名远播，同时也成就了"半部中国近现代史"——数不清有多少重大事件和重要人物与此山结下了不解之缘。皇后饭店与毛泽东、蜜月小栖的蒋介石和宋美龄、白云山馆与黄郛、静逸别墅与民国大亨张静江、雄庄与郭沫若，以及巴金小楼等，可谓金光灿烂，光灼目眩。

"此处风水好，敌我皆喜欢。"改变了中国现当代史的两大人物蒋介石和毛泽东，皆在莫干山上留下了重要的历史印迹。特别看重"风水"的蒋介石据说曾四次来到他位于莫干山的官邸，而且皆为重要历史时刻：第一次是携新婚夫人到此度蜜月；第二次是见国民党元老黄郛，谋求他支持自己当民国总统；第三次是来与中共代表周恩来商谈第二次国共合作；第四次则是在蒋家王朝崩溃前夕，召集幕僚在此谋划币制改革，讨论发行金圆券的问题。

故人背影尚未消，一代伟人又上山。1954年3月，中国人民的伟大领袖毛泽东在杭州主持审定中华人民共和国第一部宪法期间，难得来到莫干山小憩。他在皇后饭店用过午餐后，便健步上山。此日，毛泽东主席一路拾级听瀑，心情十分好，诗兴上来的他，常在古人留下诗篇的石崖与悬壁前驻足良久，且口中喃喃有词。在当日返回杭州途中，老人家随口占出一首绝句：

> 翻身复进七人房，回首峰峦入莽苍。
> 四十八盘才刚过，风驰又已到钱塘。

这首《七绝·莫干山》诗篇中的"七人房"，是指毛泽东主席去莫干山坐的轿车，内可容七人，而"四十八盘"是指弯弯山路。此诗脱口而就，轻松如意，又气势磅礴，让许多开国元勋纷纷跟着造访莫干，作诗和韵。

且看陈毅元帅诗作：

> 莫干好，遍地是修篁。
> 夹道万竿成绿海，
> 风来凤尾罗拜忙。
> 小窗排队长。
> 莫干好，大雾常弥天。
> 时晴时雨浑难定，
> 迷失楼台咫尺间，
> 夜来喜睡酣。

莫干好，夜景最深沉。
凭栏默想透山海，
静寂时有草虫鸣。
心境平更平。

元帅的诗，让大文豪郭沫若看到后喜不自禁，立即作七律一首，以表达对元帅诗才的感佩，诗曰：

一柱天南百战身，将军本色是诗人。
凯歌淮海中原定，坐镇沪淞外患泯。
赢得光荣归党国，敷扬文教为人民。
修篁最爱莫干好，数曲新词猿鸟亲。

"若到江南赶上春，千万和春住。"这是北宋词人王观在送别好友到浙东时写下的一首词中的一句，意思是，倘若你在江南遇上了春天，那就请把这里的春色留住。我以为，所有来过莫干山的人，也都会有"千万和它住"的心愿。

20世纪五六十年代的莫干山，因为毛泽东，因为毛泽东的战友们频频上山，莫干山上的风，变得和中见强，莫干山上的雨与露，也似乎闪动着时代风云的灵光与精神……这是莫干山可以载入史册的高光岁月。

之后的20来年，莫干山因神州大地的风云变幻而淡出和寂静了许多，它似乎在静观北的风寒、南的炎燥，并且恰时选择春的时机再度焕发荣光……

1984年秋，也就是中国改革开放的第七个年头，莫干山悄然迎候一群又一群意气风发的年轻学者上山，他们中有后来威震四方的王岐山、马凯等国家经济建设和政治改革的顶梁柱。

那场名为"中青年经济科学工作者学术讨论会"的会议，共有124名中青年学者参加，他们中不乏初出茅庐的经济学子，也有在政府部门中工作多年的才俊。当时，他们都有一个共同心愿：要为中国经济发展和改革开放倾尽自己的才情与学识，尤其是在经济价格体系建设方面，欲"杀出一条血路"。故而，那1300多篇不设框框、不戴帽子的论文脱颖而出。会议的成果上报党中央、国务院之后，引起邓小平等中央领导的高度重视。当年10月，党的十二届三中全会通过的《中共中央关于经济体

1984年莫干山会议全体与会人员合影

制改革的决定》如春雷响起，一场以价格改革为突破口的经济体制改革，也由此在全国各条战线全面展开……

莫干山会议由此成为我国经济体制改革的一个里程碑。

自古英雄出少年，改革有潮上莫干。自此之后的30余年间，中国进入前所未有的调整发展的阶段，那磅礴而气吞山河的态势，直至今日，令世界头号强国也心存敬畏……这次会议是莫干山又一个高光时刻，又一个值得载入史册的篇章。它让当时的中国"云开雾散，风和日丽"，是中华民族伟大复兴征程上一次具有里程碑意义的事件。

自古莫干是仙人，石破天惊剑溅火。当自然的莫干山与国家的莫干山紧密连在一起的时候，德清又将如何谱写自己的高光时代，成为这块美丽土地上的一篇锦绣文章？谁来书写？谁来引领？又是怎样的篇章？怎样的河山？

全国和全党的目光再次聚焦德清，注视莫干。

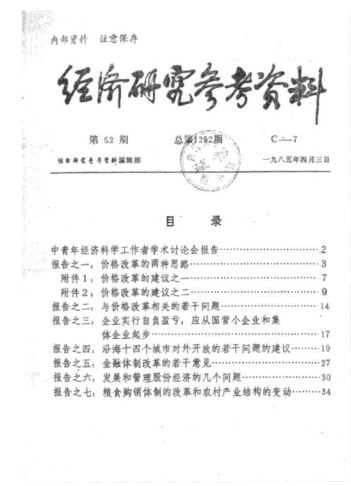

莫干山会议形成并上报中央的8篇报告，即《中青年经济科学工作者学术讨论会报告》，后载于《经济研究参考资料》第52期，总第1252期

二 22年前的那一场"德行"叩问

德清是什么？德清当然是"人有德行，如水至清"。然而，德清并非如此简约，它具有丰富的内涵。其实，"德清"是一种状态，一种不服输的状态，也就是我们经常说的奋斗与进取的精神状态。

如果不是掀开德清曾经的一段"停滞"的暗淡岁月，你很难想象，这么一个如诗如画的县级区域有多难得：山是青的，水是碧的，村庄嵌在花丛之中；条条溪流，宛若仙境中的神来之笔，勾勒着这块古老却又青春焕发的大地；智慧之城、未来星月、水墨乡镇和四通八达的立体交通网井然有序地铺开；整洁干净的街道间，不时响起琅琅的读书声和悦耳的歌乐；荷花盛开间的采珍珠小舟，泛波游弋；天上的飞鸟，与水上的鸬鹚，同欢于湖漾之上……

人当然是德清最美的资源。这里的人，敢干肯干实干，奋斗精神超乎许多人的想象——仅各种改革试验就多达近百项！这样的试验为了啥？就是为了自加压力。无数次听人说为了打造一个"文明卫生城市"，干部们可以脱几层皮。那么德清要完成近百项改革、先行试验又是自加多少压力？将会脱多少层皮呢？然而他们每每谈起一个新的改革与先行的试验项目时，脸上总是荡漾着一股奋斗的激情，以及永不知疲倦的工作斗志。近一年多来，因为多次去德清，我加了当地一些朋友的微信，从此每天都能看到"德清消息"，而让人大为意外和惊喜的是，这里几乎天天出新招、天天有成果，简直令人目不暇接，眼花缭乱。如果你再到德清亲眼看看，会发现这里的每一件事、每一个方面，都干得出色，都走在别人前面……近乎完美的德清，让我常常这样想：这里总在诞生"明天的中国"……

"明天的中国"是什么样？看一看德清就知道：现代化的、文明的，城乡皆美丽如画，百姓安居乐业，各条战线欣欣向荣、生机勃勃。你说山，它是青的、峻奇的，莫干便是；你说水，它是碧的、绿的，下渚便是；你说地上，它飘着稻香和麦香，映着花木茂盛，以及万千农家乐与洋家乐；你说天上，飞机与卫星无时不在这里经过……而德清最吸引你入迷的是它高度发达的智慧城市模式的开启与运用，城乡每一个角落都无缝衔接着所有可知的数据与人们生活、工作、教育、卫生、学习等等所需要的服务体系，以最佳、最优的状态在为你服务和满足着你的所需。这里的社会与社区、管理与监督、效率与效益，都和谐、温馨、饱满、丰富并生动地展现着一个文明社会、智慧城市、高度发达的现代生活水准的新天地——这样的天地，既有古人所向往的"石韫玉而山辉，水怀珠而川媚"，更有今人离不开的四通八达、健康平安和高效便捷！

这不就是我们所期待的中国特色社会主义的明天吗？这不就是我们所期待的超越强大的他国而又不失自己传统的美丽家园的"理想谷"吗？此地，可观清丽的山水画，可吟荡气回肠的韵律诗，更可读伟大时代壮阔傲人的发展史和美美与共、人人求美的人文图……

但，你可知，德清这样的美美与共、人人皆美之图的真正高光时代从何开始？从何而来？这，或许只有德清人自己知道。

一百年前，在北京大学求学的德清籍青年学者俞平伯先生就撰文指出：道德是人生上第一切要的事。

对一个社会而言，德同样至高无上，因为什么样的德在此引领与生根，将决定这个社会里的人走向何方、心智高低、本性善恶。

对一方土地而言，德更不可轻失，失者山不再是山，地不再是地，天更不可为天，江流不再为清水绿波……如此之地，人怎可复存？物怎可复生？

德，代表着人的行为、思想、意识和境界。厚德者，方可让百姓安居乐业、健康益寿、发达兴旺，也能使一方土地久新永青，生机勃勃，立于不败之地，胜于他处。

有德者，常念天地与自然之恩，常怀怜民恤民之情，常揣奋斗躬业之力。

德清者，即是道德的清道夫，道德的清朗者，道德的清醒者。历史和现实的印痕，辉映着德清人这般心智和德行。于是我们才知道22年前为什么有人大声疾呼：

德清，你怎么啦？

德清，你不知耻啊？

德清，你为何都是"倒数第一、第二"？

1998年《20年后看德清》一文激起千层浪

德清，你拥有良好的区位优势、经济基础，以及出众的人才，可你为何在20年间却败给了你曾经轻视过的人？

这篇刊发于当时《莫干山报》头版头条，题为《20年后看德清》的记者评述，字字句句振聋发聩。22年前的一张老报纸，虽已陈旧，然而满版的文字，犹如声声警世之钟，捶打在当时每一个德清人的心坎上……

1998年11月27日这一天的《莫干山报》，在刊发《20年后看德清》一文前有篇编者按这样说：

本报今天发表德清与周边8县市主要经济指标对比表和《20年后看德清》的记者评述。

一张对比表，静观是几个数字，展现在我们面前的却是一幅波澜壮阔的时代画卷和20年间实力对比格局之大变动。面对这一表一文，相信每一个德清人都会陷入深深的反思。

古人云："知耻近乎勇。"今人讲："发展是硬道理。"我们相信，反思之后是奋起，是奋争。

德清下一步该怎么走？在纪念改革开放20周年之际，县五套班子领导审时度势，决定在全县上下开展一次"20年后看德清"的大讨论。

遵照县五套班子领导会议精神，本报从今天起开辟"20年后看德清"专栏。本专栏将围绕经济建设这条主线，回顾、总结和理性地思考德清改革开放20年来的成败得失，与全县各级干部和42万人民一起共同探索德清世纪之交及今后一段时期的发展思路。我们相信这场大讨论必将激起全体德清人奋起直追，我们德清也一定能够以崭新的精神状态进入21世纪，并塑造一个全新的对外形象。

22年前的1998年，临近世纪之交的时刻，德清五套班子领导能够站在历史的风口，以致远的胸怀，严肃而坦诚地大胆揭自己所短、挖自身之痛，并以气贯长虹之势，从战略发展的高度远望德清20年后的未来，不可不谓是一次史无前例的革命性反省和战略上重新布局的断腕壮举。

德清人的断腕壮举和背水一战，是从这篇文章开始的——

今年12月18日，是党的十一届三中全会召开20周年纪念日。

改革开放20年，中华大地，百舸争流，万舟竞发，无数英雄决战经济建设主战场而呈现出万千气象。

回顾20年，几家欢喜几家忧。

欢喜的是：经济发展了。

忧愁的是：经济落后了。

德清，到底是喜还是忧？

（一）

纵向比，20年，德清发生了历史性巨变：

——从本报今天刊登的一组数字可以看出，1997年与1978年比，德清的国内生产总值增长32倍，工业总产值增长56倍，农业总产值翻了一番多，财政收入增长8.5倍，农民人均年收入增长15.6倍，职工人均年工资收入增长12.5倍。

——县政府驻地从城关迁至武康，也只有短短的4年半。五年立起一座城，连德清人自己也感到吃惊。

——1993年、1995年，德清两次被评为中国农村经济综合实力百强县，位居第70位和62位，当时有媒体称，德清的发展是大跨步的。

——刚结束不久的莫干山登山旅游节的成功举办，是对德清改革开放20年的一次检阅，令人信心倍增。

德清，不说你巨变也不行。

（二）

一个人，如果光是跟自己过去比，是没有出息的。

一个县也是如此。

让我们把眼光转向我们非常熟悉的周边县市吧。

今天本报刊登的另一组数字又可以说明，在1978年，跟义乌、东阳、桐乡、余杭、萧山、绍兴、长兴、安吉比，我们的主要经济指标是居中，有的还是领先的。

时间过去20年后，同是与上述8县（市）比，我们不得不接受以下事实：

1997年，德清在9县（市）中：

工业总产值倒数第一；

国内生产总值倒数第二；

农民人均收入倒数第二；

职工人均工资倒数第二；

固定资产投入倒数第二；

财政收入倒数第三。

写到这里，记者的笔在颤抖，记者的心在呼喊：德清怎么啦？

（三）

论区位优势，德清山清水秀，国道省道交贯，铁路水路畅通，哪一点比不上东阳、义乌等县市？

论经济基础，德清自古就是富庶殷实之地、鱼米之乡、丝绸之府，曾倾倒过多少"上八府"人。

论聪明才智，德清人也是出众的。沈约、沈括、孟郊、管道昇、俞平伯……真可以说是群星灿烂。

良好的区位优势，不错的经济基础，出众的聪明才智，使历代德清人怀着一种无比的优越感，常常以轻视的眼光来瞧别人：

萧山人？卖萝卜干的；

绍兴人？吃霉干菜的；

桐乡人？卖大头菜的；

余杭人？卖荸荠的；

东阳、义乌人？鸡毛换草纸的。

……

然而，德清良好的区位优势和经济基础，出众的聪明才智在20年间却败给了我们曾经轻视过的人。

1978年，德清的国内生产总值是1.42亿元，义乌是1.28亿元；1997年，义乌是110.28亿元，德清却只有46.91亿元。

余杭和萧山，1978年的工业总产值是德清的1.56倍和2.35倍。尽管这两个市90年代中期各划出3个工业强镇给杭州，但1997年的工业总产值仍是德清的2.2倍和3.78倍。

一位目前在德清立业的东阳老板去年曾对记者说:"1978年,我到德清放蜜蜂,待了10多天,当时想,德清一动也不动,东阳要赶上德清,至少要10年。现在回过头来看,东阳一动也不动,德清要赶上东阳,至少也要10年。"这话多少有些夸张,但也多少说明了一些问题。

1994年5月2日,《莫干山报》头版头条发表了《前有标兵后有追兵,形势急人形势逼人》的报道。文中指出,南浔大有赶超德清之态势。到了1997年,南浔区的工农业总产值已达132.7亿元。德清人眼睁睁地看着南浔人把我们甩下了。

(四)

德清怎么啦?

20年来,德清不是没有创造过辉煌,但总是保不住辉煌。

80年代初,当德清兴起领带热时,绝大多数嵊州人还不知道领带为何物。如今,全国之最的领带市场却开在了嵊州。

中国"珍珠大王"出德清,可珍珠市场在诸暨。讲起这一点,德清人常常是捶胸顿足。

想当年,以"丽的"为代表的德清服装在上海滩刮起了一阵阵旋风。现在,除了"天久王"的品牌稍有点名气外,你还能说得上几个德清服装的品牌?

丝绸,是我们德清人几千年来的骄傲,但今年3月31日,全国压缩缫丝机台第一锤又重重地敲在了德清人的身上。

(五)

德清落后了。

德清20年来的落后,不能归结于哪个领导或哪几个人。

德清的落后,主要是群体观念的落后!

德清人落后的观念,仅在最近召开的县五套班子领导务虚会上点到的就有下列几种:

——经济建设是改革开放20年来时代的最强音,然而,这个最强音,在德清总是时高时低,时起时伏。

——思路不能一以贯之。然而20年来,人家义乌全力以赴抓市场,东阳一心一意抓建筑,绍兴一门心思抓轻纺,永康抓牢小五金没商量。功到自然成。

——爱评论。在一些关键性问题上,"裁判员"多于"运动员",使不少一门心思干实事的人无所适从,有劲使不上。

——爱争论。常常可以为一两个字就争论它一年,改革开放的大好光阴就这样在争论中慢慢地耗费了。

……

就像一个人被套上枷锁一样,以上种种都制约着德清人始终迈不开大步。

莫干山和运河都在发出吼声:德清,你挣脱这些无形的羁绊吧!

(六)

横向比,20年,德清落后了。

承认落后,是一件痛苦的事。

但不承认落后,你就不可能奋起直追。不奋起直追,你就会永远落后。

站在新世纪的门槛上,让我们再一次把眼光投向周边吧:

——今年上半年,南浔区一位主要领导在接受《浙江日报》记者采访时,随口夸下海口:"花3年时间,我们将再造一个德清。"

——东阳,在一年前开展的一次思想解放大讨论中,市委书记要求全市人民不要陶醉,要再次创业。

——义乌在前不久全市上下的思想解放大讨论中提出,除了要进一步做大小商品市场外,还要向中等城市进军。

看看周边县市,我们怎么办?

党的十一届三中全会召开20周年的纪念日即将到来,三中全会本身是中国人民思想大解放的结晶。这是值得纪念的,但我们德清人还能仅仅停留在一个个纪念活动上吗?有识之士认为,德清人纪念20周年最好的方式,应该是开展一次思想解放大讨论。

再过300多天,我们就要进入21世纪了。

我们相信,只要德清人从今天开始奋进,那么,再过20年,历史将可以作证:

德清人留给世纪之交的,不仅仅是遗憾和反省,因为我们抓住了新世纪发展的机遇!

当时被称为"思想解放大讨论"的这篇檄文和这样一次自我反省式的大讨论,在今天上了些年岁的德清干部记忆中,烙下了深刻印记。"德清人最讲面子的。那个时候,我们德清的面子早就丢尽了。所以,这一次大讨论要真真实实地连'夹里'

都要一起撕掉，感觉到痛后，德清才能有救！"一位如今已退休在家的德清老干部对我说。

正如文中所言，"承认落后，是痛苦的"。然而，不承认落后，不做彻底和清醒的反省，其结果必然更痛苦，最后一定是"什么都比别人好的德清"，将会变成"什么都比别人差"。这是德清人无论如何都不能接受的。

德者，宁可为高尚和高雅的德而亡，也决不无德、舍德、低德地屈辱苟生。这是德清人自古以来就有的品质与风骨。

在德清，上有名山莫干，下有名湖下渚。据说下渚湖一带就是古防风国所在，其部落首领就是中国古史书上唯一有正式记载的江南先民"防风氏"，又名汪芒氏。这位治水名士在江南一带治水，立下汗马功劳，然而被另一位治水先驱大禹误会。《国语·鲁语下》这样记载："昔禹致群神于会稽之山，防风氏后至，禹杀而戮之，其骨节专车，此为大矣。"德清民间对自己的这位开天辟地的英雄另有这样的传说：防风氏的头颅被砍后，一股白血从尸身颈腔冲天而喷，甚是灵异。百姓们说，防风氏之所以迟到，并非其骄傲和无视大禹的权威，而是赴会途中遇上山洪，立即前去抢险救灾而导致的，所以受屈的防风氏被砍头颅后的血非红色，而是白色，显示了他忠贞不阿的风骨。今防风祠中留下的防风氏像，手执玉圭，器宇不凡，德清人常自喻这就是我们的"德清人形象"。

德的至高形象和境界，让这片土地生辉流金、永葆居高在上的位置——德清人内心所理解的"德"与"德清"便是这个样。

这一价值观来自古老文化的传承，也是滋润当代社会主义核心价值观的"高山流水"。它就是"德"与"清"的合成，"德"与"清"的内涵，"德"与"清"融合所产生的一种地域精神，是这片土地的精、气、神，以及它的那些深植于土壤、飘荡于空气中的风韵，还有蕴藏于脑海、驰骋于思想中的心智……

德为行，清自流。德清的省悟和崛起，必离不开大自然给予这片大地的特别恩赐，而德清的再一次"高光"，最核心、最重要的动力源泉来自他们自我的加压与求进、求快、求高、求德清人民幸福安康和德清大地尽美尽善的改革精神以及解放思想的自觉意识与主动意识，而这正是一个民族和国家能够从弱到强、从俗至雅、从拙变优、从苦换福、从贫转富、从丑成美的根本原因所在。

有一个情况让我很是暗暗吃惊，因为在几十年写作与无数次采访中，很难有到了德清对"德清"二字的这种理解与印象：你越贴近它，会发现它所包含的内涵越多，甚至是无限的、神秘的和不可抑止的那般似水流动、似山磅礴、似天空灵的道理和意念……

是的，我们说了，"德清"其实是一种状态。而后来我又发现，"德清"又何尝不是一种心态？

"德清"其实就是一种心态。

心态是人精神的一种状态。哲人和生物学家都认为，心态决定一个人的生活质量与生命长度。事实上，一个社会、一个民族、一个地区的存在与发展，很大程度上同样取决于治理它们的执政者的管理心态。

执政者心态端庄、向上和趋于美好，这个社会、这个民族和这个地区的状态，也将是健康、向上和趋于积极与美好的。

中国古人曰："根本固者，华实必茂；源流深者，光澜必章。"又云："树高者鸟宿之，德厚者士趋之。"

执政一方，勤政者得民心，明政者得天下，精政者得历史。

我们看一看1998年时所说的"20年后的德清"，也就是今天的德清。今天的德清早已发生了翻天覆地的变化，虽与周边的县市同样很难比较，或许国内生产总值（GDP）不能比，或许财政收入不能比，然而今天的德清却是让德清人自豪感、幸福感十足的德清，更是让域外人羡慕和向往不已的德清……这，就足够了！

党的十八大以来，习近平总书记多次指出："我们的立场是胆子要大、步子要稳，既要大胆探索、勇于开拓，也要稳妥审慎、三思而后行。我们要坚持改革开放正确方向，敢于啃硬骨头，敢于涉险滩，敢于向积存多年的顽瘴痼疾开刀，切实做到改革不停顿、开放不止步。

"我们要的是实实在在、没有水分的速度，是民生改善、就业比较充分的速度，是劳动生产率同步提高、经济活力增强、结构调整有成效的速度，是经济发展质量和效益得到提高又不会带来后遗症的速度。

"让老百姓过上好日子，是我们一切工作的出发点和落脚点。"

德清县委、县政府正是遵循习近平总书记的教导，走出了一条为民创造幸福、让德清更加美丽并为此而自加压力的康庄大道。

一个并不大的县域，这里的每一个社会细胞，代表着一个国家和一个民族的缩影。治理好和引领好它，就是执政者的职责与使命。假如"100"是满分，那么在"1～99"之间，便是执政者的德行浓度和分差。

我以为，德清的执政者只选择在"99～100"之间的浓度，因为他们认为，为百姓做事，"基本满意"就是不够满意，"比较满意"就是不太满意，"完全满意"才是真正满意。然而，百姓的满意阈值也在提高和变化，这样就需要执政者不断提升自己，对"满意"概念和事物发展作出判断，真正做到如习近平总书记所说的"人民对美好生活的向往，就是我们的奋斗目标"，需要的是永不懈怠的至高追求和努力拼搏的精神付出。

"所以，我们一直在加压……"县领导用这样一句简单明了的话回答了我对德清为什么"揽"了100多项国家、省级的改革与试点的疑虑。

"每一个试点或试验，就可能是一场惊心动魄、深挖人心、对痼疾刨根的革命，你不亲力亲为，可能就纹丝不动，寸步难行！"县委改革办的年轻主任这样说。

第一次到德清采访，正值乡村实施"垃圾分类"的攻坚阶段。"县领导每周都要开一次视频直播会，好几次听她说话嗓子都是哑的……你想，农民几百年、几千年在乡村、在自己的宅前屋后，养成了一种自由自在的生活状态，现在要他改变和规范某些行为有多难嘛！但这是为了大家好，也为了每个人好，所以还是要去动员、鼓励甚至劝导所有人一起来做好，这样的难度可想而知。最难的不是改变百姓的陋习，而是我们干部是不是真正把心用到了、把力使上了。现在有了视频直播，我们的触角可以到达全县的每一个角落，书记、县长可以直接与每一个乡村甚至每一户百姓交流，了解他们的想法，再检查干部工作是否扎实到位，什么时候才能达标，什么时候大家看着都满意了，最后让百姓来评断我们工作的质量。"德清的干部说。

"那你们的工作一定很累吧？"

"肯定是很累的。你想，仅仅为了抓垃圾分类这一件事，一周要开一个视频直播会，关心每个乡村和居民、农户家……全县的事有多少？大大小小至少有一百件等着领导去处理、去关注，甚至还要到现场检查情况，肯定是累得腿肚子发颤！但干完、干好了一件事，老百姓的脸上露出了笑容，说我们一句好，这份满足是甜美的，甜美的东西可以让人有一种幸福感和满足感，有了幸福感和满足感的人，是永远年轻和充满朝气的。我们德清人、德清干部就是这样的心态：事情干好了，百姓的日子好了，德清的发展和未来好了，累一点、烦一些，不觉得是亏了，反而感觉心里更实了、劲道更足了。反倒是，大家的日子不好了，德清的发展落后了，我们就会紧张、着急，甚至坐立不安。所以现在你到我们德清来，就会发现：我们每天都在寻找新的事情做、新的高度攀登、新的要求去对照……"

瞧，这就是德清干部的心态。

正是在这种心态下，德清人一直在反省，一直在追求，一直在向上，一直在观察和回望自己所走过的路是否正确，是否获得百姓的支持和满意，是否比左右前后做得更好、更快，是否还有更远的目标、更高的高峰去攀越与奋斗。

是的，"德清"的精神实质，就是人在这个世界上自觉端正的一种心态，它其实就是一种不甘落后、努力奋争、寻求"面子"和"夹里"一样光鲜的心态。

现在我终于明白了 22 年前的德清人为什么能有敢让天地动容的警世叩问——"我们为什么落后了？"

其实落后并不可怕，可怕的是落后了仍然不愿承认、不愿正视、不去反省。

今天的德清，已近乎完美地绘出了这样一幅繁华落尽、江山致远、人民幸福的新"富春山居图"。我们应当感谢当年那些敢于发问的人，是他们的叩问，才让不甘落后的德清人重新迈出了铿锵有力的步履，重拾信仰坚定的意志力，以及实现目标的执行力！今天的德清，美得可令山川笑开颜，可让云天捧欢泪……

这就是德清人的奋斗与追求至高的心态所带来的最好回馈。因此，我们理当需要致谢 22 年前的那一历史性的叩问！

三 自带光环的"裸心"

世上有一种力量可能最为恒久，那就是自带光环的自然物，如山川河流。故而千百年来，无论哪个国家、哪种宗教、哪种主义、哪种制度和哪个时代的圣贤者，皆言崇尚自然、珍爱自然。因为自然之物是天造之物，就像人诞生于这个星球一样，它是上苍所赐，任何破坏它、随意改变它的举动都将遭受惩罚。唯有尊重它和更好地呵护它，才可能获得丰厚的馈赠。

德清人清楚，能让德清获得最好的回馈的，是爱护和利用好德清最宝贵的自然资源。

于是外面来的人越来越感到：德清这地方，似乎什么都好！当然，真正让我们这些走马观花的人能够迷上德清的，恐怕还是名声在外的那些诗一样味道、风一样飘逸，又能叫你发发呆的"洋家乐"和"农家乐"（这两种"乐"在德清现在已经基本是同一种高雅档次了）。德清的每一个乡村、每一处山川，又几乎都是这样的"乐"园。

我们有必要先说说德清为什么能够成为中国"洋家乐"的发源地。其实很简单，就是这里的山水太美，而且是那种具有艺术感的自然美，无须你去刻意雕琢。这里的山与水，是上苍对德清的恩赐物。那些清朗和秀丽的山水，是这块土地上无法改变的本色，千百年来皆如此。除了短暂的一段违背自然发展规律的"靠山吃山""靠水吃水"的简单粗暴型生产方式的干扰与破坏外，德清基本上一直保持着"杭州的后花园""上海的外埠苑"之美誉。或许正是因为太陶醉于"我怎么这么美"的缘故，在改革开放的前20年，才被周边的"穷兄弟""穷姐妹"赶超了一大截。这对德清人来说，是不可原谅的。要"面子"的德清人，是被自己的旧小农意识和自我陶醉的安逸思想所耽误的。教训让德清人的血流入了心坎，痛到了神经。于是，"解放思想"的大讨论，让德清县的上上下下共同意识到新的发展首先要在一个字上做文章。这字叫"放"。

一个"放"字，看似简单，实则不易，它蕴含了无限的深刻和无限的界域。共产党在近百年前铸造的初心，其实就是两句话："民族振兴，人民幸福。"而为这两句话的实现，我们历经了多少岁月、多少磨难及前赴后继的牺牲与奋斗啊！

当年德清的领导班子通过解放思想大讨论，形成了一个非常坚定的共识：自古以来，德清之所以在人们心目中"吃香"，就是因为有好山好水。要让德清重新好起来，就必须先把好山好水管起来，用好它。也就是在这之后不久，浙江省来了位新的省委书记，他就是习近平同志。

"生态立省"，这是习近平主政浙江省后提出的一个重要理念。随后不久，他又专门到德清、安吉视察，检查生态建设，并对德清正在开展的保护山水生态举措给予了充分的肯定与赞许，后来又在安吉余村提出了"绿水青山就是金山银山"的重要理念。德清人开始更加坚定地走生态文明道路，把保护自己的好山好水当作立县之本、富民之路，并动员拥有好山好水的百姓用好自己所在的好环境，筑好自己的致富路。

我知道，最初的德清民宿（以往称为"农家乐"），是靠近莫干山的农民们把自己多余的一两间房子腾出来，供那些远道而来的游客住，或一宿，或一周。房主人又将自己家种的菜、养的鸡等做给客人吃。那些客人欣喜不已，大呼"农家之乐，乐坏了天！"这一传十、十传百……德清的"农家乐"就这样兴起。

之后又有靠近莫干山一带的年轻村民们把自己家的房间、外景和充满山川情调的景致拍成照片，贴在网上，招揽旅客。哪知这一招吸引的客人不再仅仅是国内游客，甚至世界各地的外国友人也跟着跑到"旅游天堂"的德清享受大自然之美妙。这络绎不绝的客人中，有一位来自南非，他的中文名字叫高天成。

许多重要的"历史事件"，在发生时常常很偶然。2007年夏天的某一日，南非人高天成与家在莫干山镇劳岭村三九坞上的邱根娣大婶的洋家乐"缘分"就是在这一天结下的。高天成来之前，邱根娣大婶曾经学着邻居的样儿，腾出一间多余的房间偶尔让路经莫干山旅游的客人借宿用。"他们住在我家里，有时走的时候客气地给我们两三百块钱，我们也没把它当生意做……我那个洋孙儿来后，就变了，我家就成了'洋家乐'啦！"邱根娣大婶对当年自己家如何变成"洋家乐"的事，记忆犹新。

"日子过得快快地，像昨天的事一样！"邱大婶爽朗地回忆道。

莫干山民宿学院

南非人高天成有个中国名字,他特别喜欢中国,这与他妻子是中国人有关。2007年,南非商人高天成到中国后在长江中下游四处旅游。爱上中国山水的高天成一心想寻找一片净土,他的足迹遍布上海周边,包括太湖、舟山等地大大小小50多个小岛。

"差矣!"高天成心比天高,因辛苦一程没有找到"理想王国"而有些失望——他有钱,有钱人就想找个"发发呆"的宁静之地,当然得有山有水,还要有好空气、好风景。

"杭州边上的莫干山可以去看看。"朋友建议。

"莫干山?听说过……走!"高天成做事求的就是"理想"和"完美"。

到莫干山后,必去"马克咖啡厅"喝一杯咖啡,随后一行人沿山道而下,随意穿梭在绿林碧波之中。那阵阵清爽的山风和苍松翠柏,以及山涧的潺潺流水,让高天成仿佛置身于一种神秘而熟悉的境地,甚至感觉有什么东西在牵引着他、等待着他……

"我想拥抱你们……"行走在崎岖的绿荫小道上的高天成像孩子一般兴奋,又像诗人一般浪漫起来,他看到路边的蓬勃茅草,就伸开双臂去拥抱,结果两个臂膀被划出了一道道血痕……

"快快捂住！我们到前面那个三九坞村让老乡包扎一下……"同行人着急了，拉着他就往山下飞奔。

"没事儿！没事儿！"高天成一边笑，一边若无其事道。

话说山弯弯里的那个叫三九坞的自然小村庄，共有十来户山民。

"就这一家吧！"高天成一眼瞄中了一户面对群山修竹、小溪潺潺的农家，便走了进去。

"哎哟哟，出血啦！快过来我给包扎一下……"说话的是位大婶，只见她心疼而又麻利地找出纱布和红药水，仔仔细细地给高天成抹药包扎起来。

"这儿真好啊！"高天成一边享受着中国大婶为其伤口包扎的温暖呵护，一边目不转睛地欣赏着农户旁的美丽风景，嘴上喃喃着。

"你是外国人，咋会说中国话呀？"大婶好奇地问远道而来的"外国客人"。

"奶奶好，因为我的媳妇是中国人呀！"高天成乐着告诉她。

被叫为"奶奶"的大婶就是三九坞的邱根娣。她被高天成亲昵地唤了声"奶奶"后，更是高兴得真像见了自己出门多日未归的孙儿一样，嘴里说着"坐坐！我给你们烧水泡茶"，便起身忙碌去了。

"太美了！这就是我想找的地方……"这边的高天成已经坐不住了，站起身在邱根娣大婶家前后游逛起来。"我能在这儿住下吗？我们几个人一起住？"

"可以的！可以的！"邱根娣家的房子是上下两层式小楼。她听高天成这么一说，便让他看楼下的两间闲房，并说："我的两个儿子都在城里工作，这屋子闲着也是闲着，你们不嫌弃就住着呗！啥时候走都行……"

不想高天成进去认认真真地看了看两间房子后，高兴得手舞足蹈起来："就它了！就它了！"而后又问邱根娣："我想常年住你这儿行吗？"

邱根娣笑了，以为"老外"逗她玩呢，便连连点头："不嫌弃的话，你想住多久就住多久……"

高天成立即涨红着脸，认真道："我是要租的，长年租住……"他见邱根娣没反应过来，便强调道："我要出租金，给你钱的……我们做邻居，行不行？"

"大婶，就是他要把你这两间房子包下来住，出租金给你……"旁人帮着高天成说，又怕邱根娣不同意，转头与高天成用英文商量租金。

"OK！"旁人知道了高天成给出的数，便又回头跟邱根娣大婶说："他愿意一年出10000元，你看行不行？"

邱根娣大婶一听这话，忙连连摆手："要不得！要不得……你要住就住吧！给这么多钱不行的！不行的！"

"哈哈……"在场的人都笑了，然后再问邱根娣大婶："你到底同不同意让这位洋先生住？如果同意他用你两间房，他就给这么多钱！这叫契约，外国人讲究这……"

邱根娣大婶看看高天成，又看看一起来的一群人，笑了："我愿意！我愿意他来做邻居……"

"好喽——签约！"众人乐。高天成立即从口袋里掏出一叠人民币，塞给邱根娣："这是第一年的租金。"

邱根娣大婶拿钱的手都在颤抖，"这、这……哎哟，这要吓煞我了呀！"

"放心吧大婶，这是你应得的！"一群来客这么说。后来邱根娣大婶又将这事跟村里的干部说了，村干部也明确告诉她："这钱是你家应得的。放心，不犯法，而且你带头把外国友人引到村里来住……好事，要表扬！"

邱根娣大婶这才安心。她和高天成都没有想到，他俩签下的这份租房"洋"契约，竟然开启了德清一个全新的、名声大振的产业——"洋家乐"。

让高天成想不到的是，他不仅在德清"安下了心"，而且留下了永远不舍的情。"她的慈祥与包容，就像我已经过世的奶奶……"日子一长，南非商人高天成对德清邱根娣的感情越发深切，他决定认她为"中国奶奶"，而邱根娣也觉得"这孩子善良靠谱"，于是就高高兴兴地认了"洋孙子"。从此，去德清三九坞"看奶奶"，成了远道而来的高天成常挂在嘴边的一句话。如此一往一来，连高天成自己也没有想到，他竟然彻底地被德清这块好山好水折服，并深深地爱恋上了它。

"我要在此建一个让全世界人都能享受德清好山好水的民宿！"有一天，高天成登上了最具莫干山风情的海拔700多米的一座古堡。此欧式山巅城堡，是苏格兰传教士兼医师梅藤更于1910年所建。古堡内有五种主题套房，分别为地穴、王室、瘾室、花旦、帮主——这样的名字，一听就会让人产生猎奇心。我第一次去莫干山，只在远远的别墅区遥望过这座独立于一片绿色林海之中的"皇宫"。残阳下看一眼，就会被它吸引，更不用说清晨太阳升起时的裸心堡，令你跪伏于她面前——这就是裸心堡的魅力。除了她的建筑之美，更多的是她所处的位置，莫干山本身处处是奇美，而裸心堡又处在乳峰之上的那般美地，你说不让人跪倒于她面前，还能怎么着！

现在的裸心堡已经被高天成作为整个"裸心谷"的一处代表作，或者说经典遗存的象征。我第二次再去莫干山，就必须实现"靠近她"的心愿。来到了裸心堡城下与城内，看到的是"皇宫"内华丽精致的欧式风情的居室与陈设，更享受了临风于山巅上远眺莫干山百般风光的万千景致……再漫步于城堡边的花园、丛林和奇峰山谷时，那种感觉确实有种裸心之愉悦和爽朗。那时，你会对天长叹一声：什么都不想了，就在这里舒坦地透气，好好地活着，安详地死了也值得……

高天成想打造的就是这样的"乐心""爽心"和"裸心"的世界，将身心融于大自然之中。

"裸心谷"的名字就来自此意。从此，裸心谷也成了德清"洋家乐"的代名词。

高天成出手打造的裸心谷与他的名字一样，高至天，成至精，精至极——追求与大自然浑然一体是裸心谷的建设理念，所有建筑几乎都是嵌在山谷之中，除了道路以外，基本上都在原有的山体上附贴而建，没有格外的破土炸岩的痕迹。我在裸心谷住过一个晚上，房间里面显然是豪华的五星级水准，而推开凉台的门往外一看，竟然发现自己的房间筑在半山腰的竹林之间，垂手可及片片青叶，好不惬意！清晨，鸟声、风声夹杂在一起，犹如置身于林海中间。在此最好的游览方式是步行上山和下山，在一些相对平整的地方，一定有令你意外惊叹的别开生面的景致：这不，我眼前看到的竟是一个绿地上遛着马儿的马场；再往里走，发现半山腰有一处天然浴池……那水照出天空，映出云彩，人如果潜入其中，就仿佛是天上的飞鸟，美不可言！

心，在这里一定会放飞。

裸心谷曾被美国有线电视新闻网（CNN）评为"中国最好的九大观景酒店"之一。它特别强调的一个理念是：不破坏原有的德清山水。这是德清县允许和支持高天成在莫干山做精品民宿的重要"界线"。这恰恰与高天成在打造裸心谷时所追求的理念一致。政府和开发商在理念上如此契合，决定了德清"洋家乐"和绿色生态向产业发展的道路，越走越宽阔。因为所有在德清兴建的能够吸引全中国乃至全世界各地游客的"洋家乐"或如高档的"裸心谷"，全都遵循着初始由德清县政府与高天成达成的合作协议：保持原有的山与水，让所有的新环境和活动于此的人，都更好地保

古堡新容

护好原有的山与水。这不仅仅是理念,而且是实际的行动。比如裸心谷所有房间与房间内的设施,包括取暖设备,都尽可能地使用环保与节能产品。"裸心谷对人而言,是让其在大自然的环境中彻底放松,让精神在天然中享受原始状态的怡美。而所有与裸心谷相关的建筑物,同样必须遵守不改变和影响原有的自然环境,这是我们不变的理念。"高天成如此执着的理念,也让他的裸心谷成为世界顶级度假胜地,先后拿下"中国最佳可持续发展酒店奖""中国最佳新建造和设计酒店奖""中国最佳建筑酒店奖"以及"亚太地区最佳建筑酒店奖"等许多大奖,最有分量的应该是建筑行业最高荣誉——LEED绿色建筑铂金级认证,它堪称建筑界的奥斯卡奖。

从2005年时任浙江省委书记习近平同志途经德清、后在安吉余村提出"绿水青山就是金山银山"重要理念，到现在恰好整15年；倘若从高天成涉足德清、开始建设裸心谷算起，即为13年时间。德清依靠"绿水青山"打造的如"洋家乐"这样的生态文明的名片，如今早已闻名天下。2020年7月28日，新华社记者在"习近平总书记关切事"的系列报道《绿水青山"金饭碗"，好山好水好生活——旅游扶贫新探索引领群众走上致富路》一文开头这样描述德清的这份生动的巨变：

> 从上午11点到下午2点多，浙江德清县莫干山镇后坞村的"御香农家菜"饭店，4张大圆桌、10张四人桌不断"翻台"。老板亲切招呼着慕名而来的客人。
> 凭借绿水青山，莫干山单是高端精品民宿就超过150家，每年接待游客超过50万人次，销售的茶叶、笋干等土特产超过1200万元。
> "这好生态就是我们的'金饭碗'。"村民贾红章说，当年穷在"偏远"，如今这"偏远"反倒变成了"卖点"，吃上"生态饭"，家家奔小康。

短短十来年，德清的"洋家乐"遍地开花，自高天成推出的"裸心"系列声名远播之后，随即有十多个国家的商家纷纷来此投资。如法国人司徒夫开设的"法国山居"，完全是法国的浪漫典雅风格。在那与竹林和茶园相伴的农庄里，万余朵玫瑰在每年5月竞相开放，吸引了全世界的目光。"郡安里"君澜度假区内的Discovery探索极限基地，配备高空网阵、攀岩墙等世界级标准设施，刺激的户外运动让人心跳加速。中西合璧、新旧搭配，尽管"洋家乐"有的房间住一晚要几千元甚至上万元，但客人还是络绎不绝，因为它内有世界上最高档的服务设施，外有世界上绝美的德清山水。"来到这里，就是为了享受青山绿水，回归纯朴的山居生活，让身心彻底放松一下，所以钱就不成问题了……"一位上海来的客人这样对我说。有一天早晨，德清朋友专门领我到"竹林茶室"吃面，虽然面非特殊，但当你置身于满是鸟语婉转、清气荡漾的竹林之间，那面仿佛就有了山珍海味、别具一格的味道。

"在'绿水青山就是金山银山'理念提出15周年之际，习近平总书记再次来到湖州，强调'经济发展不能以破坏生态为代价，生态本身就是经济，保护生态就是发展生产力'。德清要深入学习贯彻习近平总书记考察浙江重要讲话精神，坚决扛起当好践行'绿水青山就是金山银山'理论样板模范生的使命担当，在更高起点上走好要素集约化、生态产业化、产业生态化、生态制度化的县域经济绿色发展之路，努力让世界通过'德清实践'看到美丽中国的未来模样。"德清县委书记如是说。

一个"扛起"、一个"担当"之后是"中国的未来模样",如此远大宏伟的时代使命,或许是德清县委、县政府一直以来始终如一的信仰和意志,否则,这片土地上不可能出现如此强劲的"绿水青山就是金山银山"的万千景象。

细看一下德清在生态文明上所播撒的"德仁清朗"之风,我们就会明白:

——2005年,德清在全省率先实施生态补偿机制,设立生态建设专项资金。2010年和2013年又先后两次进行完善。2015年德清再次出台《深化完善生态保护补偿机制的实施意见》,加大生态补偿力度。

——2014年,德清出台了《德清西部民宿管理办法》。2015年5月,德清发布全国首部县级乡村民宿地方标准,对民宿设置了严格的准入标准。根据标准,德清的乡村民宿被划分为标准民宿、优品民宿、精品民宿三个等级,以"洋家乐"为代表的精品民宿是德清乡村民宿发展的方向,规范引导民宿科学化发展、品质化经营。

这些年来,德清在生态建设这条路上加足马力:先后多次对环莫干山地区的笋厂、氟石矿等产业开展专项整治,推进生猪生态养殖。尤其是近年来县委、县政府结合"五水共治""四边三化""和美家园"等建设,积极开展农村环境连片整治,建设美丽乡村,德清的乡村迎来了更广阔的发展空间。

"洋家乐"这个新生业态在德清生根发芽,不断壮大。通过审视"洋家乐"的发展历程,我们深刻认识到,绿水青山既是自然财富、生态财富,又是社会财富、经济财富和人文财富,它使德清形成了生态美、生活美、人文美、特色美、和谐美共存的大环境。2017年3月,德清"洋家乐"正式成为全国首个服务类生态原产地保护产品,进一步打响"原生态养生,国际化休闲"的品牌。

我所看到的是,因为这,生活在这片土地上的百姓深切和真切地感受到了温暖与幸福的泉流正源源不断地涌向他们的家园……

大疫之年的一个春日,我再次来到莫干山,见识了当地一番"春燕回巢"的景象:

一群飞燕从空中掠过,将我带进莫干山的那片春意盎然的山林。此处的暖春,能醉酥你的心。那种风里飘荡而来的清香味,可以让你有番通体的沐浴之感,它切肤入骨,透彻于心,又泛跃于思情之中。

在这座名山的北麓,有一条弯曲的溪谷,叫"仙潭",因溪谷上端有个竹林掩蔽、景致独特的仙人洞而得名。在洞穴附近,还有一个幽深清澈的碧坞龙潭。传说,这里有一对青年男女,他们终身相伴,恩爱如初,繁衍了一群聪明善良又特别勤劳的后人,于是这个村落后来便被四方八邻叫作"仙潭村"。此处的沟谷之美,显然是自然生成。从莫干山流淌而下的溪水常年丰盈，而顺溪谷之势伸张的左右岭肩，宛如挡风遮寒的仙人的一双巨掌，将小山村呵护得年年竹木茂盛、花草艳丽……油菜花开过后的村庄田野上，绿色成为主色调，到处蓬勃而生的竹林春笋，格外引人注目，而且很自然地让人仿佛遇见青年一般。

巧了，跨进仙潭村委会的第一脚，就见七八位年轻人围坐一起，看样子他们讨论得很热烈。县上的宣传干部将我介绍给他们，于是借过一张板凳坐下的我成了他们中间的一员。

"讨论什么话题呢？"我问。

"在商量今年疫情下我们村的民宿业……"坐在我身边的是这群年轻人的"领头雁"、村支书沈蒋荣，他这样说。

"当下村里的民宿生意如何？"这是我心中的一个大问号，也是关切点，所以有些迫不及待地想知道。

"还有几天就是'五一'了，估计能恢复到往年的50%左右！"坐在我斜对面的1989年出生的沈小琳告诉我。

这应该是个相当不错的态势了！"去年你家开了多少间民宿，收益多少能透露一下吗？"

听了我的提问，这群年轻人笑了，他们瞅着沈小琳，看他如何回答。但沈小琳似乎并不在乎，说："我家房子比较多，开了11间民宿，去年收入接近百万元吧！"沈小琳刚说完，村上的同龄人都"吃吃"地在笑。

"怎么？说少了还是说多了？"看样子收入问题只能问村支书沈蒋荣了。

沈蒋荣也在笑，说："可能保守了一点……"

"百万元年收入呵！你们都是差不多水平吧？"我确实很吃惊，原以为开个民宿一年有二三十万元收入的"小康"就是农民们奋斗的目标了！

"这不，要不是村支书引着我们回乡创业，我们在城里继续打工的话，碰上这次疫情可能连房租都交不起了呢！"沈小琳这么一说，年轻人一道道火辣辣的感恩目光，将沈蒋荣"射"得满脸通红。

"走，今晚我就住在你家，既想亲身体验一下莫干山民宿的味道，更想听听你的'仙潭村传奇'……"我的提议，令沈蒋荣兴奋不已。

"太好了！"于是在他领路下，我们一起朝仙潭村的深处走去。

狭长的溪谷，顺着那条清凌凌的溪流逆上而行，宛若漫步在一片绿意着床的山村小平原上……麦地和油菜地的空闲地上,是由工艺性的稻草绑扎成的巨型牛羊猪狗、鸡鸭猫兔等家禽家畜。它们的身形一旦变成恐龙般巨大时,便显得很威猛,也很可爱,观赏性很强,使平静的田野瞬间变成了侏罗纪公园。这可能是

莫梵民宿

孩子们最喜欢看到的一幕。我发现,在一些空地上,还有耕牛和叫得欢的猪羊。"这是专供成人和孩子们一起动手和同乐的项目。"沈蒋荣说,村里的这些创意始于他在城里创业时常听到的那些曾经是"知青"的长辈们的"唠嗑"。果不其然,"农家人的动物世界"呈现出来后,一下子吸引了前来观光的城里人的眼球。

"最重要的是,能让游客有动手的参与感和'与动物为伍'的可能性。"沈蒋荣说,这些免费项目让仙潭村的民宿一下"脱颖而出",比周边的其他民宿更具新意和野趣。

举目眺望,所见的是峡谷两翼满山的翠竹。再走进竹海,你能触摸到那些正茁壮成长的万千新笋,它们仿佛有股"天下唯吾独尊"的气势,其蓬勃生机胜于万物。"过去村上就靠砍竹卖竹、竹笋加工过日子,能够糊弄住一张嘴,却就是一直富不起来。"沈蒋荣告诉我,他就是村里最典型的一个靠竹为业却始终富不起来的代表。

"我办笋厂20年,年年打拼,算得上村里的富裕户。可后来为了要保护生态、保护水源,村上所有的竹木厂都得关掉,我们不得不全体'转业'……"沈蒋荣说,他和村上的年轻人从此纷纷出山去城里打工,小山村也开始再度衰落和贫穷,留在村里的老人和孩子只能靠远在城里的年轻人打工挣的钱维系生活。仙潭村不再飘冒"仙气",溪潭之水的流动声也变得时而呜咽、时而咆哮。

"人在城里打工,心里的泪水却总在向家乡的山湾流淌……"一个农家弟子的心怀,也渗透着丝丝惆怅。沈蒋荣告诉我,四年前,当听说有人想租下他家的房子开民宿的那一刻,他立下一个庄严的誓言:既然别人看中仙潭村是块可以发财的民宿创业地,我何不自己干?"当时我想:用自己家的房子创业,至少可以省下一大笔

本钱吧！"沈蒋荣就这么横下一条心：自闯仙潭民宿业。

他成功了：花近200万元装修了一栋带游泳池、游乐场，单间价位在千元左右的高档民宿，竟然一炮打响，入住率犹如破土春笋节节向上。第一年，自家装修的一栋民宿生意满满；第二年，借邻居房再建一栋民宿，又是生意爆满；于是后来又有了第三栋、第四栋……

"莫梵"品牌应运而生，名声威震莫干山四方。"来我的'莫梵'，就是让你莫再烦恼，可以在此自由自在地发发呆、发发笑……"沈蒋荣用憨厚的微笑和干净利落的周到服务，迎来一个个游客。

"回来吧！一起回来建设美丽家乡吧！"尝到致富甜味的沈蒋荣更是用自己的言传身教，召唤那些在外打工的村上同龄人、比他更年轻的"80后""90后"返乡。

"你在归途画上新阳，我在家乡嵌织锦绣……"就这样，仙潭村的年轻人如同一只只归巢的春燕，飞回了自己的家乡。他们学着沈蒋荣的样儿，把自己的家园修缮装饰成一个个形态各异、内容丰富，既能品尝到纯正农家风味，又能享受大自然风光的休闲乐园。于是仙潭山村，除了沈蒋荣的"莫梵"，又有了"依莫""清栖""若曦""薛园""云途""隐宿""漫步山乡""半步客栈""ST故事"……这些听起来令人神往、去过后令人难忘的浪漫又诗意的民宿"雅号"。

老实说，最初时我认为开设民宿的这些年轻人只会追赶时尚而已，哪知走进一方方他们如同燕子衔泥而成的民宿乐园时，我完全惊呆了，因为它们太惊艳：游泳池、盛开的花园、郁郁葱葱的竹林、曲径通幽的石道，以及散发着泥土芳香的菜地……总之，城里和一些豪华宾馆有的，这里有；乡村农家的田园风味，这里有；我们常羡慕的异国风情，这里也有。假如你想晒着阳光读书，这里有"书角"；假如你想望着蓝天弹一曲钢琴交响，摆在楼亭之上的"乐器之王"早就静静地等在那里，就看你需要什么样的乐谱了！

"想留住客人，就不能光简单地端一盘香喷喷的农家菜，还需要满足四方来客的各种品味和他们心中的那些'异想天开'。"我发现，沈蒋荣的脑子非常灵光。瞧，他家的民宿，还有一处坐落在三层楼顶上的"星空房"，而且所有墙壁用的都是大玻璃。"客人带着孩子来此，躺在这张大床上，夜里可以欣赏到美丽的星空，早晨能够观赏日出……我这间'星空房'，几乎常年客满！"他说。

我从他笑盈盈的眼神里，看出一种金钵满盆的光芒。

率先致富的沈蒋荣，被推荐为村支书后，这只"领头雁"的胸怀和目光，更加高远和深邃。他首先想到的是如何整治全村的环境，保护和优化现存的山林竹溪资源。"让每一寸土地上，生长出属于它的草与木、花与果；让每一户百姓利用自己的优势，加上勤劳与智慧，创造出属于自己的幸福美满生活：这是我的心愿。"沈蒋荣正是揣着这份情怀，舍出大部分精力花在规划村庄的未来和谋划每一个季节的旅游特色项目上。

那天晚上，我住在他的"莫梵"三层楼上。傍晚，坐在凉台的沙发上，我听他讲述村上青年们如何一家家富裕起来的故事，很多农家趣事完全颠覆了我们通常的认知。比如仙潭村的民宿农家菜，全由村上清一色的五六十岁的"村嫂"掌勺。"我对这些婶婶嫂子讲，你就给客人做最拿手的自家菜，除了少放点盐外，原汁原味。还有，客人如果不满意，可以不付钱。这家民宿你住得不够享受，可以随时调整。全村所有民宿，可以通过服务加价，但不能相互抢客……"沈蒋荣说，村上的集体资源，全部免费开放。

"所以，到这里来的游客都说，我们其实享受了莫干山民宿和美丽乡村的双重旅游服务。"沈蒋荣指着天上的星星，向我述说他心目中正在酝酿的"仙潭新计划"：要把村上所有在外打工的青年人全部"拉"回村里来，让他们都建有十间左右的中高档民宿；村上的老年人都能住上中高档的养老公寓，并且实现全免费；村上要利用自然优势，建一座与自然环境融为一体的现代化乡村乐园，以带来更丰富的游乐项目；要建直通上海、杭州、苏州和南京等城市的旅游专线，形成一个半径为200公里的"仙潭民宿魅力辐射区域"……

"我心中的梦想是：把我们的仙潭做成国际水准的乡村旅游度假地！"想不到皮肤黝黑、个头不高、理着小平头的这位青年农民，竟然怀揣如此宏大的理想。

"你的'国际水准'是什么呢？"我好奇地问。

"别人有的我有，别人没有的我有；城里有的我要有，城里没有的我更要有；国内顶级的乡村旅游主要项目我要有，国外高端的游乐设施我要有。当然，我们仙潭村的所有景点和服务项目都必须是四五星级以上的……"这些话，从一个充满豪气和理想的新一代中国农民口中说出来，怎不令人热血沸腾！

"时下一场席卷全球的疫情仍在蔓延，你的底气和远景来自何处？"大山里的月亮悬挂在头顶，幽谷深处的山村里闪动着星星般的灯火，格外迷人。然而，我心头仍然泛起一丝未解之谜，便请教这位农民兄弟。

沈蒋荣对我的疑虑，竟然脱口而出地回答道："来自我们有这块搬不走的美丽山谷，有热爱着自己祖国的 14 亿同胞！"

好个自信！叫人刮目相看。沈蒋荣笑呵呵地告诉我，其实做好事、做成事，关键在自己，在自己仙潭村上的人。"现在要搞好一个村庄，青年人是关键。"他重重地补了一句。

"怎讲？"

"因为我们仙潭旅游项目的定位是高档民宿，它必须具备两个最重要的条件：最美好的环境和优秀的管理人才。"沈蒋荣说，他在 2019 年就牵头成立了"仙潭村返乡青年创业协会"。这个协会是全村 130 多家民宿的行业管理组织，负责督促全村所有民宿的管理实行统一的规范标准，同时也是团结与帮助创业者的集体。"我用它在激励和帮助全村所有民宿及其他创业者，形成心往一处想、劲往一处使、共同奔社会主义康庄大道的团队力量。你进村看到围在一起开会的那些人，就是这个协会的骨干，我们正在研究讨论疫情下的发展思路……协会跟党支部、村委会的作用不太一样，更多的是行业管理特性，所以也跟全村民宿经济关联度更密切，作用更直接。"

我知道，仙潭村如今已有 130 多家民宿，其中高档民宿近 30 家，就业人员达千人，2019 年接待游客 20 万人次，村民的收入和幸福指数飞速上升。"返乡创业青年占全村民宿业主的七成！他们做好了，仙潭的明天也就有了希望……"

此时，沈蒋荣的手机不停地响起。他说村上那伙年轻人还在等他为一个项目"拍板"，所以只得匆匆与我暂且道别。

"这里的日出很美的，千万别错过了！"楼梯上，传来他的叮嘱。

"一定！"其实这也是我所想到的一件事。

这一夜我很晚才入睡，并不为其他，而是山村实在太寂静，静得让一直在大都市里生活的我一下子有些适应不了……

"喔喔……"一阵清脆的鸡鸣声，将熟睡中的我唤醒。那种儿时才经历过的生活似乎又被复现，叫人好奇而又兴奋。一个骨碌之间，我就从床上翻起，再打开窗帘，顿时一束霞光射进……当我眯起双眼向前看时，恰见一轮红日在山谷的前沿冉冉升起，那磅礴而起的情景，震撼心弦！

呵，春天！青春的春天呵！我不由深情地默默赞叹道。

"大哥！早上好！"伴着一声亲切的称呼，沈蒋荣已经站在我身后。他手中捏着一张纸，脸上带着几分兴奋，同时又有几分胆怯，说："昨晚，我们村上的返乡青年创业协会会议，其中有个议程，大家听我介绍了你为我们村发展出了不少主意，所以就有了一个请求,不知你能不能答应……"

我笑了,随口问:"你们这里搞得这么好,还有我帮忙的事?"

"有,有!我们想请你当我们返乡青年创业协会的顾问,帮助我们平时开开眼界……你看行不行?"沈蒋荣似乎憋足了劲儿,才把想说的话说了出来。

"我?哈哈……行!只要你们认为能用得着我的,我都答应!"我脱口而出。

"太好了!大哥——"沈蒋荣张开双臂,将我热烈地拥抱。

我以同样的方式,紧紧抱住这位农民兄弟。那一瞬间,也仿佛紧紧地拥抱了这个刚刚认识的小山村。

此时,我看到一群又一群飞雁,从远方飞来,纷落在仙潭的村庄与山林之间,随后发出"叽叽喳喳"的欢快叫声……山村的新一天又开始了!

我将这一次在仙潭村的所见著文后发表在《人民日报》海外版。

沈蒋荣的仙潭村是德清众多乡村的一个缩影,这里的民宿可以同"洋家乐"媲美。仙潭村民是万千享受着"绿水青山就是金山银山"生态文明成果的农民们的代表,从他们身上,我看到了一股犹如清泉般甜爽的"德"之温流在德清大地上涌动着,流淌着,歌唱着……

几个月过后,当我再次来到仙潭村时,全国各地的作家朋友们一起汇聚于此。一块亮闪闪的"中国美丽乡村创作基地"牌匾被授给了沈蒋荣他们村。作家们说:德清符合我们想象中的理想之地。

挑剔的作家能如此叹言不易。德清当之无愧。

四 乐水里有至高尽美

从德清的版图上看，能与莫干山并驾称雄的，唯有一望无际的下渚湖……如果把莫干山比作雄健的男人，那么下渚湖便是温情脉脉的女子。因为莫干山，德清才独傲于江南大地之上；因为下渚湖，德清方具柔情于"天堂"之间。

其实下渚湖仅是德清诸多氿、塘、河、溪、漾、湖的代表而已。德清之水胜于山岳，故德清是"上有天堂，下有苏杭"之中央的"天堂心脏"。

德清的水多，而这里的水的形态也独特且众多，既有浩渺的如下渚湖一样的漾域，也有一面面镜子般的湖面；既有湍流不息的大运河，也有缓缓流淌的山溪；既有家前宅后的水塘，也有大小水塘边的氿湾……不同形态的水，呈现着不同形态的水姿与水性，也许正是这众多不同形态的水，赋予了德清与众不同的独特的"水的精神"文化。

这其实很重要，从这一现象中泛出的思想和特色自然也非同一般。

水是孕育德清的母亲。水有多美，母亲就有多美。水润的母亲，就是我们的德清。欲让母亲永葆年轻美貌，就须护好清澈碧绿的水。

水，其实就是德清的底色和本色。水映托的莫干，那山和林才郁郁葱葱、茂盛无疆，溪流常年。水滋润了大地，那田和陌上才稻谷飘香、梨花飞扬。

水乡的人珍惜和重视水，德清的执政者深谙此理，并以水开启重德之道。这是德清有今日好山好水换得金光闪耀的关键所在。

孔子曰："知者乐水，仁者乐山。"德清自古常美，与这里的人千百年来崇尚和惜爱山水有关。以"洋家乐"为代表的德清民宿之所以闻名天下，就是因为一代又一代仁者对莫干山情有独钟，爱之深沉。

其实，踏到德清之地，除了珍爱莫干山以外，必会爱上此地的水。德清的水是江南大地之美的本色，犹如女性的天然之美。谁蹂躏她，谁就会受到历史和现实的惩罚。江南的水按自然径流贯穿于大地心田和经脉，并且形成流域。德清的泖、塘、江、溪、漾、湖之水，便是德清水域的躯体与骨骼。维护和保护好这样的躯体与骨骼，就是保护了德清的躯体与骨骼。让水灵动起来，域内的一切便将充满活力与生机。

德清水之美，得益于自然。经济落后时代，水虽没有遭到严重破坏和污染，但并不是最好的状态。改革开放之后的前二三十年，由于同样在追求简单的GDP数字，这里的水受生活和发展方式的影响，污染十分严重。那条顺着莫干山南麓的山涧蜿蜒而下、穿过县城的英溪河，原本她像婀娜多姿、清澈素颜的少女，腾挪流动在两岸桃花相送的人群之中，最后汇入下渚湖塘……但由于人们的生活方式过度随意，英溪也变得浑浊粗俗起来，更不用说汇聚千百溪流塘水、相接东西江河的下渚湖了。

那时的下渚湖，甚至有许多漾面湖地干涸成了种稻植树之地——断了水的湖，就是一片滩地；失了清澈的河，就是一条污流……那个时候，德清人失去了脸面，随之而来的还有思路的混沌、视野的短浅以及血液的迟滞。

一个社会和区域出现这样的"症状"，意味着什么？德清人醒悟的那一天，意识到了问题的严重性，因为这其实意味着他们将失去"德清"。没有"德清"的德清，还会是德清吗？

这听起来有些别扭，其实是深刻而严酷的问题。

水不清，何能再谓"江南水乡"？水不清，执政的仁德将丢尽。如何避免这种状况，是德清历任领导执政的重中之重。任何一个时代，有谁敢说"混浊之水"的德清就是他们所希望和期待的？再愚蠢的执政者也不会这样自取灭亡。更何况，"绿水青山就是金山银山"，习近平总书记在十几年前就曾这样谆谆教导。

上善若水，水映天下。人在水域，水自德清。那一天，我采访路经下渚湖时，正好看到一则新闻，令我心头泛起波澜：

> 近年来，随着美丽乡村、"五水共治"等一系列工程的不断推进，湖州市德清县下渚湖街道沿河村变成了省AAA级景区村庄，再加上毗邻下渚湖景区的优越地理位置，来自全国各地的游客纷纷慕名而来，这也让当地村民致富奔小康的底气十足。
>
> 沿着村道一直往里开，经过一座小桥，再转过一个弯道便来到了鸟哨客栈，就是这样一个位置偏僻又普通的客栈，每年却有成千上万的游客前来。这其中

究竟有何奥秘呢？

"别看我这个客栈比较偏僻，在德清众多民宿中不太起眼，但是在杭州、上海等很多大城市，不少人都知道。"刚刚送走一批客人，客栈业主叶妙英就赶紧将床单被罩更换下来，打扫卫生，准备迎接下一批客人的到来。趁着忙碌间隙，叶妙英接受了记者的采访。她说，年轻时自己在缝纫店当学徒，随后又到乾元的服装厂内工作了20多年。"那时候想要多一点钱花，得靠省吃俭用才行。"

20世纪90年代，德清县对下渚湖景区进行了保护性开发，自然古朴的江南风貌，历史悠久的人文古情，逐渐吸引了周边游客的注意。叶妙英介绍，随着保护性开发的不断推进，如今的下渚湖湿地风景区已是国家AAAA级旅游景区，更有着"中国最美湿地"之称。良好的生态环境吸引了成千上万的白鹭、灰鹭、牛背鹭、夜鹭等来此栖息，繁衍后代，叶妙英的鸟哨客栈正是因此而得名。

"我爱人一直在下渚湖景区工作，前几年总是会有游客问他，'这么美的地方有没有酒店，想在这里住上一段时间'。"4年前，恰巧赶上家里房子老旧需要改造，叶妙英的爱人提出将房子改造成客栈的想法。叶妙英在家人的建议下，辞掉了服装厂的工作。"本来还担心没有客人，没想到第一年就开始盈利了。"

近年来，沿河村落实了"五水共治"、农村生活污水管网改造、农村生活环境整治等一系列措施，从源头把控，不断擦亮绿色底色。前几年还进行了美丽乡村精品示范村建设，成功创建了浙江省AAA级景区村庄。

宽阔整洁的柏油村道、美观大方的独栋别墅、含苞待放的夏日荷花……一幅山水田园美丽乡村画卷，吸引了众多游客前来打卡。"现在客人越来越多了，他们都说我们这儿像个大庄园，我家开客栈底气也更足了。"叶妙英告诉记者，如今，客栈每年收入都有20多万元，这也让他们的生活更有奔头了。

正是看中了家乡的优美环境和优越的地理位置，如今越来越多的村民动起了开民宿的心思。"客栈都是标间太普通了，接下来我打算改造一下，打造成特色民宿，在如此美丽的环境下，我们有信心，客栈会发展得越来越好。"叶妙英满怀憧憬地说道……

看完这则新闻，我说："我要去下渚湖游一趟。不游下渚湖等于没到德清。一个不了解下渚湖的人，是不可能真正认识德清的……"

当地人告诉我，初秋才是下渚湖真正的美丽时刻，那湖水可以透到湖底，那芦

下渚湖朱鹮

花已经开始飘扬,那成窝的鹭鸟会一起高飞,甚至水中的鱼儿也想跃上岸头……这绝对不是虚幻的描绘,而是我在乘船飞渡之中看到的景象。尤其是上了湖心中的鸟岛,进入鸟岛的中央,然后步入鸟林之下,抬头看见"鸟世界"——那一刻,你的心才可以称得上"荡漾"和"摇曳",因为一只鸟在你头顶,和一万只鸟在你头顶,是完全不一样的感受。

下渚湖的鸟,代表着这里的水的宽度与质量,还有水的胸襟与精神,这水难道不是德清的宽度与质量、德清的胸襟与精神吗?

其实,下渚湖景区内最宝贵之处,是在鸟岛的中央有一片朱鹮的栖息地。素有"鸟中大熊猫"之称的朱鹮,对自然环境的要求,等于是皇帝女儿对自己卧室的要求。国家级珍稀鸟类朱鹮在下渚湖"安家",足见此处的环境之好。

"朱鹮繁殖很难,可我们这里已经繁殖了400余只……"鸟岛上的管理人员自豪地告诉我。

我感觉他就是下渚湖、德清水的代言人。一句话,点明了德清之水的所有。

五 "地"与"球"的魅力

德清是从地上起步和开始行走的。

它的面积其实很小,但德清人的心胸却异常宽阔,因为他们站在一块很小很小的地盘上,却想着世界上的大事。这种胆量和气魄,让他们的起点与决策高度很不同于一般县市。他们秉承或者发扬了浙江人的气度与风格:脚踏实地,放眼世界,干前人从未干过的事,做全世界第一的伟大业绩……

德清人的这一点高瞻远瞩、开阔胸怀,让人敬佩与敬仰。

从某种意义上讲,今天的德清,是从"地理信息小镇"起步的。而最初我听说这个名词时觉得有些不可思议,甚至高度怀疑:仅凭你区区德清,就想一厢情愿"独揽"地球、拥抱我们可爱的星球?不是痴心,就是有点妄想……我曾经有过这样的想法,估计许多一开始不了解德清的人都会有同样的想法。后来发现,抱有偏见的是我们自己:德清和德清人就是轻轻松松、严严实实地拥抱住了地球,亲亲切切地将希望和未来的辉煌事业牢牢系在了我们这个飞速发展、日新月异的星球上,并且已经取得卓然成就——一个全面发展、整体进步、美不胜收的德清!

"地理"二字,并不是"潮"词,在我们读小学时就知道了它的含义:世界或某一地区的自然环境及社会要素的统称。我国古老的《易经》中就有这个词。在科学领域,地理学也是一门基础学科,是关于生活在地球上的人与他所处地理环境之间关系的学科。如此古老和并不太神秘的学科,为何成为德清复兴的切入点,这是很有意思的一件事。因为你今天来到德清县城,最快进入你听觉和视觉的两样东西,都与地理有关,而且已经有些非"小县城"所能扛起来的大概念:一是那座美轮美奂的联合国世界地理信息大会会址的球体建筑;二是随处可见的地理信息经济业态……

疯了？！想入非非吧？！最初我听说和看到德清这两个概念，内心产生强烈的质疑。想想：德清有何超越和能盖在世界之前面的"地理"优势？山川？莫干山虽美，但如果与中华五岳比，还是不能相提并论，更不要说与欧洲的阿尔卑斯山、日本的富士山等世界名山比；下渚湖和百亩漾确实也很美，但与天山天池、太湖、洞庭湖比，相差也是甚远。然而，德清人就是比他人敢想敢为——要干就干"大地"的产业，要想就往"星球"上畅想……

他们竟然想成了，而且干得相当精彩和成功！

认识，决定高度；意识，决定方向。站在有限的土地上，想着世界的大事，这是需要魅力和远见的。

而德清主政者和德清精英们，甚至是普通百姓，他们的认识和意识，令人吃惊与感叹：原来他们的心头，一直抱有"只怕想不到，不怕干不好"的信念。这是何等的气魄！何等的精神！

地球就是这样在转动。人类原本这样在前进。从德清人清醒地意识到不能落后、不再犹豫的那一刻起，他们的步伐变得坚定和铿锵，目光里充满着对所有希望的事业的向往与迷恋。

陈建国，这个人的名字，在德清如雷贯耳，正是因为有了他，才有了德清今天的地理信息小镇、地理信息经济业态及联合国元素。

一块好的土地，加上一个重要人物的出现，伴随着的可能就是一场翻天覆地的"革命"。德清大地上涌现出"地理信息"和"地理信息产业＋数字化＋智慧城市＋人工智能+N"的革命，而这场革命其实才刚刚开始……

必须说，对德清而言，陈建国是个福星。但他却说："我得感恩德清，是这块土地给了我生命和行走祖国大地的双脚……"原来，陈建国的父亲从杭州到德清工作，从此就在德清扎了根，所以陈建国刚从一线岗位上退下，就把家安在了风景如画的德清。

说德清人高智商是有道理的，他们在选择自己的发展方向时没有"想入非非"，而是与其他睿智的浙江人一样，脚踩的地方特别实——或者初始看来，似乎还有些"笨"。因为陈建国最早被德清人认知的是他的"测绘"身份……

测绘？测绘是干什么的？有人奇怪地问。

就是丈量地球，有人说。

丈量地球跟我们有啥关系吗？

太有关系了！就像我们应该知道自己的身高、体重、皮肤颜色……

原来地球也跟人一样啊！

那当然！"丈量"清楚地球是啥情况，我们就能干些有意思的事情……而浙江地盘上的山川河流、地理地貌、边边角角，陈建国和他的团队全晓得！

厉害！可这和我们德清发展经济有啥关系吗？有人虽敬佩，但又有些弄不明白。

当然有关系了！想一想：现在不是信息社会吗？信息不就是经济、就是国内生产总值、就是财政收入吗！

对啊！信息社会里，谁掌握的信息越多、越充分，赚钱的机会就越多。我们现在有些事情做得不够好，就是信息没全掌握住。

对呀！知道陈建国他们的"地理信息"是啥意思吗？

啥意思？

就是地球上的信息他都可以知道，就是能够站在天上看我们这个针尖儿一样大的德清，看整个浙江省、全中国，甚至全世界……

有那么厉害吗？

有啊！听说过遥感技术吗？就是通过放到天上的卫星往地球上那么一扫描、一拍照，就把地面上的东西全给弄清楚了！

原来如此啊！快请陈局长到我们德清来呀！

弄明白"测绘"和"地理"是怎么回事后的德清人激动和兴奋起来，他们恨不得立马将那个身在省城杭州的"德清人"陈建国请到莫干山，跟他好好"咬咬耳朵"。

想与陈建国"咬耳朵"之时，其实陈建国已经悄悄地来到了德清，当然他并没有去莫干山欣赏美妙的风景，而是脚踩着一条条绿色山道和乡间田埂……"2010年，我们省里原来的测绘局，根据机构改革和社会发展需要，进行了跨界融合，名称也改叫为'浙江省测绘与地理信息局'，在全国同行中率先将传统的测绘与地理信息融合在一起，而且职能也从单一的承担地球测绘，转变为直接为经济服务的地理信息采集与使用。这一改变，可以说是我们这个行业的一次真正意义上的飞跃，从'地上'跳到了'球上'……"陈建国解释，以前测绘，就是在"地"，现在"地理信息"，就是整个地球上的自然信息概念了。

"地理信息又是什么呢？在今天这个智能化、信息化、数字化时代，地理信息就是所有数字智能信息的基础与平台，它通向所有领域，甚至是空间，甚至是人脑，甚至是暗物质……"采访陈建国是在德清的现代乡村，他指指天、踩踩地，告诉我：

上天入地的所有相关信息，都可以包罗在地理信息之中。

"人也是自然万物之中的一物，所以人的行为同样属于地理信息的一部分。"他说。

原来，德清人已经高明地意识到陈建国拥有的是什么资源啊！

陈建国深深地吸了一口家乡的清新空气，听到德清人的想法后，欣然一笑："本人的血脉源于德清，你们的想法与我们正在推进的地理信息产业发展不谋而合！这事靠谱，可以深谈！"

陈局长同意啦！消息在德清县政府办公大楼里很快传遍了……那就抓紧对接呀！大家就忙得双脚飞了起来。

要说"跑腿"的能力，还真没有一个可同陈建国先生相比，他是测绘出身，从学校一毕业就靠双腿"吃饭"，什么样的艰难险阻、什么样的崎岖小道他都走过。然而现在的陈建国想的和"走"的完全不一样了，他也已经不再固守在丈量地球的"身高"与"体重"上了。

"最初的地理测绘，是基本信息，或者说固定信息，后来地球的信息也不局限于我们靠脚丈量出来的那些数字了，它通过卫星遥感技术，也就是靠特殊的'眼睛'看地球了，所以它获得的信息和数据就比传统的双脚丈量的地球信息，超出了几十倍、几百倍，甚至 N 倍……"坐在我面前的陈建国完全不是那种"风餐露宿走天涯"的测绘队员了，而是一个走在我们很多人前面的融数字化、智能化、经济与自然学、人文与科学知识及经验于一身的专家和管理者。

"地是一种概念，地球又是一种概念。站在地上观世界，我们基本是平面的和传统的。而站在'球'上观世界，我们的心是飞翔和荡漾的。如果通过其他手段，站在太空看我们的大地和地球，又是完全不同的一种新形态，它可以让我们的思想伸出翅膀，让'0'变成万源……而通过计算机计算与组合，我们的世界也就变成了时间、空间和未知的一切领域，我们今天的想象可能就是明天的现实，所有的希望和未来也就成了可能的一切。"德清有许多哲学家，他们的脑海自植入"地理信息"的概念以后，思路霍然拓宽了无数倍，令人赞叹！

陈建国更不用说，在他的理念里，时间加空间，就是世界上最大的产业。

"我们德清 937 平方公里，是个小县，体量不大，但就是要利用好'地理信息'这个概念，在有限的地域空间里，实现无限大的产业革命和产业效益。"县领导的心脏里，是汹涌澎湃的理想与远景，还有实实在在的当下现实。

"省里给了我们新的职能平台，就是要利用好信息资源，为全省经济建设服务。

所以当时我们就想找块地方搞个试验田。可放哪儿好呢？"陈建国说，当时他们确实寻找了好几个地方，杭州周边和浙江省域内的好山好水太多，哪个地方都可能成为地理信息产业的生发地。

"但最后我们还是选定了德清。理由可以说出好几个，至少有两点，我和单位领导成员意见完全一致：德清离杭州近，与上海、南京、苏州等几个大城市联系也方便；二是德清人办事能力强，有追求完美的意识。这两条在我看来都十分重要，因为实际上它们都体现了德清的'空间'大于别的地方，并与我们所要推行的信息资源产业上所说的'空间'意义完全吻合。因此，后来我向时任浙江省常务副省长陈敏尔汇报为什么选择德清时，摆出了上面这个观点，他想了想，冲我笑笑，说：'开始以为你陈建国有私心，把这个项目放在家乡德清，现在看来你的选择是对的，放在德清就是最理想的了！'"

这事就这么定下了。

这个后来叫"地理信息小镇"的项目落地德清，对日后德清的发展起了重大作用，可以说，它是德清脱胎换骨、找准发展方向的一次历史性事件。

"陈局长，昔日武康孝子孟郊先生写下千古不朽之作《游子吟》，让慈母之心永远烙在中国人的情感长河之中，而今天你把地理信息小镇落到家乡德清，就是赤子孟郊再生！"时任德清县县长的胡国荣与陈建国签下合作共建地理信息小镇（即浙江省地理信息产业园）的协议书时，难抑内心激动，拥抱住比自己年长十余岁的陈建国，如此褒奖。

"岂敢！还要感谢德清人民的支持！"陈建国此时同样激动，因为当时他已年过半百，想到游子一生，即将"叶落归根"时，把一个省级新兴科技产业项目落户到给予自己生命的这片土地，他内心平添一份欣慰之情。

项目最初并没有一个明确的"地理信息小镇"概念，后来浙江省建设特色小镇兴起，陈建国他们的德清地理信息小镇就自然而然成为"特色"了！

怎么干？虽说陈建国他们对地理信息产业充满希望，但如何干，如何落地，必须与德清同心协力。

是套用工业园区式的办法，还是其他什么方式？最初的"地理信息"有些"飘"在半空之中。

既然我们确定未来这一产业具有鲜明的"时空与数字"特色，那么就不能套用工业园区式的办法，简单地画一个圈，然后装在里面。陈建国和德清县领导们经过充分酝酿，一致认为：必须突破常规，建设超一流的未来科技型新城——"地理信息小镇"概念其实这个时候才正式确定。

"必须全球招标，全球招商，全球引资！"三个"全球"，决定了德清地理信息产业的格局与定位。德清方面在县委、县政府的全力推进下，征地、拆迁和规划设计，紧锣密鼓地全面展开。然而，即使在此时此刻，除了陈建国的团队，德清人其实并不太清楚这"地理信息"到底是什么，产业到底有多大。他们在好奇和急切中等待着……

2011年秋，浙江省（德清）地理信息产业园的一场"地理信息产业推介会"在当时西子湖畔的杭州黄龙饭店举办，来自国家、各省区市的相关地理信息方面的专家、学者和产业单位代表达400余人。各地组织的相关地理信息产业单位代表和众多院士的发言，让德清人大开眼界，对"地理信息产业"这个概念有了更深的认识：原来这"冷门"并不"冷"呀！它无所不涉及、无所不包含啊！太有前景了！

果不其然，就在此次推介会上，18家省内外知名地理信息企业与德清政府科技新城（即地理信息小镇前身）管委会签订了投资金额达60亿元的大单。"无中生有"的一个概念，一下揽住了60亿元的投资额，德清人从此对"地理信息"爱得再没有放下过……

"陈局长，我们跟着你把地理信息产业做大做强，做到全世界第一流！"德清县领导头一回眼见为实地看到了地理信息产业的前景了，他们纷纷来到陈建国身边，仿若一团团激情燃烧的火焰。

陈建国对此当然更加高兴，他说："从专业前景讲，我是信心百倍。从产业发展看，还得仰仗你们德清的实干结果。"

"你怎么说，我们就怎么干！"已经认准方向的德清人，开始豪爽和豪迈起来了。

2012年5月24日，地理信息小镇正式奠基开工，联合国官员，国土资源部副部长、国家测绘地理信息局局长徐德明和浙江省、湖州市主要领导到场祝贺。

2012年6月，《浙江省人民政府关于促进地理信息产业加快发展的意见》出台。从某种意义上讲，省里的这一文件精神，犹如东风劲吹，让德清的地理信息产业插上了飞翔的翅膀，成为让人眼前一亮的一项新兴产业。

事实也是如此。中国联通公司的云数据中心要进驻地理信息小镇。"乖乖，这一朵'云'所要用的电就是我们德清用电的四分之一啊！"

"那可真是大家伙啊！"德清上下这回彻底明白啥叫"地理信息产业"了，他们吆喝多少年才抵得上人家的"一朵云"嘛！

"一朵云"要用去德清四分之一的电，虽然让德清人兴奋了一阵，但也有困难：如此大的用电量，德清哪儿去挤嘛！只得求省里"帮忙"。

还是陈建国出面去找时任浙江省省长的李强。"这么个好项目，我们支持！"李省长一想，说。

地理信息小镇就这样"无中生有"，轰轰烈烈地诞生并"陆续开张"起来。

"从无中生有到四海汹涌而来，我们确实经历了一场对'地理信息'，或者说对'数字经济'的换脑过程……"坐在我面前的高新区管委会副主任曹根荣，是"地理信息小镇"的分管领导。他指了指墙上的那张"小镇"地图，多次由衷地向我表示"这里风水极佳"："古有治水大儒，今有数字革命开道，智慧经济作引擎，'地理信息小镇'的前景极其可观，现在已有300多家企业和高端公司向我们小镇集结而来。2019年120家，2020年虽受疫情影响，但100多家肯定不成问题……"说这话的时候，2020年才刚过6月份。

"我们的小镇并不大，核心区面积仅为1.31平方公里，但实现的亩均税收则不低，2018年亩均税收为40.7亿元，2019年为81.4亿元，名列全省特色小镇第二位……"曹根荣很自豪地说，按目前发展速度看，地理信息小镇的经济效益完全有可能走在更前面。

懂经济的人是知道的，所有开发区、园区或"小镇"之类的经济体，看效益，得按平均占地多少来计算，也就是说，你用了多少地，产生了多少税收才是"硬碰硬"的效益。"亩均税收"就是这样出来的。

面积总共才只有937平方公里的德清，对土地很在乎，因为只有在有限的土地上实现经济效益的最大化，才是"德清效益""德清速度"与"德清特色"。

从湖州莫干山高新区管委会办公楼出来，我们顺便走进了几幢方方正正的办公楼。管委会的人介绍，这是由"小镇"先把"巢"筑好后，再引"凤凰"进来的规划设计。

与其他开发区园区很不同的是，"地理信息小镇"更像一个高端住宅公寓和花园，房子和道路完全适宜于生活，加之幽静的环境、茂盛的花木，你很难想象这里是个能够产生巨大经济效益的地方。

"别看面积不大，但就像是个小'联合国'，哪儿来的公司都有……"原来"小镇"很风流哟！听主人介绍，再一路观摩，确实感觉置身于一个特殊的小"联合国"。走在凤栖湖畔，仰望着湖北岸广场迎风飘扬的联合国旗帜和联合国所有成员国的国旗，心里想着主人介绍的联合国在中国设立的第一个直属机构——联合国全球地理信息知识与创新中心将落户于此,我和所有德清人一样,感到无比自豪。

在"浙江国遥"面前我停下了脚步,想往里探访一下"地理信息经济"和"地理信息产业"为何物……

年轻的总经理杨为琛听我"第一问"后就笑了:"外来的领导干部进门都这样'一针见血'……"继而他也一针见血地回答我:"其实我们的业务和产业就一句话:做得越细,前景就越大!"

看我一副似懂非懂的神态,杨为琛迅速打开他们公司业务的视频宣传片,一边播放,一边向我解释:数字经济的特点,就是"针线活"——通过科技手段把收集到手上的数据与信息分类,分类越细就越好,我们的工作和效益,都在这两个方面充分体现出来。

看我仍然一脸懵,他进而举例介绍:比如去年德清县全面铺开垃圾分类工作,提出"有人的地方就有垃圾分类"。这项工作涉及每家每户、全县每个角落,传统管理时需要动员千百名干部,去走千家跑万户,而后把各种情况汇总,再研究讨论实施方案,当方案下去后,又得再来个千家万户的动员、走访、检查、落实……总之,政府和政府工作人员累死累活,也未必能够把事情都按要求一家一户地落实好,因为百姓的生活是随性和随意的,你就无法保证政府推行的垃圾分类和处理落实到位。怎么办?有我们出面就大不一样……怎么个大不一样呢?杨为琛看我急切地想探究竟,便开始滔滔不绝地讲起他们"国遥"的背景:我们的背后是国家遥感科学技术中心,所以我们拥有强大的地理信息资源,并将这些资源用于为社会服务。

原来如此!

"当德清县需要对全县千家万户百姓的垃圾状况进行调查分析判断时,我们就可以出动飞机——无人机,当然也有其他人工驾驶的大飞机,如果有更大范围和规模的工作时。再配以调度出的国家遥感资料,我们可以为德清政府提供最及时、最当下,也是最清晰、最准确的整个区域内垃圾现状数据,然后交给他们,由他们再进行决策与实施……在实施过程中,同样可以把相关的事情交给我们来处理和实施,比如检查垃圾分类工程进展、效果、实况等,我们都能很快完成,而且肯定比人靠双腿跑出来的精确与细致得多,而且一定是'多快好省'……"杨为琛用图像和实例如此一介绍,让人豁然开朗。

"现代文明程度越高的社会,数字技术对社会发展和治理的用途越广,几乎可以广泛到无所不能、无处不可少它的地步,而且它直接、快捷、高效、低成本。"对杨为琛的话,我有一点不太理解:通过卫星或飞机等其他高科技手段获得的资料与数据不是成本很高吗?为什么还会有"低成本"一说?

他笑了,对我的疑虑这样解释:"算单次成本,获取一份遥感卫星照片可能成本很高,但我的一张图,上面可以解释一百种、一千种甚至几万种信息资源,可以用在各个领域与各个方面,这样它的成本就小而又小——这就是地理信息资源的优势所在。"杨为琛说,过去大家并不太了解"地理信息"和"数据资源"的重要性,所以并没有广泛利用它们。如今智能社会、数字社会不断在推进,地理信息资源的用途越来越被重视。"凡是与我们合作的单位,最后都会说一个字:值!"

确实值!原本无法弄准确、弄明白的村村户户的垃圾状况,无法检查得过来的垃圾分类实施的现状,现在交给地理信息小镇的一家公司稍做处理,三五天就可以把全县的所有相关数据、图像,全部摆到县长、镇长甚至村主任的面前。于是张三李四家做得如何,王村赵村的差距在哪儿,谁想不认账也不行,数据和图片放在你面前,再到现场一核对,脸红的一定是工作没有做到家的人。

"百姓讲究面子,也是讲道理的,你把真实情况摆给他看,他最后一定是心服口服。我们的工作也就能够如期、高效地推进了……"县长嘴里的话,印证了"地理信息"给社会发展带来的极大便利与好处。

"堂堂'国'字头单位,又拥有他人无可比拟的资源优势,你们为何偏偏选择了德清这块地方施展你们的雄才大略?"我的问题直接而带了些尖锐。

杨为琛虽年轻,但显然见过的世面也很多,一说起我们同在北京某片区域住时,他更加豪放和真诚了一回:"实话实说,我是2012年就到这儿工作的,我们是当时第一家进驻地理信息小镇的公司,而且我还是在北方就学、工作多年的福建人。能够让心和事业留在德清,首先是德清人感动了我……""理工男"杨为琛说到这儿,有些激动:"当时我只带了两三个人到这儿,可以说是完完全全的一个创业者。但一到德清,县里领导的那份真诚、那份实在,让我们十分感动。记得第一次来,县领导就带着我们组成一个'爬山团'——爬莫干山。在边爬边聊边看中,我们全身的热血就越来越燃烧起来,越来越感受到德清这块好山好水的魅力与诱惑力,再加上后来越来越品味到德清有别的地方很难有的四大优势:区位优势、生态优势、政府服务优势和社会和谐优势。这么好的地方,不是太多,于是我们就把根扎在这块土地上了……"

杨为琛说了一个非常感人的细节：他是因为浙江的一个同学介绍才知道德清的，年轻的他当时就背着一个包，跟着他同学来到这片土地。德清对创业者十分欢迎，提供了无微不至的关心和服务！年轻人脑子灵光，决策也快速，加上前面讲的那么多开拓事业的优势，于是杨为琛就毫不犹豫地将自己的事业放在了德清……

"但这还不是真正能打动我的。打动我心的是德清人的细腻感情……"杨为琛说，"我虽然不是北方人，但爱吃馒头，可德清这边一般不吃馒头。为这，当时管委会的领导亲自到食堂叮嘱师傅蒸馒头给我吃，你说让人感动不感动！"

"当年我们来的时候，就是小屁孩一个。现在我公司也有自己的飞机了！公司德清总部有80来人，全国各分公司加起来有200多人，业务一年比一年多起来，尤其是这几年，可以用突飞猛进来形容！"看得出，现今已算是大老板的杨为琛是位懂得感恩的人。他现在管理两个公司，每年仅向当地交的税就有几百万元。

与杨为琛的"浙江国遥"相隔不远的"合信地理"的主人叫朱正荣，南通人。他原来在天津工作，业务和专业已经在业内非常出名。"听说德清这里有个地理信息小镇后，就将公司搬了过来。前后三个月时间就定下这事，当时就感受到德清的营商环境好。"朱正荣是位文质彬彬的专家型老板，他说他的公司原来在天津业务已经做得比较大，多数员工为北方籍，他们的家眷也都在当地。然而德清的地理信息小镇依然把朱正荣吸引了过来，他一狠心把"大本营"搬到了德清来。"为了照顾北方的同志，我特意在北京设了一个商务中心。公司主要业务现在都在德清这边……"这是一个爱德清爱得有些痴迷的老板，能下这样的决心却并不容易。"德清的人文环境对我影响很大，我是南通人，熟悉和钟爱江南文化，但真正像德清这样近乎完整和完美的江南文化，显然并不多。"朱正荣说，地理信息产业其实是一门既古老又现代的数字产业。"古人用尺丈量大地，是为了占有土地和在土地上产出能够满足生存的粮食。现代人通过航拍、遥感、光学等先进科技获得影像与数据后，是用来加速推进人类的经济与各种文明活动、改善自我生存条件的，因此这个领域实际上又是一个前景十分可期的新兴产业。我们合信地理做的业务已经很广了，其中有一项是改善人们居住和工作环境的。比如你生活在一栋大楼里，由于工作和生活条件需要，你可能对冬天与夏天、室内与室外的环境有不同的要求，那么如何来解决这些问题呢？我们合信地理公司就可以为你提供春夏秋冬、室内室外甚至不同房间、楼上楼下的各种不同环境下的数据，这样你就可以根据需要进行合理和科学的调整与调配。我们就像裁缝师一样，可以给各种身材不同的人提供服装……设想一下，这样的产业是不是很大很大？"

　　确实无限广阔，甚至有些无边无际。总之，这让我感叹德清人视野之高远和广阔——当全世界的科技精英都低下头颅，把目光盯在微观的芯片世界时，德清人则仰头遥望地球与地球之外的宇宙信息，这也印证了"脑洞天地"的无限性。

　　小小德清，眼界竟然如此了得！因为抓住了"地理信息"这一概念，才短短几年间，他们把自己前方的路径，筑到了通向天际间的星星那里……

六 从"小镇"到联合国

确实，心有多大，天就有多大。德清人的心很大，虽说他们站在莫干山，却能遥望世界和世界之外的星空。

有句话叫"吃着嘴里的，看着碗里的，想着锅里的"，这是形容一些贪婪之徒的丑行。其实在实际生活中，如果一个人积极上进，具有奋斗精神，那么这种"吃着嘴里、看着碗里、想着锅里"的行径就不再是丑行，而是美德和美行了！德清人看起来宛若潺潺流水、文雅安静，其实内心充满了求进的骚动和奋斗的欲念。

在陈建国引进"地理信息"概念后，德清人便盯住不放，从"无中生有"，开始向"雏凤下金蛋"的方向发展……而且这一步走得像模像样，最后让联合国总部都为其竖起大拇指。

许多事情第一眼看起来，是没影子的事，但到了德清人手里，竟然变成了铁板钉钉的事。

这仍然离不开"德清人"陈建国。"喂，透露一个消息给你们——联合国有个世界地理信息大会要在我们杭州召开……"在地理信息小镇奠基仪式之前，有一日陈建国悄悄跟德清两位主要领导说。

"到杭州开还不如到我们德清来嘛！"

"是嘛，地理信息小镇都建在我们德清了，联合国的地理信息会议理应在我们这儿开！"

陈建国听两位气势豪迈的德清领导这么说，心里暗暗高兴：他本来就有此意，只怕一个国际会议，德清人自己畏首畏尾不敢扛。现在两位主要领导都表态了，陈建国内心十分高兴，便说："那我就去试试。"

"不是试，您老看在德清面上，无论如何都要把这事搞成。"

陈建国笑了，深情地说道："我是有一个不大不小的愿望：让全世界的人知道中国有个特别好的地方叫德清……"

"陈局长不愧是我们德清出来的人！"德清领导再次被陈建国的一片赤子情所感动。

关于"地理信息"概念和地理信息产业，这在德清人的心目中过去"无"，后来"有"，再后来就是遍地开花……这过程很能说明德清人的潜在能力和创造意识。"一直以来，我们德清县委、县政府都有一种意识，就是只要有利于我们德清发展、德清百姓生活水平提高、德清生态和社会环境提升的事，我们一定努力去争取、去做好，一直做到极致为止。"与几任县委领导交流时，他们都说到这一点。

这一点至关重要，它像苍翠常裹青岳，让莫干山千年不衰，犹如英溪水源源流入湖中而让下渚湖波涌万载……一个为民服务的政府，心则如水，情则如血。

"地理信息"概念后来之所以"映"在这块美丽的大地上，靠的正是这般"血浓于水"的情怀。

陈建国本人和德清县委、县政府，都给我提供了他们从运筹地理信息小镇到承办联合国世界地理信息大会的详细"路线图"——

2012年5月24日，是德清与省政府有关部门共建地理信息小镇的奠基仪式。而就在同一时间，在陈建国和县领导携手努力下，联合国统计司、国家测绘地理信息局、浙江省人民政府在杭州共同签署了明确联合国地理信息国际论坛会址永久落户浙江德清的协议书。这一时间点意味着什么？意味着德清的"地理"概念从此由莫干山出发，朝着"世界中心"的目标驶去……

"在联合国有个全球地理信息管理专家委员会，它负责全球地理信息的管理，而地理信息是地球的重要资源，虽然联合国尚无一个关于管理地理的专家机构，但这个全球地理信息管理专家委员会具有很高的权威，所以它日常都有不少重要事务，其中有个地理信息高端论坛就是它主办的最高级别的全球性地理信息管理学术会议。我是通过我们国家测绘地理信息局的领导介绍知道这个论坛的，因为他们也是全球地理信息管理专家委员会的成员。我们第一步是争取国家层面的支持来承办联合国的这个论坛，再想办法由浙江省政府出面争取把这个国际论坛放在杭州举办。因为2015年G20会议已经确定在杭州举办，我们在2012年确定联合国地理信息国际论坛在浙江省举办应该不成问题。当初我们初定的方案是：承办联合国的这一个国际性高端论坛,除了外交方面的问题外,经费谁出也很重要,省里的态度很明确,可以出一半。于是从国家层面去争取承办联合国的这个论坛就有了基本保障。当联合国、中国政府和浙江省政府共同确定在中国浙江举办全球地理信息高端论坛后,德清又进一步把这个论坛的会址争取落户在了德清……"陈建国把整个过程娓娓道来。

为了建好会址,搞出"联合国水平"来,德清请了国内顶级的设计单位来设计会址方案。"前后设计了五六个方案,最终选择的是我们大家现在所看到的茧形建筑,它有很具象的比喻——如破茧而出的一种希冀和力量。后来我们又主张在会址旁边一定要建一个大剧院,与之交融相配,就形成了现在所看到的那个气势非凡的美丽建筑。如果从空中看去,它更如凤舞九天或凤凰涅槃……"陈建国介绍道。这一切后来都如期按设计标准全部实施了,也就是我们现在来到德清可以看到的那一片最具现代化标准的德清美景和网红景点。

没有比看到自己的理想成为现实更令人兴奋的事。陈建国对自己当年的一个主张被德清人接纳并成为现实而感到由衷的欣慰。

2015年5月6日,联合国地理信息国际论坛会址奠基仪式在德清举行。至此,如果一般人、一般地区可能"到此为止",袖手等候收获了。可德清人并没有止步,他们渴求另一个更大、更高的目标——他们想向联合国请求在德清举办首次世界地理信息大会。

世界地理信息大会?这个动议好啊!太符合我们成立这个委员会的意义和宗旨了!

中国人敢想,也敢干!想了我们没敢想的事,干了我们想干但一直没有干成的事……妙!妙不可言!

当德清人把这个想法和请求递交到联合国全球地理信息管理专家委员会那里时,联合国的专家们顿时欢呼和兴奋起来,为中国朋友的建议和动议欢呼和兴奋——这也是他们想做又一直没敢去做的事。

中国确实强大了!中国人的智慧和大国责任确实体现出来了!联合国有关机构对中国、中国浙江和中国浙江德清的这一动议抱有浓厚的兴趣。

2015年10月30日,联合国副秘书长吴红波前来德清考察调研地理信息产业园(即后来的地理信息小镇),同时又对正在建设中的联合国地理信息国际论坛会址进行考察。"很成功。很满意。"吴副秘书长用6个字概括了他的考察与调研成果。而就在此次联合国高级官员考察德清时,德清人自己心里的愿望正式向联合国领导提出,做了最真切的表达与申请——"我们期待在德清召开一次世界地理信息大会"。

"好!有创意!创意好!"吴红波听后连声赞叹,一脸兴奋。身为联合国的高级官员,显然他也在为自己的祖国高兴,当然也敬佩与赞赏德清人敢想敢干敢付诸行动的创造、创新精神。

然而,联合国的事并非中国一国就可以决定,从某种意义上说,大国之间的斗争与较量,其实早已在联合国悄悄地展开……

地理是共同的,我们都应当为保护我们共同的家园贡献力量。

一年半以后,联合国执行局正式决定世界地理信息大会拟在中国德清召开,时间初定为2018年11月。

"浙江、德清!""德清、浙江!"消息传出,振奋的何止是德清,整个浙江跟着沸腾了!因为不久之前,影响巨大的世界互联网大会刚刚在浙江乌镇举行,以信息技术为代表的新一轮科技和产业革命正在萌发,为经济社会发展注入了强劲动力。

信息、互联网、大数据、智能社会……所有这些代表科技和社会未来发展的新概念、新技术,皆在浙江大放光芒,浙江人代表着中国人一次又一次在世界面前展现着自己的骄傲。当第四届世界互联网大会刚刚落下帷幕时,德清方面传来将在一年后召开首届联合国世界地理信息大会的消息,浙江能不再起沸腾之潮吗?于是我们也看到了长留在新闻史上的这般压抑不住激动之情的报道——

> 继世界互联网大会后,浙江将再迎来一个举世瞩目的科技盛会——明年11月,首届联合国世界地理信息大会将在德清召开。
>
> 联合国世界地理信息大会是联合国主办的规模最大、层次最高、内容最丰富的地理信息大会,也是测绘地理信息领域迄今为止在中国举办的层次最高、覆盖面最广的重大国际多边活动。
>
> 本次大会将交流展示世界测绘地理信息领域的最新进展,展望未来发展趋势,研讨地理信息支撑联合国2030年可持续发展议程实施的举措,提出共同应对各国及全球面临挑战的倡议。
>
> 大会举办地之所以选择在中国浙江德清,彰显中国在全球地理信息事务中的影响力,离不开德清地理信息的优质产业基础。
>
> 近年来,德清大力发展地理信息等战略性新兴产业,高标准推进浙江省地理信息产业园建设。在德清地理信息小镇(以下简称地信小镇),集聚千寻位置、

中测新图、浙江国遥、浙江正元、中海达、极飞地理等150多家高科技企业，全国地理信息产业集聚度最高的区域已基本成型。

作为浙江省首批省级特色小镇，地信小镇是联合国地理信息国际论坛的永久会址所在，在地理信息大数据产业蓬勃发展的今天，成为德清的一张金名片。

当下，德清高标准快速推进基础设施建设，高水平展示世界一流地信技术，高品质推动城市有机更新，高质量打造"食宿游行"保障体系，保障各项筹备工作有序推进。接下去，德清将举全县之力抢时间、抓进度，保质保量完成大会各项筹备工作，并借此契机向世界展示浙江的综合性科技创新优势。

如报道所言，"地理信息"从此成为德清的一张"金名片"。而从决定到召开联合国世界地理信息大会的时间，仅有一年零六个月，一个小县办"联合国大会"，能行吗？这"金名片"能打造成功吗？

德清人有信心，但信心并不代表一定能够拥有联合国和世界信赖的应有的水平和实力。德清经历了前所未有的一场考试——国际大考。

这场大考的主考官是联合国，考官是全世界的地理信息专家。

"必须要有一个精干、能干以及够水平的机构。"国家有关部门向浙江省和德清县提出具体要求，这个组织后来很快成立，它包括了外交部、财政部、商务部、公安部、国安部、海关以及浙江省、湖州市、德清县等各级政府机构，主要牵头人是浙江省政府，执行人肯定是德清。"德清不仅仅是要举办好一次会议，还要真正让地理信息小镇实现国际化、智能化、绿色化、产业化和科学化……"国家和省市领导在对德清提要求时还加了这一条，并说，"如果没有地理信息小镇的优势，联合国世界地理信息大会在德清召开的意义无法让人信服。"

没错，如果没有地理信息小镇，德清有何理由承办一个联合国级别的大会，而且还是开创性的"首届"！想想这么具有伟大意义和国际影响的大事，德清人梦里也会笑出声，但同时又会在梦中惊醒：开不好、做得没让人服气，将是多么可怕和失面子哟！这才叫"国际影响"！

我们现在可以看一看当时德清为了召开此次联合国的大会，曾经经历了怎样一段"激情燃烧的岁月"——

2017年7月21日，浙江省副省长到德清现场办公，听取筹备大会方案，并表示：省政府将在土地指标上予以支持。

7月底，国土资源部、外交部、财政部、浙江省政府正式向国务院上报召开联合国世界地理信息大会的请求报告。

8月18日至21日，报告在国务院领导手中传审，最后由李克强总理签字批准。

此时，德清召开"联合国的大会"一事尘埃落定，德清人的内心欣喜万分，但很快又被"老乡"陈建国"施压"：国际会议在德清召开，德清地理信息小镇要以举办大会为契机，在项目招引上发力，举全力发展地理信息产业，否则"牛皮吹大了要露馅"！这"老乡"，对德清真是高标准严要求！

德清人明白陈老的良苦用心，因为不把地理信息小镇的产业搞上去，大会召开时，国际人士参观一看，不是很难堪嘛！

陈建国不愧深谋远虑！

不出半个月，联合国统计司司长斯蒂芬·史威凡斯特（Stefan Schweinfest）率团来德清检查大会筹备工作，国家测绘地理信息局副局长李朋德陪同。斯蒂芬一方面对德清风景如痴如醉，一方面又对大会筹备与召开提出建议：德清要谋划未来与国际更大合作，要将这块美丽的土地打造为国际空间地理信息中心。这消息又让德清人激动万分！"国际地理信息中心"——德清！

"你们还要记住，德清应当成为资源洼地、服务高地，打造地理智能全球示范区，构建世界地理信息大舞台！"这是李朋德副局长的话，他的要求和展望更具体。

一周后，浙江省人民政府与国家测绘地理信息局签署《关于提升服务保障能力开展测绘地理信息示范省建设的合作协议书》。这份协议除了约定共同筹备开好世界地理信息大会外，更有对未来浙江和国家加强地理信息建设的国家战略……

此份协议意义深远。签约当日，国家测绘地理信息局局长库热西·买合苏提来到德清，指出：德清要按照初衷，瞄准世界一流的目标，将产业园（地理信息小镇）打造成国家地理信息示范区，作为名片推至全球；苦战5年、10年，咬定青山，瞄准目标，以大会为契机，为德清、浙江乃至全国的发展带来更多红利。

三天后的9月18日，副省长再次来到德清，检查落实大会的基础设施建设，强调要汲取其他国际会议经验。"这匹马我们是骑上去了，绝对不能放松缰绳……"副省长如此比喻，话中流露对德清的无限期待和内心的一缕忧思。

九天后的9月27日，德清县召开联合国世界地理信息大会筹备工作领导小组第一次会议。会上，宣布成立各职能机构，有五个小组，县委书记总指挥，县长总牵头。"从现在起，我们就要以最高的标准、最饱满的精神、最全力以赴的干劲，投入大会的筹备……"县委领导用了几个"最"，意在说明意义重大。可不，德清历史上从未开过"联合国的大会"嘛！

"来了！德清来了大人物啦——"2017年11月6日，莫干山刚有一丝寒意，德清城内却暖意浓浓，大家都在议论一件事：我国航天和卫星发射领域的专家——中科院院士孙家栋老先生竟然来到了德清，来参加国际工业级无人机暨北斗卫星应用产业发展高端论坛。孙大院士来德清和这样的大会在德清召开，证明了德清的地理信息、航天产业和其他数字智能方面已经在国内引人注目。

自豪啊！德清人发自内心的一种骄傲油然而生。

又是一个"三天后"，浙江省委十四届二次全会通过决议，明确指出"举办好首届联合国世界地理信息大会"。这意味着德清的事，也已经成了浙江省的事。

再一个"三天后"，副省长第三次来德清，听取筹备大会事宜。县领导向他汇报赴了墨西哥参加联合国第五次全球地理信息管理高端论坛的相关情况，同时副省长也给德清人带来喜讯：大会会址所用土地指标将很快批复。

这回是"两天后"，联合国世界地理信息大会指导委员会秘书处第一次会议在德清召开。这是一个中国国家层面的专为大会召开和筹备设立的秘书处会议。会议要求德清把所有筹备工作落到实处，同时指出：紧抓大会召开的历史契机，集众力在德清打造建设"智慧社会创新示范区"，让德清成为世界各国交流、观摩和合作的地理信息产业国际平台。

此要求和目标不低啊！德清人备受鼓舞，同时又深感压力巨大。

2017年11月30日，联合国第五次全球地理信息管理高端论坛在墨西哥举办。会上出现了浙江省副省长和德清县县长等一行人，他们的到来，让大会有了一阵兴奋，因为他们代表中国政府和浙江省、德清县政府向全球地理信息专家发出正式邀请，请他们参加2018年在德清召开的首届世界地理信息大会。

"Deqing（德清）！"

"Mogan Mountain（莫干山）！"

"哇，美丽的地方！"

县长和工作人员向地理信息专家们播放了德清宣传片后，会场已经有许多人坐不住了：明年，我们一起去德清！

"明年去德清——"全球的地理信息界人士从此这样约定，这样期待着……而就在此次会议上，德清人在浙江省领导的带领下，专访了联合国官员，他们向联合国官员传递了这样一个更重要的"野心"：希望联合国能够在德清设立一个办事机构，以便更好地推进全球地理信息管理和地理信息产业发展……

"很好的主意，我们会认真考虑和研究的。"联合国官员十分欣赏。

德清人从联合国官员那里出来后，兴奋得快要跳起来：这回他们的梦想真的全要实现了——德清跟联合国真正挂钩！

浙江德清"取经团"刚刚回国，北京就召开了联合国世界地理信息大会指导委员会第一次会议，联合国副秘书长、国家测绘地理信息局、浙江省和德清县领导到会，这意味着中国国家层面有关对大会的筹备工作正式拉开序幕。这个时间是 2017 年 12 月 5 日。

进入 2018 年，在第一个月里，有关"联合国的大会"在德清召开的检查和落实会议，省市级层面共开了 4 次，2 月共开了 9 次会议，3 月份共开了 20 次，4 月份共开了 35 次……一个月内为同一个会议的准备开了 35 次会，也就是说，每天至少要为首届联合国世界地理信息大会开一次会？！没错，4 月 19 日这一天甚至连续开了 4 个落实大会相关准备工作的会议。

至此，德清可以说是开足马力为首届联合国世界地理信息大会冲刺了！"现在离大会召开还有 100 天！倒计时开始——"县领导向全县人民吹响了"倒计时 100 天"的号角。

"伟大的阿基米德说过：'给我一个支点，我就能撬起地球。'如今，联合国给予了我们德清一个支点，这就是即将要在我们德清召开的首届世界地理信息大会。亲爱的德清广大干部群众，我们就是要用一个支点，撬动我们的地球。要利用这个支点，让方兴未艾的地理信息产业在我们德清生根、开花、结果！"那天，县委、县政府领导格外精神抖擞，意气风发。趁着此次即将召开的联合世界地理信息大会，他们已经开始带领全县人民努力朝着他们心中的一个宏伟目标奋进——这目标就是要让德清来一次历史性的美丽蜕变！

"德清要举全县之力、集全县之智，办好首届联合国世界地理信息大会，实现'开好一个大会，提升一座城市，打造一个产业'的目标！"县领导在誓师大会上这样高亢地号召道。

"倒计时"之后的不经意间，秋天的萧瑟已经扑面而来。然而在德清，整座城市没有半点寒气，只有沸腾的热情与活力。

——9 月 6 日，环绕地信大会主会场的凤栖湖正式通水。寓意"击云破晓，凤舞

联合国世界地理信息大会会址夜景

九天"的地信大会主体建筑群跃然于湖面之上,缓缓流入的一泓清水更为建筑添上一抹灵动秀美的江南韵味。

——9月19日,崭新的地信大会主会场——德清国际会议中心正式启用。在德清城市天际线上,一座新地标拔地而起,展示地理信息产业的独特魅力,让德清聚焦世界目光。

此时的德清县城武康,再度呈现和绽放出古老与新颜相融的风韵,一个为联合国世界地理信息大会召开所展现的东道主风采全面形成。更为可贵的是会址工程抢建施工现场的高峰时期,每天约有1800名工人奋战在核心区1.31平方公里的工地上,其势其威,气吞山河!

为迎接地信大会付出的汗水和辛劳,在这个秋天结出累累硕果,德清沐浴在丰收的喜悦中。地信小镇52幢产业大楼已建成投入使用,1924套人才公寓即将交付使用,地信大会主体建筑已经建成并投入使用。

——9月底,中国测绘学会2018学术年会暨第八届中国测绘地理信息技术装备博览会,在德清举行。这场学术年会在赢得与会嘉宾交口称赞的同时,也成为德清在地信大会前的一次"中考",一块试金石,为承办好地信大会积累了宝贵的经验。

8月到9月的这一时间段是德清筹备大会最紧张的时刻,可以用"拼了"两个字来形容当时的德清上上下下。我查了一下《大会筹备工作大事记》,仅8月份为筹备大会召开的各种会议就多达 54 个，所有这些活动中德清县级领导自然不用说，仅省里和国家部委来的领导就达 20 余次，可见大会筹备冲刺阶段的紧张气氛。

现在，一切准备齐全，只欠东风——大会召开。

2018 年 11 月 19 日，全世界地理信息界的目光一起聚焦到中国德清。由联合国主办、中华人民共和国自然资源部和浙江省人民政府共同承办的首届联合国世界地理信息大会在德清隆重召开。联合国秘书长古特雷斯通过视频致辞。中华人民共和国总理李克强发来贺信，他表示："地理信息在经济社会发展中发挥重要作用。当今世界，地理信息技术与移动互联网、大数据、云计算等新一代信息技术深度融合，促进了新动能、新业态、新应用的发展。中国政府始终积极参与和支持全球地理信息领域合作，赞赏联合国在协调和管理地理信息、推动全球可持续发展方面作出的努力。中国将继续与各国携手努力，推动地理信息合作为服务全球治理、促进可持续发展、提升人类福祉、构建人类命运共同体发挥更大作用。希望大会本着'同绘空间蓝图，共建美好世界'主题，集思广益，加强合作，为扩大地理信息全球应用、促进世界地理信息创新发展作出贡献。"

三天会期中，来自中国和世界各地的专家达 1300 多人，他们一边享受着中国美丽小城德清的美景和美食，一边兴致勃勃地讨论着当代世界最重要的信息资源。正如自然资源部部长陆昊指出的那样："有研究表明，人为活动 80% 的信息与地理位置有关"，地理信息的作用已无可替代。联合国副秘书长刘振民则认为，当今时代，最需要数据信任和权威信息信任。"提供及时、可靠、易于获取的分类地理信息不可或缺，时间极其紧迫。"而信任源于两大基本要素：信息质量和开放交流。时任浙江省省长袁家军代表中国地理信息大省浙江省向世界同行分享了"浙江经验"，他说地理信息与移动互联网、大数据、物联网结合将引发新的产业革命，基于高精度位置服务的新产业、新业态将不断涌现。地理信息产业将是一片"新蓝海"。近年来，中国相继出台促进地理信息产业发展的政策意见和规划，把地理信息产业作为数字中国的重要支撑加以培育，预计 2020 年产值将达 1500 亿美元。联合国全球地理信息管理专家委员会主席多琳·波曼妮则慷慨激昂地预测，凭借准确的最新地理信息，有助于实现"人人享有更美好的世界"的目标，且不让任何人掉队。

如期圆满完成的首届联合国世界地理信息大会于 21 日落下帷幕，而德清人感到最光荣和自豪的是大会最后达成并发布了《莫干山宣言》。这份诞生于德清莫干山的宣言，第一次向世界各国提出了构建数据和地理信息领域的人类命运共同体，为弥

六 从"小镇"到联合国 | 63

联合国世界地理信息大会召开

合各国地理空间信息鸿沟而努力奋斗。《莫干山宣言》还对各国携手努力构建数据和地理信息领域的人类命运共同体提出了具体行动方案：通过促进有效的跨部门、跨学科的国际、区域和地方合作及伙伴关系，包括"一带一路"沿线国家，支持国家发展利益，为发展中国家提供技术支持和能力建设，增进政府、学术界、产业界、私营部门和民间社会之间的伙伴关系，弥合地理空间信息鸿沟。同时与会代表呼吁所有联合国会员国、各机构、学术界、产业界和个人，包括联合国系统，明确将地理信息与国家发展进程相关联，塑造和发展数据驱动及位置信息化的智能、综合、韧性和可持续城市。

《莫干山宣言》特别表达了"支持在包括浙江德清在内的地方建立全球地理空间知识卓越中心"，促进全球地理信息能力建设。与会代表呼吁联合国全球地理信息管理专家委员会及其区域委员会、专业团体和合作伙伴向发展中国家，尤其是最不发达国家、小岛屿发展中国家和内陆发展中国家提供指导和支持，加强国家测绘地

联合国世界地理信息大会会址

《莫干山宣言》

理信息机构和数据系统能力建设,确保可获取高质、及时、可靠和详细分类的数据。

"现在我宣布——首届联合国世界地理信息大会闭幕……在此,我们要以最诚挚的心情感谢中国,感谢浙江,感谢德清……"这一声来自这个世界最高权威机构的"感谢",让每一个德清人深感荣幸,甚至让许多人热泪盈眶,因为这一声也从此叩开了"世界的德清"之门……

是的,当小小的德清,成为"世界的德清",它的意味就完全不再是"涓涓泉水林间听,冉冉白云衣上生"的那种小情调,它真的是"从此不愁前路险,蓬莱原许散仙行"……

它让德清改变了存在和发展的旧模式,它让德清超越了所有传统理政模式与治理模式,它让这里的每一寸土地自然、科学而有序地产生着最大能量,让每一个人都在有序的科学规范中健康、自由和幸福地生活着。

七 "德清样本"这样诞生

我知道，当联合国世界地理信息大会决定在德清召开之后，德清人开始喜欢说这样一句话：有一种骄傲叫"德清"。在这样一句振奋人心的话背后，是德清人的自豪感。

德清确实值得骄傲。因为联合国世界地理信息大会即将召开，2018年1月19日，全国首个以县域命名的遥感卫星"德清一号"在酒泉卫星发射中心成功发射，也从那天起，天上多了一颗"德清星"……凭此一点，德清人就有理由骄傲。

关于联合国世界地理信息大会对德清的历史性影响，我们如何评价都不为过。自吴越文化在这片土地扎下根的那时起，德清凭借好山好水的优越自然条件，一直茂盛于江南两个"天堂"之中央，享遍了无数美誉，然而，这毕竟是在传统的农耕生活时代。当工业化革命浪潮席卷全球之后，仅有的好山好水不足以抵挡来自其他生产形式的冲击，人类发展方式的突飞猛进改变了人们的许多认知。尤其科技革命带来的社会新形态，每个世纪、每个十年，都有一种全新的形态在影响着人类未来发展的方向。

那么，中国未来朝何方发展？一直以来，我们的思维习惯于"跟着感觉走"，后来发现它并不是根本出路，尤其是西方世界越来越清晰地告诉我们一个基本事实：他们不可能希望我们跑到他们前面……那么，中国的发展道路和治理社会的方式到底是怎样的，如此尖锐而紧迫的问题摆在了中国人的面前。

我们的先知者和精英们都在思考。我们的社会管理者和领导者更在思考。

德清人结合自身的发展，更敏锐地意识到问题的紧迫性，于是他们在寻找方向，寻找属于自己的既可以舒展能力，又可以给百姓带来福祉的方式与道路。或许谁也不曾想到，一次与联合国的亲密结缘，让德清一下从行走在泥洼路上的"农娃"转变成智能宫殿中的"王子"……这一变化,是惊艳的,也是史无前例的,因而我们才明白今天的德清为什么能走在全国所有县域之前,成为中国社会治理的新样本。

让我们来读一下联合国世界地理信息大会成功举办后一则对德清"蜕变"的新闻报道吧——

从墨西哥城到凤栖湖畔,全世界的目光聚焦德清。今年11月19日,世界地理信息领域规模最大、层次最高的联合国世界地理信息大会在此揭幕。一座小县城撬动地球,一个产业牵动联合国的"心",来自全球108个国家和地区的1300余名嘉宾齐聚德清,纵论地理信息技术发展大势,共商地理信息新理念。

从一座浙北小城到让全世界刮目相看,因为这场盛会,德清绽放出别样精彩,地理信息产业在信息经济领域烙下深深印记。地信大会刚刚落幕,给德清这座小城带来的红利效应已经显现。

世界地信产业的德清坐标

凤栖湖上白鹭翩跹,梧桐新植,德清国际会议中心破茧而出,蔚为壮观。联合国世界地理信息大会持续3天,全世界聚焦德清、倾听德清,赶赴这场凤栖湖之约。1场部长对话、4场全会、39场专题分会,来自联合国成员国政府、地理信息相关领域国际组织、学术界和产业界的千余名中外嘉宾齐聚会场,思

杭宁高速德清互通

想碰撞、各抒己见；联合国地理信息与应用展览现场精彩纷呈、人头攒动……对于全球地信界来说，这是一次头脑激荡的风暴，这是一场思想共鸣的盛宴。

本次大会规格高、规模大，堪称地理信息界的"达沃斯论坛"。会议提出的重要观点和主张，充分体现了对地理信息发展趋势的深度洞察，对大数据时代人类共同福祉的高度关切。

在这里，中国发出了前所未有的地理信息最强音，让世界看到了中国在地理信息领域的最新形象。与会嘉宾纷纷走进地理信息特色小镇、创新企业，感受德清迸发的蓬勃活力。

作为大会的"预热"环节，联合国世界地理信息大会技术与应用展览聚集了来自全球33个国家共218家知名参展单位的450多项最新成果、领先技术、高端产品。展览现场新技术云集，政务管理、智慧应用与民生科技"遍地开花"。其中就有地上地下全资源智慧化管理平台，助力城市精细化管理；L4级量产自动驾驶巴士，运用量子计算提升对复杂数据集执行计算的能力，"无人超市"引领新的生活方式，车联网解决方案打造"智能汽车大脑"，用AI为各行业赋能……全面展示了以空间地理信息技术为核心的新科技对政务管理、城市治理及百姓生活的巨大影响，地理信息产业对全球经济的驱动作用清晰可见。

地理信息是一个国家基础性、战略性的资源，也是各国政府实施发展规划、进行宏观管理、维护国家安全、建设生态文明的重要依据。大会上，来自全球多个国家的部长、地信大咖和业界精英集思广益，为扩大地理信息全球应用、促进世界地理信息创新发展出谋划策。

美国知名作家、记者詹姆斯·法洛斯，Eris董事长Jack Dangermond，阿里巴巴首席执行官张勇，京东副总裁周伯文……知名人士、专家共同期许着地理信息的美好未来。

"地信大会把德清推到世界舞台的中心，让德清真正走向国际化。"湖州莫干山高新区管委会副主任曹根荣表示，德清地理信息产业的蓬勃发展，既是紧扣"智慧经济""数字经济"时代脉搏，又是提升产业内涵的具体表现。

在地信大会工商峰会上，共有63个产业项目签约，其中地理信息项目39个，地理信息跨界融合项目24个。此外还有20个研究院及科技人才等项目达成合作意向。其中有2个世界500强企业，6个国际知名企业及研究院，2个央企，20个国内龙头及行业独角兽项目。代表京东集团签约的京东集团副总裁、AI平台与研究部负责人周伯文表示,京东与德清的合作,是京东首次在县域系统深度、战略性布局人工智能。

本次大会的重要成果,当属《莫干山宣言》发布。作为联合国世界地理信息大会的一项重要成果,宣言进一步完善世界地信发展顶层设计。一项项瞄准产业前沿的创新技术,一个个路径清晰的战略蓝图,让人们对地信产业的未来更加充满信心。正如联合国秘书长古特雷斯在视频贺词中所言:"为实现可持续发展目标,世界需要可靠、及时、可获取和详细的地理空间信息,以进行决策,确保有效、包容的发展举措,以及衡量工作进展。"宣言敦促、支持包括德清在内的地区,建立全球地理空间知识卓越中心,促进全球地理信息能力建设。

德清撬动了全球地信产业的基石,地理信息产业之船将从德清出发,驶向广阔的未来。

打造数字经济引擎　驶向新蓝海

盛会落幕,亦是千帆竞渡之时。进入"德清时间",量质并举的德清地理信息产业发展群像,渐渐勾勒清晰。德清也通过大会链接全球,进一步催化了地信小镇活力的倍增。

1.31平方公里的小镇核心,耸起了50多幢产业大楼,新增了近200家地信企业,短短的几年时间,地理信息小镇"无中生有",在这里,创新、跨界、融合活力迸发,集聚了传感器、无人机、数据存储、遥感卫星应用等一大批产业项目。

6年之前,地理信息产业只是存在于德清版图上的一个构想。2011年10月,浙江省测绘与地理信息局和德清县人民政府签订共建"浙江省地理信息产业园"的合作框架协议——德清开始将地理信息产业作为"推动县域经济转型的重要力量"来培育。

短短数年间,德清在地理信息领域展露出强劲发展势头,积淀了深厚的产业基础,地理信息产业发展的"德清速度"有目共睹。如今,这个规划面积3.68平方公里,核心区1.31平方公里的"小镇",集聚浙江国遥、中测新图、极飞地理、千寻位置、长光卫星等200余家地理信息及相关企业,国内外高层次人才纷至沓来。德清地理信息小镇形成涵盖数据获取、处理、应用、服务等内容的完整产业链,德清成为全国地理信息产业集聚度最高的区域之一。

去陌生城市旅行需要电子地图导航,停车时需要查阅车位数量,采矿时需要定位和检测金属含量;不用挖开地面,像做"B超""肠镜"那样,就能轻而易举地检查地下污水管网是否"健康"……这些地理信息在生活中的应用,在德清已经能轻而易举实现。

200多家地信企业,今年上半年营业收入完成50.6亿元,税收超4亿元……以大数据为核心的地理信息经济成了德清经济增长的新引擎,为区域国际化与产业高端化注入了源源不断的动力。

今年,我国首颗以县域命名的遥感卫星"德清一号"成功发射,进一步提升了德清地理信息小镇在卫星遥感领域的知名度和影响力。

如今,地理信息技术与互联网、大数据、云计算、人工智能等深度融合,不断催生着新产品、新服务、新业态,更深刻影响了经济社会发展和普通民众日常生活。可以预见,未来地理信息产业这一片"新蓝海"将越来越广阔,德清地理信息产业也将迎来全新的发展机遇,成为德清县打造数字经济新高地的有力支撑。

"从展览会、论坛再到成果发布会,德清本土地信企业全面参与到大会中,相互交流的机会得以增加。"在浙江中测新图总经理廖明看来,大会后效应的凸显与德清企业的高度参与密不可分。大会的召开为地理信息产业构筑发展交流的平台让世界看到小镇企业的实力。大会结束,德清正在以巨大的磁场效应,吸引一批地理信息领域最前沿的项目。

"这次收获特别大,我们与沙特、乌干达等国家达成了合作意向,国内也有八九家企业递来橄榄枝,金额达到了千万级。"极飞地理总经理游春城颇为兴奋地表示,通过大会展览,极飞的测绘无人机、植保无人机等产品受到了市场的广泛关注,吸引了意向投资。

大会还充分展示了地信与实体经济的融合、地信与乡村振兴的融合、地信与服务民生的融合、地信与社会治理的融合。在装备制造、生物医药、绿色家居三大主导产业面前,年轻的地理信息产业充满活力,强势崛起。未来,它或将成为助推德清向高质量发展跃进的新引擎,为德清经济插上腾飞的新翅膀。

一场联合国世界地理信息大会,让德清拿到了打开财富大门的金钥匙,一夜之间,德清站在了地理信息产业风口上。大会很短暂,但释放出的能量很宝贵。瞄准地理信息蓝海,如何扣住时代脉搏,谋划德清未来的发展之路?"给我一个支点,我就能撬起整个地球。"古希腊物理学家阿基米德这句名言家喻户晓,也是德清地信小镇充满激情与自信的宣言。眼下德清县的一项重要任务是巧借

德清样本

大会东风，主动把握历史机遇，主动承接大会溢出效应，借大会红利助推德清高质量发展。

践行联合国发展目标 "德清样本"获赞

大会结束后，160多名联合国世界地理信息大会的与会嘉宾前往莫干山镇和阜溪街道，参观莫干山会议旧址、裸心堡、庾村民国风情街、五四村等地，实地考察践行联合国2030可持续发展议程中国（德清）样本。

深秋的莫干山层林尽染，火红的枫叶和翠绿的竹海相呼应，呈现出一幅幅静美秋色图。大家沉浸在美景之中，纷纷拿出手机拍下照片留作纪念。

在联合国世界地理信息大会上，发布了我国首个践行联合国2030可持续发展目标定量评估报告——《德清践行2030可持续发展议程进展报告（2017）》，通过一个个量化的指标以及专家的解读，美丽德清画卷徐徐展开。

联合国"2030议程"提出了涵盖经济、社会、环境三大领域的17项可持续发展目标（简称SDGs）及169项具体目标。研究显示，对于德清102项SDGs指标而言，共有79项指标具有可对比的参照标准或依据，其中68项SDGs指标已经达到或十分接近联合国2030可持续发展议程的目标，或明显居全国乃至世界前列。研究表明，德清在经济、环境、社会三个方面较好地实现了协调可持续发展。

翻看报告，一项项指标反映了德清县在城乡统筹发展、均衡发展及绿色发展等方面取得的突出成绩，背后则是众多践行联合国2030可持续发展议程的鲜活案例。

"一座山""一个湖""一个村庄""一个小镇"，4个故事生动诠释了"德清样本"的内涵。"德清县看得见山，望得见水。"这座"山"正是闻名遐迩的莫干山，而"水"说的就是县域中部江南大型的原生态湿地——下渚湖。近几年，裸心谷、裸心堡、法国山居等一大批高端精品"洋家乐"广受关注，如今这里集聚了600多家精品民宿，莫干山还被《纽约时报》推荐成为全球值得一去的45个地方之一，大山里的百姓，也乘着这股东风享受到发展红利。

在下渚湖，原本的矿山开采、粗放养殖被清新的自然环境所取代，朱鹮、白鹭、大熊猫等各种对自然环境有着苛刻要求的动物在这里栖息长居。从"美丽乡村"到"全域美丽"，从"三改一拆"到"五水共治"，生态美、生产美、生活美的德清已然是现实。

借着全县以改革撬动乡村振兴深入推进的红利，阜溪街道五四村与全县

148个行政村一道发生了翻天覆地的变化：柏油路直接修到村民家门口，"美丽乡村公交专线"直达县城，Wi-Fi、监控、路灯实现全村覆盖，医疗、教育等城乡一体化，村民过上和城里人一样的生活。

地理信息所衍生的智慧建设让村民过上了和城里人一样的幸福生活：老百姓足不出户就可以用手机在名医大院挂号、缴费、取单；5分钟路程的村镇卫生院能看病、能配药、能住院、能手术；能自动识别"人脸""车脸"的智能安防体系让原本就良好的社会治安多了一道保险。

地信大会上，德清打造新一代人工智能应用县的计划让人们对美好生活的概念更加清晰。依托地理信息技术收集的海量数据，京东为德清量身打造了综合服务机器人。前往莫干山的优选路线是哪条？办理住房手续怎么走？人们只需轻轻一点，便可将德清城事一网打尽。

在德清的试点区域，高精度地图的测绘工作已经完成，精度达到10厘米级的车道级导航让无人驾驶普及的希望在这里冉冉升起。地理信息技术的发展将让客车、旅游包车和危化品用车的管理更加规范。通过高精度定位，管理可以精确到每一辆车和每一名驾驶员，以此降低事故，保障老百姓的生命财产安全。

报告为各国实现2030可持续发展目标提供了样本，更收获了一大拨点赞。与会专家说，基于统计和地理信息对一个县域进行评估分析的做法，具有开创性、国际性和示范性作用。

小城德清正运筹拥揽世界的"大梦想"。接下去，德清将进一步深化完善可持续发展目标样本，以良好生态为根本基础，以创新驱动为不竭动力，以民生福祉为最终落脚点，探索出一条经济、社会、环境协调并进的可持续发展之路。

国际化山水田园城市更自信

"人因溪尚其清，溪因人而增其美，人因绿而得其精。"一次大会，推进了一座城市前进的步伐。已经呈现在市民面前的德清之变，是整座县城一场持续多年的改革创新之旅。诚如德清县委主要负责人在大会上所说，近年来，德清一张蓝图绘到底，以良好生态作为根本基础，以创新驱动作为不竭动力，以民生福祉作为最终落脚点，持续推进经济、社会、环境协调发展，走出了一条德清特色的可持续发展之路。如果说联合国世界地理信息大会是块"敲门砖"，那么，一个全新的"地信时代"已经来临。

一次大会，让城市蝶变；一次世界舞台的精彩亮相，让世界记住了美丽的德清。地信大会期间，大气的场馆、先进的设施、周到的服务，参会企业和嘉宾亦对它不吝赞美。

以大会为契机，德清县对县域环境进行了全面改造提升。以地信大会会址为中心，德清结合"美丽县城"建设，对县城进行全面整改提升，涉及"三纵三横七连接"共13条道路的市政道路、景观提升和立面改造，从入城口到大街小巷，从高铁站到游船码头，从公园到各景区，德清焕然一新，成为名副其实的"国际化山水田园城市"。

家门口办一场国际盛会，激发出无数普通德清人为大事出一份力的责任感与激情。在阜溪街道兴山村，五颜六色的装饰和剪纸作品，把村内不少老旧的楼道打扮得煞是好看。这是村民们为地信大会出的一份力，通过把废旧的帽子、衣服"变废为宝"，制作成精美的装饰物装点楼道。

数以万计的安保志愿者共同守护着德清的平安与和谐，文明礼让、排队上车、岗位建功、平安巡防……胡义平是安保组的一名志愿者，他绕大会会址夜跑、在宿舍熬夜练习站姿和微笑，为的是以最美的仪态迎接中外嘉宾的到来；大会期间，"德清嫂"们的一次次巡防、一次次服务、一张张笑脸，优雅地诠释着德清的真诚与美丽；大会过后，这些"舞阳大妈""武康阿姐""阜溪好婆婆"依然在热情地为市民提供便民服务，志愿服务精神凝聚成更多人的共识，化作城市里寻常的美丽风景。

大会落幕，蓦然回首，人们发现：这场大会，既是一次使命担当，更是一座城市借得金秋收硕果的有机更新，增添了几分市民实实在在的获得感。如果说，越来越通达的路，越来越美的景，是地信大会给德清留下的"显性财富"，那么，身边越来越文明的市民、越来越多的志愿者，则是"后地信大会时代"德清城市文明发展的内生动力。

地理信息不断改变着人们的生活方式，也不断带动城市迈向经济新蓝海，促进德清智慧医疗、智慧养老、智慧旅游等产业的快速发展。

作为全国首个拥有阿里云ET城市大脑的县域，德清县正积极顺应城市数字化转型大浪潮，深入构建智慧城市体系，全力在全县域实现"一图全面感知，一号走遍德清，一键可知全局，一体运行联动，一屏智享生活"的"五个一"目标；立足抢抓5G网络发展先机，加快推进5G试点铺设工作，以5G网络为技术支持的地理信息智能体验区建设完成，包括车、船、飞机在内的无人驾驶技术、智慧城市等集成示范项目将带来全新的体验。同时，音乐喷泉、中英文国际标识、城市小品、绿色步道等全面融入，小镇整体面貌特别是城市形态、城市功能都得到了大幅提升，国际化气质得到初步显现。

此时此刻，德清正在成为大数据时代的"弄潮儿"。随着大会红利的进一步释放，地信小镇将成为名副其实的地理信息领域"达沃斯小镇"，也将加速德清打造数字经济发展新高地的进程，真正实现"开好一次大会，提升一座城市，打造一个产业"的目标。

凤栖湖畔，七色的灯光连成一体。与之交相辉映的不仅仅是未来地理信息技术带来的巨大能力和美好生活，同时还有更具"智慧"的城市建设发展和百姓满满的获得感。

"开好一次会、提升一座城、打造一个产业。"这些因地理信息大会而新建的城市设施与因大会而带来的喜悦感动融为一体，让城市得到发展，生活更加美好！地理信息大会给德清带来的机遇，在当下，更在未来。承载着这笔宝贵的财富，德清将担负"高质量发展排头兵"新使命，以更加开放的姿态，阔步向前。

如果将此文与20来年前的那篇《20年后看德清》做一比较的话，谁都会惊叹：才20年时间，德清为何从一个"地区小弟弟"，成为"全球小王子"？原因是什么？两句话：思想解放，勇于改革。

这两句话说的人很多，真正做的人并不是太多，真正做好的更少。德清人真做了，而且做的比说的更好，他们因此形成了"德清样本"。

"德清样本"是什么？

"德清样本"是概念：解放思想、勇于改革的先锋，创造与创新的标杆，社会治理和人民幸福的范例……

"德清样本"是行动：你把心倾注在一个区域的社会发展的方向与现实上，你把情挥洒在一片热土的建设和谋划上，你把汗水浇灌在为人民大众谋福祉的每一件事情上……

"德清样本"其实更是对未来和现实注入新行为、新思维、新方式、新效果的全新生活方式和管理模式，它是未来的我们和我们的未来——

呵，这就是德清——我的精神伊甸园，人民的现实好家园……

八 五四村模板

任何一个社会的治理与发展，总有基本的模式。这模式我们可以称之为"模板"——就像中国四大发明之一的印刷术一样，那块可以通过一个个文字，蜕变成千千万万同样文字的"版"，就是模板。人类工业革命之后，这样的"模板"更普及于整个社会，甚至被不同民族和国家复制。

好的模式和模板都指向未来。治理一个民族、一个国家，没有方向和规程早晚会造成无序的乱象，制度和社会就是在这种规程与形式下存在与发展的。个体的自由与社会制度和组织形态的自由是两码事。追求自由是人的本能与本性，个性发展有利于人的创造与潜能发挥，然而制度与规程也在很大程度上促进和保护着人的独立与自由。如同一列火车欲飞速地抵达前方的目的地，没有轨道是不可能的。当然，轨道的建立和方向，一定要符合人们的期望。

"德清样本"或者说"德清模式"既然是我们未来社会有可能的一种现实参照，那么我们所有德清之外的人多么期待看到它到底是什么样，它是否真的就是我们所期待的那种景况？

是的。它出现在我眼前时，我的内心油然泛起一股巨澜——它真的太让人穿越时空，仿佛一下跃入了诗画般的"理想王国"：

其实这已经是我第三次到五四村了，但每一次来都感觉它的变化实在太快、太超乎想象，似乎根本就不像中国的农村，也不像人们一直向往与追求的欧洲村庄，它就是现在中国新农村中的一个"排头兵"……

房子不可能变得太快，但房子的内外是可以看得到变化的，而且这种变化让人能够真切地感受什么叫"中国社会主义新农村"，什么叫"美丽家园"，什么叫"理想的诗意家园"，以及它们之间的差异在何处——

第一次到五四村是在六七年前。那一次到五四村，村未见，就开始猜测它是不是与"青年"或"五四运动"有什么关系。一打听，不是的，而是因为1954年毛泽东同志在杭州亲自主持起草《中华人民共和国宪法》时，到过德清莫干山这个地方，为了纪念这件大事，这个德清的小村庄就把"五四"这个年份变成了自己村庄的名字。

旧时的五四村虽有一个极富意义的村名，却并没有走出贫困的阴影，2000年前，这个村的集体经济仍然是入不敷出。十几年后的2016年，我带领中国作家协会一批作家来到德清五四村参观时，这个地方已经是这样的景象：

从德清县城武康镇往西前行约一公里左右，即可见到一片连绵不断的红枫林，再是据说年产7000万支红玫瑰的鲜花基地和数百亩速生林……着实好看！粉色的鲜花、紫红的枫林、翠绿的树木，还有余存的几片庄稼地，它们把这个都市近郊的村庄包裹得如诗如画——走入鲜花丛中，我们看到一块古色古香的村牌坊上这样标明："中国和美家园"五四村欢迎您。

第一次步入五四村，眼前所见赏心悦目：田成方、水相连、路成网、树成行、地干净、水清洁，且道路宽阔，家家户户都住着宽敞的房屋——当然是那种两三层的小楼房。村民户均年收入在五六万元……这是标准的"小康"村庄。那个时候，全国的"全面建设小康"才刚刚提出，而五四村其实已经在十来年前就实现了这样的小康水平，而且还是拥有"国家级绿色小康示范村""浙江省新农村建设样板村"等头衔的名村了。

十余年的巨变，得益于五四村有个好的带头人，他叫孙国文，是五四村的村支书。第一次见孙国文时，他刚被省里授予"浙江新农村建设带头人'金牛奖'"荣誉称号不久，所以一讲起2000年后他辞去乡镇企业厂长、出任村党支部书记一事，颇有许多感慨："虽然对村里的困难有心理准备，但后来遇到的事太多，让我整夜整夜睡不着。"他说："光村上欠的电费就达3.8万元，村干部的工资没法发。老百姓的收入全靠种地，因粮价低，全村抛荒严重。村里的党员三分之二都超过60岁……"

如何打破这样的局面？孙国文上门征求老党员意见，听到最多的是对村子前景的期盼。"五四村不能再给德清丢脸面了！"这样一句话让孙国文心头激荡了好几天。于是他决定自己先做出样子，在村民大会上第一个公布了自己现有的家产，表示从此不再另谋生计，要死心塌地为全村人"打工"。接着，他把村里7个脱产领"饷"的职位裁掉3个，而许多为村民服务的日常工作，则由党员义务服务志愿者来完成。这一系列的举措推出，村里的人心一下凝聚了起来。那么下一步就是抓发展了。

五四村新貌

朝何处发展？孙国文和村里一班人商量，五四村离县城仅"一步之遥"，田野风光如此之美，却因道路不畅"赚不到钱"。于是大家形成共识：要致富，先修路。但要把黄沙路变成能通汽车的柏油路，需要一笔不小的钱。孙国文带着村干部每天东奔西走，跑企业拉赞助，走部门求支持，总算筹得 70 余万元修路资金……通过两个多月的努力，一条长 2.5 公里、宽 6 米的柏油马路终于从县城通到了村头。通车那天，村民们自发买来鞭炮，五四村重振威风。

"你黑了！"这一天，许多村民冲孙国文说。

"啥？"孙国文一脸惊愕。

"你脸黑了……"村民笑着说。

孙国文也笑了，说："值。"

"值！确实值……"这回孙国文说的"值"，是在想着"做土地上的文章"：五四村过去一直以水稻种植技术先进闻名全省，但这并没有给村上带来多少收益。致富的钥匙在何处？此时正是 2000 年，湖州市全面开展土地整理工作。当时，部分镇、村干部存在"难度太大不想搞，标准太高不敢搞，资金不足无法搞"等畏难思想，一些农民毁田，怕出钱。此时的五四村共有 1670 亩水田、129 亩桑地、88 亩鱼塘犬牙交错，大小不一，高低不平，看不到排灌设施，随处可见凌乱的树木、杂草和坟墓。孙国文算了一笔账得出结论：要想让五四村活起来，非动土不可！于是孙国文果断跑乡镇、走部门，积极申请开展土地整理工作。次年，五四村被正式列入湖州市土地整理计划。

土地整理初战告捷，但传统农业的土地效益还是很低，农民种粮积极性不高，选择外出打工的多，一些土地开始抛荒。看到这些，孙国文难以入眠。一日，他在报纸上看到一则新闻：萧山农户在土地出现抛荒后，引进日本红枫树，一亩地产值一万多元。孙国文大为心动，第二天就赶赴萧山取经。在萧山，孙国文弄明白了红枫种植效益的关键在于规模，只有依靠集约型经营，才能取得好效益。

回到村里，孙国文将这一消息传达给了村干部和全体村民，大家支持他搞红枫，孙国文便开始到县里跑红枫种植项目。"好事嘛！我们支持！"县林业部门表示支持，并将这一项目直接落地在了五四村。但项目需要土地达427亩，麻烦就来了，它涉及6个村民小组。

"把地交出来？给多少钱？"

"这点钱不行！还不如我做生意呢！"

农民的想法各式各样，有的愿意，有的不愿意，一片乱哄哄。

"必须统一思想。"孙国文连夜召开党总支部会议，然后分成14个动员小组，一户一户地上门做工作。

情况确实很复杂。有些村民因为自己在土地上养家禽效益不错，所以不愿意流转。怎么办？一刀切肯定不行。于是孙国文提出"定量不定位"的思路，即对那些不愿意出租土地的农户，给其换一块土地。同时，为了使让地的村民安心，孙国文向红枫种植项目的投资方提出，要求每年租金都必须在上一年底付清。

这个方案确定下来后，孙国文给大家算了一笔账：土地流转前，村民种植一亩水稻田一年有800斤收成，以每百斤60元计算，一亩的毛利润为480元。如果除去农药、化肥等投入，村民辛辛苦苦在水稻田里忙一年的收入为每亩400元。而流转后，村民们不仅可以得到每亩400元的土地租金，且没有了土地的人，可以进农业基地打工，每月拿两三千元工资收入。

"这好！我同意！"

"里外赚两笔钱，我也同意。"

村民看到了实惠，愿意流转土地的人就多了。到2007年底，全村2600亩农田得到100%流转。由此，村上也相继成功引进了萧山红枫基地、德华速生杨基地、仙人掌基地、葡萄基地、花卉基地、优质水果基地等7个生态种植项目。2007年底，湖州市首家土地股份合作社在五四村成立，全村 400 多户人家，家家用承包地入股。昔日日夜低头耕作的村民不仅从农活中抽出身，每年可以拿到相应的土地租金，还能在年底收到合作社的土地收益分红。到了 2008 年，国家正式出台文件，首次提出允许农民多种形式流转土地承包经营权。

"只要是农民能得实惠、村里能得发展的事，就值得去试一试。"孙国文介绍说，"土地承包出去，不是毁粮绝后，而是调整生产结构，实现效益农业转型升级。我们对落户项目有两个基本要求：一个是不破坏土地耕作层，一旦粮食紧缺，马上可以改种粮食；另一个是用工，要优先雇用村民。"土地流转使全村 90% 的劳动力转移到二、三产业中去，收入大大提高。全村的农业项目中有长期性用工 70 多人，季节性用工 130 多人。五四村人均纯收入跃上了高出全县平均水平 1500 元的新台阶。2009 年，德清县评选"中国和美家园"，五四村位列第一，成了样板村。

农民富不富，关键在于党支部。2009 年，村组建党总支，孙国文任党总支书记。这些年来，在以他为"头羊"的五四村党总支和全体党员的带领下，村民的致富方式、村容村貌、村风民风都有了很大变化。党员房国良建立了中国红玫瑰鲜花基地后，又带出了 10 多户农户发展花卉种植。全村 50% 的农户都主动学习农业新技术，纷纷利用自留地、自留山等种植了竹笋、苗木、花卉等作物，经济收入普遍提高。村里互帮互爱成为时尚。一个年轻人在车祸中撞断了左腿，孙国文得知后马上掏出 2000 元钱，亲自送他进医院，又各方求助，让其得以安装假肢，还为他联系了一家福利厂上班。孙国文被评为省级优秀共产党员，省委奖励给他个人 5000 元人民币，他把这笔奖金全部捐助给了村里的困难党员。

在孙国文和党员干部的示范带动下，五四村涌现出文体示范户 25 户，读书示范户 38 户，文明家庭户 60 户，遵纪守法户 380 户。村民安居乐业，和睦相处，连续几年都没有发生一起违法违纪事件。湖州市全市第一家村级综合服务中心、便民超市、社区卫生服务站在村里建立；5000 平方米的中心村村民公园、连绵不断的花草带等相继建成；占地 30 亩、投资 800 万元的德清县旅游集散中心在这里落户，五四村成为县内外游客的中转站。5000 平方米的村花卉超市，有着蝴蝶兰、大花蕙兰、韩国杂交兰、君子兰、仙人球、杜鹃等 100 多个品种的室内花卉，每逢周末、节假日，成了德清、杭州等地市民观花、赏花、购花、学种花的休闲旅游景点。现实版的"QQ 农场"——五四农场，吸引了众多城里客人到该村体验果蔬栽种活动……从通路求富到整理土地开发绿色农业，从魅力村庄建设到发展生态休闲观光，孙国文和他的

五四村百幢别墅

五四村一直在追赶梦想。

　　孙国文的这个梦想如今实现了：在我第三次去德清采访时，莫干山镇的干部告诉我，五四村被正式划入莫干山镇，也就是说孙国文所在的五四村作为全域的星级生态休闲观光区已被纳入闻名天下的莫干山自然景区，这可不是简单的地理上的管辖发生了变化，而是这个美丽村庄被整体作为一景划入莫干山景区。过去五四村是自己"打扮"、自己推销的美丽乡村，现在可不一样了，就像一个业余演员变成了编制内的专业演员，它的身份和内涵完全不一样了。老实说，去过五四村的人都会有像我一样的感受：五四村就是一个"世内桃源"。它就在农民日常生活着的家园里。它的美在我看来，绝不比哪个 AAAAA 级景区差了多少。那个"花花世界"，即便在上海、北京或者深圳，你都难以找到，或者根本就不可能找到，因为它面积很大，一般大都市里搞出一块几百亩、上千亩的地来种植和营造一个"花的世界"并不容易。而且，五四村利用原有的土地和水域，设计与编织的"水上花""地中花""空中花"等，又是一般城市很难实现的。关键是"花花世界"旁边就是美化了的一栋栋农民新舍，它们原本就在那儿耸立着，而城市景区内是不可能有居民屋舍的。五四村由历史形成的村落景观也给"花花世界"更多的人文气息。作为景区，五四村在一个世界著名的生态与自然俱佳的旅游景区呈现，它的美将给游人认识美、体验美带来全新的

"比较感"——一般来说，人们不管到哪个自然景区参观旅游，看的大多是自然景观，然而五四村嵌入莫干山景区后，游人们除了享受和感受大自然的奇妙风光之外，还可以与在这里生活的五四村村民们一起交流，甚至可以住在他们家中，在同吃同住同生活中感受作为人的生存之美、生活之美以及创业之美。我在五四村就有这种感受，听一回孙国文书记的讲述，看一个农户的生活，与一位老村民聊天，再跟前来村里落户的外地小青年聊天，听他讲讲自己到了五四村后的成长经历与心理历程，比纯粹地看看花、观观自然景、吸几口清新空气不知要愉悦多少！

那一天我就坐在旅客服务中心，见到正在打扫卫生的一名年长的村民，便请他过来与我聊聊。老人开心地坐到我身边，告诉我，他叫韩来根，今年71岁，家里有7口人，祖孙三代。"孙子孙女都在上大学。"韩老伯很自豪地说。他家里有六亩地，流转后每年有7000元收入。"从2014年开始我就在村里当保洁员，月工资3500元。蛮开心的，过去我一直当保洁员，所以重操旧业，顺手顺心。每天早晨六点半开始干活，到上午十点半；下午一点半干到五点半。管150户到160户，全村连我有三个保洁员，负责日常保洁卫生……"韩老伯说，这活365天，天天要出勤，不管刮风下雪，卫生不能少。"我们都开着电瓶车，体力上不成问题，有时一个人身体不太好时，村上会临时派一两个人来代替。我很满意这份工作，更主要的是看到村上现在干干净净、漂漂亮亮，有自己的一份功劳，就蛮开心的。年纪大了，重活累活干不了，但搞搞卫生还是没问题的，既活活血，又能赚一笔可观的工资，其乐无穷嘛！"韩来根是个爽朗的人，在他身上我看到了这个村庄百姓的幸福指数。其实，考量百姓幸福指数的并不一定是金钱，而是他内心的真切感受。今天德清农民们的幸福感和获得感，既有物质因素，也有精神因素，而后者其实已经超越了前者。用他们的话说："钱再多，放在那里只是个数字，心情好了，家里家外的啥事体都顺当了！"

"百姓的好日子就是要让他们年年有新内容、岁岁有新收入。我们的目标是：到明年，村集体经济收入要翻一倍，村民人均收入达到3万元以上。"书记孙国文现在的底气越来越足。

我在采访和参观过程中发现，五四村已经完全不是一个传统意义上的农耕式村庄了，它的产业和村庄容貌，以及村民的生活方式，既不像城镇，又根本不是原来的农村形态，而是全新的。比如一部分种田、种树、种花的大户，是农庄式的；参与旅游景区工作的人员则是职业式的；更多村民则按照自己从事的生意及产业，自由地以各式各样的生产方式忙碌着……

"这么多人、这么多行当,又分散在各个不同岗位、不同产业以及不同分工上,作为一个行政村的村干部,你是怎么把村子管得如此有条不紊的呢?"参观完五四村,感受到百姓的幸福之后,有一个疑问一直萦绕在我心头。小小一村干部,林林总总万千事,他怎么管理呢?

"简单!可以说越来越简单和好管了!"孙国文带我走进村委会的一栋新楼里,迎面是一块巨大的电子屏幕,上面实时闪动着村庄上的各种数据与现场情景,包括防疫信息、旅游人数,以及村上各条线上的人在干什么,等等。

"这是我们德清县在全省和全国率先推出的'智慧乡村'工程,也叫'一图感知全村'工程。"站在大电子屏面前的孙国文,手持电子笔,像位指挥千军万马的将军一般,向我介绍道,"可以说,过去的村干部,靠的是一个嗓门两条腿。你的嗓门越大,群众听到你的话可能越多,你的双腿跑得越多,知道的事也可能越多。但即使你的嗓门喊破了、两腿跑断了,最后你会发现:村里还有更多的事你并不知晓,老百姓想要你做的事你也并没有做到、做实。现在不一样了,我站在这个电子屏前面,只要轻轻一点,啥事体全都一清二楚,就是我想不到、忘了的事,这张'图'上也能及时反映出来,随时提醒我们……"

"有这么神啊?"我笑着说,有些怀疑。

"一点不骗你,其实也用不着骗你,因为这张图的后台是世界上最强的互联网团队——马云的公司为我们德清和浙江智慧乡村、智慧城市设计与制作的,采用了当今世界上最先进的信息技术和智能技术,调动了可以调动的各种专业技术,形成了立体交叉和与未来时空相融合的大数据。用老百姓的话说,它这个科学脑瓜子胜过我们人脑一百倍哟!"孙国文怕我不信,便一按电钮,电子屏上立即显示"防疫人员流动"状况图,上面马上告诉我们:现在村上有多少人,有多少是本村人,有多少是本省人,有多少是外省人,他们什么时候到村上的,他们的身体健康状况是怎样的……一清二楚。

"您今天9点42分到达我们五四村,您的健康码上显示为'健康',而且知道您是北京人,前14天去过哪里,这里都能一一显示出来……请您自己对一对是不是图标上显示的情况。"孙国文十分得意地把我的信息给调了出来,放在我面前让我自己核对。

没错。我来村的时间,我前14天中去过的上海、苏州两地,以及我的身体状况,五四村的"图"上竟然一一列着,准确无误!"太厉害了!"我不由惊叹起来。

确实全面,确实先进。这你不能不服。

这"一图感知五四"的智慧乡村图上有你想要的几乎所有村庄上的"百事"内容:比如有多少党员,有多少人写过入党申请书,某某人是哪一年入的党、被评过先进还是吃过处分等党务信息,应有尽有;比如你家环境卫生及每天的垃圾处理是否做到位,还有几个井盖、几处垃圾没处理好,你家一个月垃圾处理积累多少奖励分、惩罚分,以及改进意见等皆有。最让人吃惊的是,村庄整体的土地现状、地貌、环境及土壤状况,像人体解剖似的被一一清晰地呈现了出来,即使是一块小小的宅基地。农民也可以从这张图上了解到你的土地肥料情况如何、适合于种植什么样的农作物等等,只要照此指导,皆可获得最佳的农作种植效果,同时还能预测未来收成。

"'一图知天下、一图知终身',就是这个道理。"孙国文又给我"点"了一下村民的"个人事":在这张"图"上,你可以查到你的家庭成员、婚姻情况、接受教育

数字乡村一张图

和学历等情况,以及如果你继续学习、当个好村民、经营新产业等,你可以获得政策上的哪些支持,村上会为你提供什么样的服务和奖励,甚至你一生所要遇到或处理的各种事情,尽可获知。

"真的太方便了!太为百姓着想和人性化了!"我为五四村村民有这样的待遇而感到由衷欣慰。老实说,我认为即使生活在大城市里的人,也会羡慕这里的百姓!对人民群众来说,生活中最费心劳神的就是油盐酱醋、生老病死、子女教育,以及就业和家庭收入等,在知识有限、智力不均的群体中,这样一图方便了不知多少群众。他们想做做不成、心有余而力不足的事儿,全可轻松得到解决,真乃到了"百事不愁"的境界!

这难道不是最便捷、最自由、最公平、最富足、最舒心、最幸福的生活吗?

比如,村上的老人哪天生日,哪天到了80岁后可以有更多的补助,这些琐碎的事村民本人和家庭成员都可能忘了,但村上的"喜事"电子讯号会及时提醒村干部或相关家庭。

比如,夜晚村民们要到村公园去散步、健身,或许忘了时间,或许不知外面的气温如何,或许眼神不是太好,或是忘了家里的开门钥匙等,村头主要道路上的15盏智能路灯会引导村民准确无误地回家,公园门口和村委会等多个明显地方的电子屏幕上有实时气温提示,"村事"值班室会及时通知家人接应……

比如,夫妻之间有了矛盾,闹着要离婚,村干部和妇女主任不一定要出面,"村事"中的"德清嫂"就已经出现在夫妻面前,将"离了有什么好?""和了会更好"等一番暖心话、一本实在账摊开来,最后让当事人自己选择。

比如,有了些积累后,有人想继续扩大投资或选择新的发展方向,可又不太愿意让他人知晓,然而自己又不精通投资与预测,怎么办?打开"名师学堂"电钮,顶级的分析师和农业专家会按照其个人心愿、资金情况等要素,通过视频面对面地传授,直到其"心明眼亮"……

这,难道不是最暖心、最温情、最实用、最懂得百姓"人情世故"的关心与关怀吗?

村民如果不清楚村里的事,同样可以轻轻一点按钮,村上的"规划""经营""环境""投资项目""效益核算""月度年度积累"等,村民能想到的和没有想到的所有数据与情况说明一目了然。

你还有什么事没有"搞定"的？我们为你服务，为你"搞定"——说这话的不是村支书孙国文，而是互联网智能平台和华为"5G"在为五四村广大村民们全心全意"效力"呵！

哈哈，你说像我们这些生活与工作在北京、上海、深圳等大城市的人能有这样的待遇吗？我看并没有。然而在德清，在德清的乡村和城镇，百姓已过上了这样的幸福生活……

以乡村服务、乡村治理为主要内容的数字平台，用最精准和快捷的服务方式，为这块土地上的每一个家庭、每一个社区、每一个村庄、每一条街道和每一个部门及行业，甚至为每一个生活在德清的人提供温馨和细致的全方位服务，你不感到这德清和德清人走在了当今世界前列吗？

没错，这里就是如此。

你以为"乡村振兴"是说说而已？县上的、省里的以及国家的标准，尽在图表上，干部作假、群众瞎眼瞎干的事不可能再出现了。各种标准和考核指标，就在大家面前，对照做好就是目标。

你以为村民自治就是干部说啥就是啥？什么是民主选举，什么是村民会议和村民代表会，什么是村民小组和自治，合作社应该履行什么责任及如何设置组织结构，你不可能再"一个人说了算"。公开、公平、公正……这些数据和程序不会作假，只会帮助每一个村民通过履行自己的权利来实现"村民自治"的目标。

作假、偷工减料、浑水摸鱼的情况，再不容易出现了。

村民们的眼睛，可以在白天尽情观赏；村民们的梦想，可以在夜晚纵情畅飞……

这就是德清打造的"智慧乡村"，在浙江率先，在全国更是遥遥领先！

九 中国第一个"城市大脑"

在江南，有许多小城都很可爱，迷人的景致和婉约的情调，总令人陶醉与忘怀。然而，它们基本都是停留在水美、地美和人美上，这些，德清皆有，甚至有过之而无不及。一座莫干山、一片下渚湖，加上联结山湖之间的溪河江流，把整个江南所有的风物与特质淋漓尽致地呈现和整合在一起，在江南百城中实属百里挑一。

然而，今日的德清之美除上述元素外，还有一件在颠覆江南小城基因的大事，正在让这座千年名城和江南秀美之地发生质的变化，这就是它的"换脑"工程。

人类从原始的部落制度到20世纪末的千万年间，引领和管理自我的主要工具便是大脑。一些有能力的人的大脑在支配着、指挥着社会运转，这期间，强者和高智商的领袖们领导的国家与民族，成了强国与强势民族，从而影响着世界千万年进程，并形成当今的国际格局与人类社会形态。

然而，人们同时又发现：尽管人类管理社会的能力越来越成熟、管理者的能力也越来越强大和成熟，可是人民的满意度却并不是成正比在上升，相反，社会矛盾、群众怨气却越来越多。而且当政府的开放程度越高、对社会承诺的服务和分担越多，群众对管理者的意见却常常越多。这是为什么？

其实并不复杂，因为政府的服务对象知道的越来越多了，对政府的要求也越来越高、越来越多。通常是，政府开放的程度越高，群众参与程度就越高，你服务的内容越多，他的要求也就越多。然而政府只有一个，群众则千千万万。增加一个"窗口"，涌过来的服务对象则是千千万万；说出了一个承诺，来找你履行承诺的对象可能是一万个、十万个。故而我们会发现：为了提高工作效益，政府层面一次又一次地努力"精兵简政"，可最后机构越来越庞大，效率越来越低下。

在我们小时候的 20 世纪六七十年代，落后的交通条件下，没有电话、没有公路，基层百姓一辈子可能见不到一回乡长和县长，也可能从来不知道政府的大门是朝何方开的。可现在，连最最偏远的山沟里的百姓，都几乎天天能在电视和手机里看到国家领导人，天天能读到政府的各种文件精神、国家政策。与其他许多地方一样，德清县的党委和政府在过去的日子里也有说不完、倒不清的"苦水"：比如县政府听取中小企业主的意见，推出合理减税免税的政策，于是全体中小企业主一片欢呼，他们纷纷涌进税务部门，提出各种申请，满怀喜悦地期望拿到他们心目中的实惠……但最后这些中小企业主发现，事情并不像他们想象的那么简单和容易，实惠并没有他们期望的那么多，文件上标出的实惠也迟迟下不来，一天两天可以等，十天八天有些烦，一个月两个月就完全彻底地失望，失望之后就会批评政府。群众也有"苦水"，比如那些从事地产开发和建设项目的，遇到的头疼事更不用说，许多时候不把人逼疯就已经很不错了，你不太可能不跑断腿就想把事办成！以前我们常常听说和看到，某人某单位为申请一个小小的建设项目，跑一年半载是太正常不过的事，拖两年三年也算"合情合理"，申请了十年八年的照样还有不少。盖几十个章甚至一两百个章的事也并不是"天下奇闻"！

德清的干部不是没有遇见过此类"诉状"。书记、县长接到群众意见和百姓反映亦非少数。有时县领导看完群众来信也确实气不打一处来：一个基建申请、一个免税申报、一个企业注册，他左转右批、来来回回，可就是悬在空中不能下到业主和申请人的手里……于是县领导在党委会上"摊牌"：谁谁谁如果不改进这样的工作方法和工作作风，我就让谁谁谁别再待在位子上不办事！

轮到这样的场面都很尴尬。可怜的局长们也大喊"冤枉"：我们一步也没耽误呀！一分钟也没有偷懒过呀！不信请到我们局里来现场办公，看看我们是不是有意消极怠工和给办事对象出难题嘛！

后来县领导真去了相关局、相关行政管理部门蹲点调研。细细一看，确实大家都很尽心尽职，丝毫没有偷工懒政呀！这到底是怎么回事？

局长们说：编制，编制缺、人员少、活太多！而且现在各种政策、文件精神很细很多很具体，我们不能轻易违背相关政策与规定，所以必须该怎么着就怎么着呀！

县领导听完局长、主任的"诉苦"后，自己坐在那里也不由叹气起来：真是没招了！部门越设越多，人手却越来越不够用……干部和公务员们从每天的"白加黑"，到每周的"5+1"，再到"5+2"……

县领导的头疼得裂开。

各条线的局长、主任的腿跑断了……但还是顾此失彼。

"除非,你给我装10个脑袋!"有局长对县长这么说。

"你即使给我装了10个脑袋,我还是顾不到全镇百姓想要办的事……"有镇党委书记对县委书记如此说。

是啊,人越来越聪明,大家做事越来越出力,可为什么事情越来越办不完、办不好、办不全、办不到百姓的心坎上和让他们满意呢?

在县上的党委中心组学习讨论中,大家把问题提出来并热烈讨论起来……

"这还不明白吗?如今这社会,单靠我们这些人脑哪够用嘛!要'换脑',换上'电脑'才行呗!"也不知是谁嚷嚷了一嗓子,顿时让所有人的眼神"定格"了:换脑?换电脑?

片刻后,立即又有人嚷嚷起来:"能把我们这些人的脑子换一下、换成电脑的话,那我看德清啥事体都可以搞定了!"

"想得出嘛!个人弄个电脑打打字、上上网啥的肯定没问题,可要让我们机关、政府、机构都用'电脑'办公、办事……是不是会乱套呀?"

"干吗一定是乱套呢?互联网就是为我们搭建了'信息高速路',不很好嘛!"有人站了起来,兴奋道。

有人跟着站了起来,嗓门更高道:"企业搞'信息高速路'还可以,可我们是党委和政府,每一个方针、政策,每一道审批程序,绝对不能马虎草率、可有可无的!万一'电脑'卡了一下,出个差错,那可不是小事呵!"

赞同"换脑"的人又站了起来,声音同样不含糊:"你也太把自己当回事了!如今党和政府的方针政策都是透明的,我们机构办事也要透明,为百姓和企业服务,要越简单、越透明越好。"

并不赞成"换脑"的人"噌"地站起来,表示不服:"你这话我不爱听,啥叫我太把自己当回事嘛!我们的工作是党和政府交付的神圣责任与使命,能随意马虎得了吗?"

"你是不马虎,也很有使命感和责任感,可你一年半载为百姓和企业办不成一件事,有什么用?"

"你怎么能这样说?照你这么说我们严把政策方针的关是什么事,那你随意放任犯错误就是对党和政府负责了?"

学习讨论会，变成了激烈的争论"战场"。好在大家都是熟人，说完又哈哈大笑起来。

这样的事、这样的问题，如果放在今天，我们或许都觉得并不那么新鲜，"换脑"和"数字化"，还有"智慧城市"云云，都在说。可在十来年前，整个中国的机关可能说得最多的还是类似"无纸办公"一类的简单的"智能化"。要说管理和治理社会的国家主要行政工作中将"人脑"换成"电脑"，德清毫无疑问又是全中国几千个行政县级单位中"第一个吃螃蟹者"之一。

"决策应该是在2011年底的时候，三个多月后的2012年3月，我们县政府正式设立了一个'数字化城市管理指挥中心'，即现在的'城市大脑'……"那天我到德清"城市大脑"的核心地——那栋气势恢宏的大厦里，见到了县政府"智慧城市"的总指挥：德清数据智能运营中心负责人应先生。他这样向我介绍德清走上智慧城市的最初历程：开始就是为了提高政府的工作效率，方便百姓和企业，让他们少跑路、少费时，别在政府和专业部门的外面"转圈"。比如一个企业申请手续能在网上办就不要专门再跑到工商局来排队等候。申请政府的项目不用再找这个那个领导，只需按规定填写申报材料上传后等待结果就行。再后来就是各部门联合办公、"一站式服务"，即所谓的"最多跑一次"。

"现在我们已经做到'一次都不跑'的服务水平了！"应先生骄傲地告诉我。

"就是说，在你们德清申请成立一家新的企业，或者到县上申报一个建设项目的审批，业主不用到有关部门走一次，只需在网上按要求填报清楚就行了？"我半是疑惑半是好奇地问道。

"是这样。'最多跑一次'是解决了办事的效率问题，'一次都不跑'是普及和完善智能化社会治理，它们之间是有巨大差别的。可以说前者是一位'业余演员'，后者则是具有丰富舞台经验的'专业演员'……"应先生如此比喻，让我略微明白了些"数字化"管理与"智能化"管理之间的区别。

其实，在实际运用与搭建过程中的技术应用难度虽然也很复杂和深奥，然而，强大的阿里巴巴团队对互联网、大数据的智能化技术应用已经日趋成熟，甚至可以说在世界上处于领先地位。中国社会是个复杂的多元结构，百姓生活和县级基层社会形态的多重性、政策层面的交叉性等让真正实施和推进一件新鲜事物并不那么简单和容易。"事是人做的，没了人，事还能办成吗？"别说职能部门的工作人员会提出这样那样的问题，就连来办事的人见不到为他们办事的人时，心里也在发毛：过去办事见人难，现在办事不见人，不等于啥事都办不成了吗？要办事的人还是找上门想找为他们办事的人，而办事的人是不可能再出头露面去见找他办事的人了……如此这般，人与人隔开了，是不是心与心也隔开了？领导们心里有些拿不准，要办事的人心头更是忐忑。这可咋办？当然，最后发现，照电脑上的指引，真的把事情办成后，那些要办事的人欢欣鼓舞，将这"奇事"传开了。这一传十、十传百，对在电脑上办"缴费""上报""审批"等事，百姓慢慢就习以为常了。企业主、办事员也用不着再看谁的脸色去办一件事、跑十次八次"衙门"了。

"这个'大脑'真的比一百个人脑还管用啊！"这话传到书记、县长耳里，让他们的心头像灌了蜜一样甜……

"换脑！""能换的都换！""暂时不能换的也要做好准备换！""简而言之，最终要实现全域的智能化管理……"德清县的书记、县长已经尝到太多改革的甜头，所以他们只要碰到哪怕有那么一点儿有利发展、有利百姓的事，必定认认真真、全力以赴地去努力探索并实施之，直到圆满为止。

"我们德清的'城市大脑'工程能够走在全国前列数年，得益于县领导的高度重视和全力推进。可以说，在这方面，每一任领导，从不犹豫，而且倾尽所能地推进……"应先生说。

采访交谈间，应先生已经将我带到德清的"城市大脑"核心地——那块巨大的蓝色显示屏，它就是一个即时的电子大脑，正常打开时所显示出的是"德清城市大脑运行态势"，在上面我们可以清晰地看到"大脑"所储存的各种信息数据和各行各业的即时势态与历史数据记录。它既用各种数据呈现着一种运动和变化着的状态，同时又可以支配与指挥各个你所想要联系和触及的"神经"系统，随之又可以观察其变化实施状态……因而它被称为"城市大脑"。

这个"大脑"确实不一般，它实际上是由错综复杂而又清晰明朗的多个系统组成和架构起来的。政府管理部门根据自己日常工作和决策程序，首先通过"决策中枢平台"，联结"民生服务平台"和"业务协同平台"，构成政府大脑这一"中枢神经"，来实施对全县"躯体"的指挥与导向。这一部分的"神经系统"其实是德清全县的核心条线，它包括了数字农业、智慧环境、数字金融、产业分析、应急协同、智慧医疗、"标准地"信用监管、智慧旅游、智慧安防、智慧城管、智慧教育、智慧水利、时空信息。这个平台是"大脑"中的"主机房"，即城市大脑的"智慧应用"部分，是大脑的运行主体。在它之后，是"数据中台"和"应用中台"，即大脑的"左机房

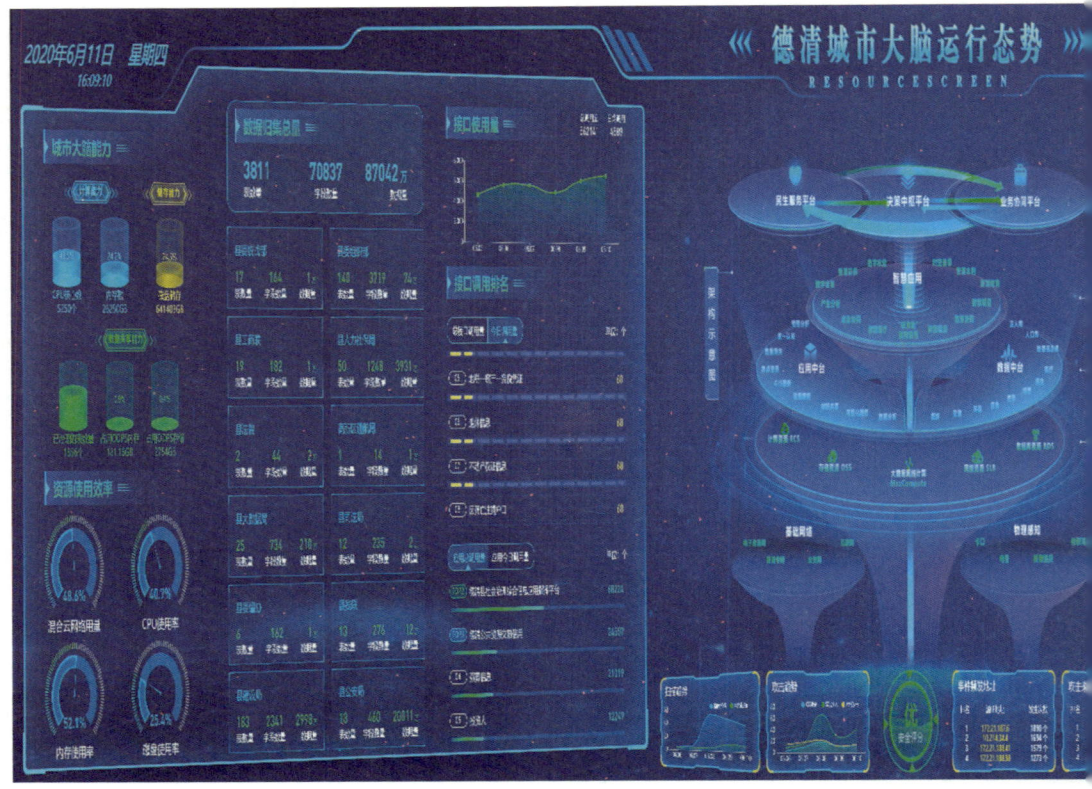

操纵室"和"右机房产业室"。左操纵部分是"技术操纵室",它包括了对整个德清县各行各业智慧运营过程中的预警分析、统一认证、数据网关、单点登录、GIS 服务、信用服务、材料共享、可视化服务和数据分析等技术;"右操纵室"则是相对应的行业,包括了德清最重要的法人库、人口库、地理信息库、医疗、民生、城管、教育、应急、环保、交通、旅游。而要实现"大脑"的中枢神经(决策系统与服务对象相对接)和智慧应用畅通,便要架构"大脑"的"基础网络",从而实施大数据的在线计算,然而它需要强大的互联网技术支撑,包括了计算资源 ECS、储存资源 OSS、网络资源 SLB 和数据库资源 RDS,具体可分解为实体的电子政务网、视频专网、公安网等。另一部分技术叫"物理感知"系统,包括了卡口、电警、视频监控、物联网。

"决策中枢平台""综合智慧应用""应用+数据中台""基础设施层",构成了"城市大脑"的四个"云"……这就是"城市大脑"形象解剖图,它充满了神秘和智慧,又超乎了我们普通人所理解的"脑"的概念。其实德清构架的"城市大脑"是一条

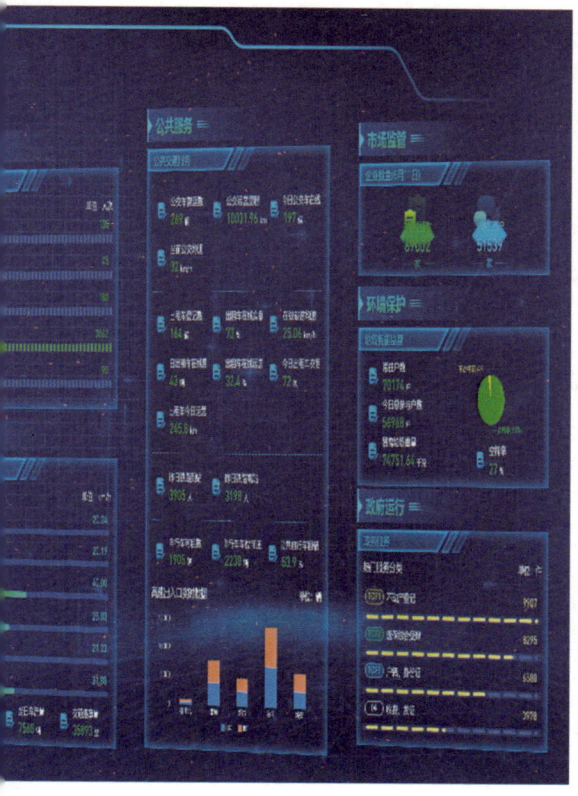

德清城市大脑

互联网"数据高速公路",即在全县范围内,把决策部门的信息通过互联网输入部门、行业和广大民众等全社会的服务对象平台上,形成一个互通的"高速公路网",即时、实地、准确地将服务对象与决策部门之间的信息与对应的意见建议进行互动反馈,最后实现行动目标的落地。

在现实世界里,人是最聪明和最具想象力的物种,人类也一直在推进自己创造的世界。进入21世纪之后,人们似乎突然间发现自己的生活方式完全改变了,自己的脑子也似乎越来越不够用了,"拍拍脑袋"就想把事办了的旧管理模式已经无法适应错综复杂、变化无穷的现实社会。"改革大县"德清,又一次比谁都提前看清了这一发展大趋势,他们借助了阿里巴巴的互联网力量,捷足先登地筑起了数字信息"高速公路",率先完成了"换脑"工程。这一步的跨越并非简单的"先行一步",而可能是一个世纪,甚至是一个纪元的革命。

当我站在他们的"城市大脑"面前,看着各种信息和数据的即时变更,心脏便会跟着剧烈跳动,因为这些数据的背后代表着这个"天堂小城"几十万人民的衣食住行、家底库存、喜怒哀乐等万千现实,它是百姓和政府之间互信互爱、共创美好家园的真实反映。比如在"公共服务"栏中,我们可以清晰地看到"医保"的参保人数、养老待遇发放人数、就业人数,以及办案数字及比例,这样就一眼可知政府工作和社会需求之间的匹配度。与之相配套的是"执行监督"栏的"办案率"实时统计数,它可以由政府决策与监督机构向具体办事的部门发出"警告""催办""监办"的督促,对应"黄""红""绿"的不同标识,如果红灯连续几天亮着,那就说明有关部门会受到政府部门的严厉惩罚措施,甚至需要向全县民众作出交代与检讨,更严重的,部门领导就会受到查办。

这样的"大脑"除了对政府职能部门起到监督和促进作用外，对普通百姓也有极大的敦促作用。比如一个待业人员，当他看到就业栏目中不断更新的数据，他就会想着为什么自己还没有就业，于是他便会去"就业指导"栏寻找适合自己的工种，如果没有合适的，通过手机端也能请求有关部门帮助搭桥牵线。这种多方联系、多种渠道的选择，远比一个人闭着眼睛过河要便捷和高效得多。原本你个人的一个"脑"，换成全社会的千百个"脑"，帮助你一起想办法、动脑筋，还有什么不能成的呢？

甜头就是这样"酿"出来的。

政府通过这个"大脑"获得的效率和效益更不用说。比如一个婚姻数据，就会立即引起县委、县妇联高度关切。那天我在现场看到的某一个月的一组结婚登记与离婚登记数字，分别为3314对和1185对，便问"大脑"主人：遇上这样的数据，你们县委领导和妇联主任会有什么反应？

"反应大呢！"他说，"县委书记看到这组数字，就会问妇联主席，县里的妇女工作有什么问题？"妇联主席一方面会认真地检查自己的工作，同时会向县委书记反映当前或者近几年来德清社会与家庭之间发生了什么样的变化，包括年轻人、中年人、老年人的婚姻又有什么新的变化，而这些问题就不仅仅是妇联的工作了，它折射的是整个德清的社会形态与变化，当然还有人的变化，那么县领导就会了解并适度地倾向某一社会问题来布局工作。

"有时一个小小的数据变化，会给我们提供决策的重要依据。"县领导给我举了个例子：比如离婚率升高，主要是近些年到德清工作的外地户籍人士增长很快，与本地男女青年结婚的渐渐多起来，但由于各种原因，他们在结婚后遇到的家庭问题也比较多，他们的离婚率高于夫妻双方都是本地青年的离婚率。"这就给我们政府和具体职能部门改进工作的空间，比如是不是在户口、就业等问题上需要更加开放和落实到位等。这些年相关工作改进后，离婚率就明显下降了！"

如此立竿见影，也可谓奇迹。

"大脑"真的支配和指挥全身，德清人告诉我，"城市大脑"如今在他们那里已经成为县委、县政府和镇、街道日常工作极其依赖的一个平台，"一天不看，心里就会空荡荡"。县长是主抓经济和社会发展的，疫情之后，全县的经济运营到底处在什么样的水准上，靠以前的那种层层上报的数据，说明不了真正的问题。"现在不一样了，我只要看一眼'大脑'上出现的用电数据，就知道全县经济运营状况……"县领导坐在办公室，在电脑上轻轻点了一下鼠标，"大脑"上立马跳出全县实时用电数量，然后与以前同期的用电数做一比较，立即得出结论：已经基本恢复2019年的水平。而且他肯定地告诉我："只要不再出现疫情的反复，下半年的经济指标会全面超越去年，达到4%左右的增长不成问题。"

"我们这儿的疫情绝不会反复到像上半年春节前后的那种情况了，即使有些反复也不会影响到经济与发展的大局。"德清县领导信心满满地说，"因为我们的'大脑'会帮助我们消灭和预防每一个可能来袭的病毒……"

这时，"大脑"上迅速出现一张"疫情防控图"，在"防疫攻略示意图"这栏上，我们可以看到德清自创的新"健康码＋地名＋网格化"的精密智控模式，尤其是那套完整而实用的"防疫攻略示意图"，清晰而缜密地布局了德清防疫的人民战争战略与战术，据此可以防控来自各种可能的疫情袭击，同时确保全县经济、社会的正常运行和人民生活的安全保障。

"大脑"灵活着，"身体"就会健康着，"身体"健康着，"大脑"也就更灵活。灵活的"大脑"，让"身体"更加充满活力，充满活力的"身体"，让"大脑"呈现更加快捷、准确，这就是"城市大脑"带给德清今天的生机勃勃、高速有序、稳定健康发展的原因所在。

"大脑"神奇，"大脑"无限，"大脑"多彩。"大脑"把德清带进了前所未有的新时代……

十 数据密码激活秀山丽川

来过德清的人都会有这样的感觉：假如一生中有大半的时间留在德清这样的地方，就该是不枉此生年华呵！

是的，德清之美在于它的山川。山虽不高，但足够登高抒怀、远眺四方；水虽不深，但足够让人心旷神怡、滋润其中。德清的山虽也是由岩石组成，然而它的身躯不硬，反而给人柔软和绿色之感，常年如此。德清的水则是灵性之物，潺潺不息的活源头，鱼儿鸟鸭皆欢喜，人自然更离不开它。这里的山，四季泛着绿色的光芒和醉人的丰收之意，还有收拢冬天寒意的作用，因为雪花只在它的头顶待着，而从其身上淌下的雪水便是春天的暖流……

德清的山水，是上苍恩赐的。德清的山水，是这块土地上生活着的人的生命密码，假如缺其一、缺其质，德清就不会是德清，德清的今天也不会是这样。

德清人为了捍卫自己的山与水，其实是颇费心思的。现代化建设与原始的山水之间是有矛盾的，而"绿水青山"与"金山银山"之间其实也存在沟谷。历届党委和政府，一代又一代的才俊英杰，也曾贡献许多治理的智慧，但似乎难以完美化解这个矛盾，这是因为生活和生产的需求远比山水本身的滋生能力大。山无法承受每日蜂拥而来的游人，而每个游人亦非不食烟火，于是美丽的山在承受着环境与生态恶化的后果；水更不用说，德清原本的水是自流自足、鸭飞鱼欢，自这里的农民们有一天发现种地远不如养殖水产赚钱时，德清的水域便开始不堪重负。且不说湖塘被一片片"生吞活淹"，原本的农田多数也被开挖为养鱼养虾的池塘——一时间，德清山上满峰游客，山坡满地这"乐"那"乐"；乡村百姓的家前宅后，皆是湖塘水色，而这样的水非碧波荡漾，却是污黄赤色，臭味异常。

农民养殖是自救自存自富的产业，不能关闭，湖塘仍需多多开拓；"洋家乐""农家乐"是德清的品牌，同样需要漫山遍野地发展……可山水如何常青秀美，成了德清人的大难题。

曾经下了无数次大力，也曾经投入巨额资金处理桩桩违规事，但总是收效甚微。不是领导抓得不紧不严，而是干部们即使长了十条腿也无法完成点面上的全部检查落实；农民们和从业人员并不是有意捣乱，再细心的人能说管得好每一寸土地不受"玷污"，能保证每一池水污染物不超标？

不可能的事！

就说水，德清光是湖、河、塘、漾、溪……就有十几种不同水域和径流，更不用说其面积多大、数量多少。习近平在浙江任省委书记时就推出了"河长制"，后来省里又有"五水共治"的决策，可谓举全省之力治理江河，历史上从未有过，浙江人称之为"深得民心工程"。这样的事德清肯定就是最先行的"试点县"之一。

五六年前，我到浙江采访调研时，就听一些地方的干部叫苦不迭，说："我当过生产队长、公社社长和后来的乡长、镇长。但就是这个'河长'当不了！"问他为啥，他苦笑道："人虽然难管，但又是最好管的，因为人是按户口、属地及单位来管的，江河塘漾是流动的，你怎么管得了、管得好吗？"

可不，水是流动的，你如何管得住它呢？再说，你这河一头是张村、一头是李镇的，或者还有更大流域的江河，甚至超出了德清的地盘，你去管上游还是下游？靠近大海边的河流还有潮起潮落之势，你真管得？

如此一想，"河长"确实不易当，甚至不会比一般的村主任、镇长少费心力。

德清的水管得出人意料的好！水利系统的人告诉我：现在他们不仅能把德清境内的大小河溪水系质量完全按国家、省市的要求达标，而且还能为上下游地区提供精确的全流域水质与水文情况。"德清自己境内的水系水质肯定更有保证！"这位水利干部很肯定地告诉我。

"我们有平台，我们有'智慧水利'呀！"这个自豪的口吻让人羡慕。后来我请"城市大脑"的操作人员打开德清水利示意图，才有"一线见天"之感：德清是多水的县域，大部分的水系又是上连下通的"活水过渡"源，管理这样的水系事实上最难，你既要承接上游，又得接受下游对你的评判，许多径流中的水质到底由谁负责其实很难说清，而另一个问题是如何保持德清境内水系的水质和水文质量，德清人的高招和能力又是如何体现的呢？

"把人工采集点换成自动智能采集网线。这是我们的第一招。"水利的同志说，他们已经在前年就完成了现有工情监测和自动化监测信息的集成，建立了涵盖水文、水资源、重要水利工程的网络化、立体化监测体系，将全县所有水系联成监测监控、预警预测、分析评价和高度指挥等智能化监控体系。

"所有大河大水都能一眼看清？"我有些好奇地问。

"当然。"人家德清水利人马上给我打开他手机上的"大脑"，随后轻轻点开"水情"一项，屏幕上就出现一张"德清水云图"——啊，真的好看，比真水、真河更有动感，而且你可以轻松地取得各径流的水量、水速、水深、温度等等数据，就像是一张德清的"血脉实时流动图"！难道不是吗？毛泽东主席早就说过，水利是农业的命脉。其实水更是德清的命脉，没有水或水质差的德清，还是德清吗？

因为进入了"智能"与"数据"时代，德清的水也变成了一团"云"——"云"（智能）的水具有超凡的魅力和吸引力，因为原来属于地面上流动的水，现在通过数据和视频成了管理和治理者手掌上的"云"、脑海中的"云"。而通过数字计算，管理者便可预测未来的水情，知晓未来若干年月中的水情变化……这不是很神奇吗？

> 我是一片云
> 天空是我家
> 朝迎旭日升

智能化管理的德清之水碧波荡漾

暮送夕阳下
我是一片云
自在又潇洒
……

德清水利人哼着《我是一片云》，将县境内的全域水系"整"出了个云端上的"赛车场"：规则与速度。并且将自己练出了"顶级赛手"的水平。

"德清现在的水域，不仅自己做到了达标和清澈，而且对上下游影响也很大。因为我们将德清流域中流出的水质情况与上下游分享后，就能清楚了解水到了德清境内为何变清、变好……这智能大脑测出的结果不会蒙人。这样上游就会明白他们流入我们境内的水质当初是一个什么样的情况，而下游如果不认真治理好，就会在数据上出现与我们流入时的差距来，所以我们上下游给出的两个水文、水质数据，既检验了我们德清治水的工作质量，又反映出上下游水质与水文情况，你说这'云'是不是蛮厉害？"

原来如此。

现在的德清水"大脑"自2019年以来，已经全面担起了包含全流域水资源、江河湖泊、水灾害防御、水利工程、水行政事务等全方位的监管任务，继建立"水云智能图"外，还搭建和完善了数字化管理系统工程的"1161"管理平台，即1个全行业共建共享水利数据仓、1个全县统一门户、6大水利核心业务和1套纵向联动、横向协同的工作机制，做到"对象全覆盖、业务全过程"，对全域水利都能实现"智能感知""智能模拟""智能预警""智能调度""智能服务"……

"用一句通俗的话说吧：过去管不了、管不住的水，现在我们通过智能系统，真的可以达到管得了、管得住的目标！"烈日炎炎的夏日的一天，我来到1959年建成的德清大闸，已经退休的管理处老处长专程过来向我介绍了这座"上保杭州、下保湖州、东保嘉兴"的德清大闸的历史和曾经的功绩，而且深情地回忆起习近平任浙江省委书记时前来视察的情形。老处长指着门前的一块"龙石"，非常硬气地告诉我这座大闸的特殊地位，欣喜地讲到如今推行"智能水利"之后的德清之水已经"温顺"地听从调遣，化解了每一年的风雨突变之险，让德清在风调雨顺之中更多了一份温暖与温馨。

大水如光，小水如镜。能把径流之水治得如此服服帖帖的德清，又是如何治理每一块、每一塘的产业养殖与生活之水的呢？

"'大脑'！还是靠'大脑'！"

老实说，当我几次走过德清的山山水水，特别是看到农村一片又一片鱼虾养殖的水田后，心里就在嘀咕：这么多农民不种粮啦？为什么都在养殖？前一个问题在听完当地人解释后完全理解：过去的江南鱼米之乡基本很少种粮了，因为种粮远比不上种植其他农作物和养殖水产类副业产品。长三角一带的农村现在大多是这样，德清自然不例外。农民最讲实际，种一亩粮食，收成最好的时候，也就几百元；可种植其他作物，尤其是养殖水产，一亩稳稳当当收入三五千元甚至上万元，是家常便饭。听德清人说，养一亩青虾，收入四五千元，一个上年岁的老农，可以管理十来亩青虾，而且并不累人。这要让他种粮食，三五亩地他都要累得找人帮忙，一年下来也就两三千元收成，还要看天吃饭。养殖水产就省力许多，收入却是种粮的几倍。再傻的人也不再选择纯种粮了。至于一般中青劳动力，多数选择养殖黑鱼。德清的黑鱼十分出名，肉质细嫩口感好，在大城市的餐桌上很受欢迎，因此黑鱼养殖在这里的农村相当普遍，收入也高。至2018年，全德清农民们的水田养殖达到20万亩，总产量14.5万吨，年产值达36亿元，德清成为浙江省乃至全国著名的淡水渔业主要产区。然而养鱼多了，池塘的水污染也变得普遍。养殖尾水中富含氮磷营养元素，直接排放会对周边水域造成富营养化污染。一段时间里，这一问题让政府十分头疼，因为政府一方面要大力鼓励农民们通过养殖增加经济收入，另一方面又为大量出现的养殖尾水污染担忧。

"你往紧里抓，就可能影响了农民养殖的积极性。你松一松，那千家万户的池塘就可能让你又吃治污的苦头。许多年里，我们一直处在两难境地之间，抓也不行，不抓更不行，最后到了不知如何抓为好的地步……"一位主管农业的副县长这样回忆道，"不是农民不想把水质搞好，搞不好水质他养殖大户损失也很大，因为没有信誉，产的鱼虾也不可能卖出高价。后来不少养殖大户，主动配合我们治理养殖河塘的尾水污染问题，可由于信息阻塞，养殖户之间所花的力气和功夫也不一样，相互之间也出现诸多矛盾与争执。治理水污染与发展养殖产业之间的矛盾一度十分尖锐，任凭我们干部和职能部门下多少力气，还是没能解决多少问题。"

"后来怎么解决的？"

"发挥'大脑'和'智慧城市'的威力……"他说。

"具体呢？"

"每个养殖户、每个养殖水塘、每块水田,我们都设置了监测信息网络,县城的'大脑'平台上可以直接监测到每个乡镇农村养殖户名下的每一块水田的水情水质和养殖鱼虾的相关数据,只要一发现水质出现问题,警报器立即响起,监督人员便会迅速通知到相关的队员那里,限时察看和纠正。如果某个养殖户不能改进,几次警告后仍不整改,将取消他的养殖资格,这种情况出现后,养殖户的损失就会很大。因此现在的养殖户没有人会躲着避着不参与治理污染,反而是生怕自己有问题后没能及时发现与改进。"

智能"大脑"的治理,让人自觉服从,这是在德清看到的一种格外喜人的景象。德清本来水就多,如今你无论是走在城边的宽敞大道上,还是行走在乡间田埂边,目之所及,水田和养殖池比比皆是。阳光照耀下的水田,如一面面镜子映着天空,也映着百姓追求富裕生活的喜悦心境……农民们视水如命,是因为水让他们的生活更加幸福多彩。而水的"表情"则代表着养殖户的心境,所以这里的人,对水格外敬重和看重。

但养殖青虾、黑鱼或甲鱼,它们的尾水是一大问题。过去没有"大脑"的智能监督,养殖户之间相互扯皮、相互指责,但最后谁也说不清到底是谁的问题。

"这个问题怎么解决?"在被称为"德清东大门"的禹越镇,年轻的镇党委书记带我到了一个叫西坝里尾水处理场的地方,他告诉我,有了"智慧城市"之后,他们与之配套建立了固定的尾水处理场,这样就把几年来十分头疼的养殖尾水问题给一举解决了!

他口中的"网",指的是全镇——禹越镇是德清全县养殖水产的主要基地,全镇共有 19300 亩黑鱼、青虾、甲鱼养殖水田,年产值达 6 亿元,其中黑鱼养殖占全浙江省的三分之二,年产量达 1 万吨。如何保护这一养殖重镇的水环境,智慧城市的"大脑"起了至关重要的决定性作用,因为他们靠它将所有养殖农户的水田全部纳入了网络化管理之中,也就是说,每个治理点都采用物联网技术,安装了电子探头,包括了水温、水质、气象等多种信息的采集。"这一方面起到监督水情的作用,更多的是帮助养殖户随时注意水质、水温和气象对养殖水产的影响,使其养殖完全进入科学规范的数字化管理体系之中,也就是说,即使你是个只有小学文化程度的农民,只要你点开手机按几个键,你也能掌握池塘里鱼虾的成长与生存情况,知道了什么时候应该喂多少食、什么时候需要换水、什么时候可以买卖鱼虾了……"镇党委书记说,"大脑"管理帮助解决了农村生活和生产的实际需求,所以它极受欢迎。

尾水监控似乎不成问题了，但尾水最终到底如何解决的，我还是有疑问。

"不急，你来看看这个处理基地就明白了……"跟着书记来到"西坝里尾水处理场"，出现在我眼前的是一片鲜花和绿荫之中的四个颜色各异的大水池。

"这只是我们全镇 154 个尾水处理场的其中一个……"负责这项工作的副镇长费贵洪介绍说。这位曾经在 30 年前当过渔民生产大队书记的副镇长颇为自豪地告诉我，禹越镇对养殖水田的管理已经实现了全网化"大脑"智能管理了，在全县也是最早建立了农业综合服务中心。"可以说，我们是既有场所，又有机构，更有一批专业服务人员。中心就是养殖户之家，平时搞技术培训、市场指导等咨询活动，还包括了品种、物资供应、价格制定、市场交易、产品检测等实用性服务，而最根本的是我们有一个数据检测平台，它既可实时监管，又可追溯查询等。禹越镇现在出了名的是我们的'黑里俏'，它是禹越黑鱼的代称，名气可大呢！上海、深圳、哈尔滨等大

城市都知道它……"

"黑里俏"是一个很调皮的形象,可见禹越的黑鱼非同一般。如何管理和养育这美丽俊俏的"黑里俏"呢?没有好水是不可能有质感鲜美的鱼儿的。

"我们全镇有近20000亩水产田,水产可以说是镇上和农民们的主要经济来源,关系到全镇的社会发展与群众的生活与幸福指数。怎么管理好这些水田,涉及禹越镇的命脉与命运。我们一方面依靠组织起来的200多个养殖合作社,另一方面建立了154个尾水处理场,像西坝里这样一个尾水处理场,负责了周边38户水产养殖农户的尾水处理……"

154个这样规模接近的尾水处理场,我首先想的是农民们能否负担得起,如果负担不起的话,就可能不会从根本上解决尾水处理一事。

费副镇长听了我的问话,笑着解释道:"是这样的,我们德清县采取的办法是'三

禹越镇西坝里渔业养殖尾水治理点

个一点'，即县政府补贴一点，每亩补贴500元；镇上再补贴每亩300元；养殖户自己再出每亩200元。这样尾水处理场的费用就稳稳当当地解决了。建尾水处理场的事解决了，尾水污染也就自然而然地不成问题了⋯⋯"

确实，走进尾水处理场，只见四个大水池严格按照污水处理的科学程序，分为生态渠、沉淀池、生物净化池、曝气池和湿地洁水池，通过物理和生物处理方法，处理掉养殖水体中的悬浮物、氮、氨等，使尾水达到国家的淡水池塘养殖水排放标准，从而确保水产养殖的生态环境和水产品本身的质量。

参观完花园一般的尾水处理场后，禹越镇领导们带我来到他们的农业综合服务中心。这里有一个控制中心，是智能"大脑"的一个分支平台，工作人员可以通过视频，调集全镇每一块水田的养殖信息，跟踪实时状况。"哪块水田在哪个时间里出现什么问题，或者检测发现它可能要出现什么问题，我们这个平台都会及时告知养殖户，同时监督他及时改正。而百姓有什么需求和情况，也能通过平台反馈到我们后台的终端，然后后台终端即向我们管理者送上相关情况报告，当我们在收到报告后，也会马上去督办。这样便建立了一个体系，一个管理水田生产和经济情况的体系。"

实物、实地、实证与实例⋯⋯从禹越镇对每一块养殖水田的管理和治理，可以充分相信整个德清对水域的管理与治理。这里的百姓和他们的生产与生活方式，处在统一的、科学的严谨管理之中，即使你一时大意，智慧"大脑"也完全可以代你完成你可能不容易完成的所有程序与必须做好的工作，同时它可以代替你完成和实现你所想实现的目标，而这样的目标与任务，"大脑"根据产业的生产与当地的生活方式已经事先为你设定好了。只要你能够"照章办事"，一切皆可在时间到来之时，收获成果。

禹越的"黑里俏"越来越俏，道理也在于此。站在田埂上，望着一片片波光粼粼的黑鱼池，看着它们活泛而快乐的情景，我不由为它们感到高兴和欣慰，因为它们找到了适合自己生存与生长的一片好水好田，所以它们成就了自己的"俏"——美的身体、美的肉质，还有美的名分。

"现在我们德清的'黑里俏'已经升格为'芯片鱼'了！它们每一条鱼身上都有一块芯片，只要在特设的二维码上刷一下，就可以知晓这鱼的'身份密码'——包括它的产地、生长期和出水时间、肉质情况等等⋯⋯"费副镇长的这番话真的把我惊着了！

"芯片鱼？每条鱼上植着一块芯片？成本不会很高吧？"我"哎呀"一声之后，

吐出了一串问题。听人家德清人是怎么回答的:"是这样。每条'黑里俏'上都植了芯片……其实也不贵,那么几毛钱成本,但它对我们德清黑鱼的品牌打造带来的效果和实际价值就高出了成本的好几倍哩!"

原来如此。你不得不佩服德清人的精明与精细——"智慧城市",处处是智慧,智慧又处处生金下银。其实在习近平总书记"绿水青山就是金山银山"理念的重要实践地德清,智慧早已是"金山银山"了。你说德清的渔民是不是真的很幸福?他们最先获得政府支持,搭乘着"智慧城市"的顺风车,行驶在通向金山银山的大道上,收获着金子与银子,更收获着幸福与快乐!

这就是"智慧城市"和"大脑"的魅力。

有两次到德清采访,我都住在下渚湖畔的一个度假酒店,虽然它并非豪华的五星级酒店,但我特别喜欢,因为它贴着湖,早晨能听得飞鸟叽叽喳喳的啼鸣,晚上能欣赏残阳下的绝美湖景。如果上午吃完饭到湖边走一走,在拂面的清凉晨风下,看着荡漾的碧波中鱼儿蹿跃的情景,谁都会陶醉。每一次住在那儿,我都会早晚两次沿着湖边的道路,向酒店左右方向走出几千米,一是为了跑步锻炼身体,但更主要的是想在没有任何其他因素干扰下进行"私访",这才是第一手资料获得的最佳途径……

出湖畔酒店往右走,是一个叫"沿河村"的小村庄,村委会几乎是与酒店并列在同一线上。看得出,这是德清式的标准"美丽乡村"——村委会所在地除了有村民们的各种活动场所外,还有各种精美的宣传栏,宣传栏中介绍村庄近期和远期的奋斗目标及年度工作任务。每一位干部都有责任目标,显然这里的干部很有担当。能勇敢地亮出自己的任务与目标,就是一种责任与使命,群众会监督你,你自己会有压力。而我的观察并非这些,我想更多了解沿河村的环境治理,因为所有沿河沿湖的地方,环境一般总是很难治理得令人满意,而这些地方的环境如果治理得不好,带来的影响就不是小问题。德清的村庄能不能普遍做好高水平的环境保护工作,这是我"私访"下渚湖的一着"心棋"……

这之前,德清文联和作协的同行,已邀我下过下渚湖观景,也领略了确实美得令人心醉的下渚湖风光。那天我们是乘着游船驶入下渚湖中央水域的,机动船所过之处,总将一群群或在芦苇枝头嬉戏,或在草丛中觅食的鹭鸟惊扰……那一刻,湖中波浪翻卷,船头船尾鸟儿飞翔掠影,船两侧的水中是鱼儿追逐,其景其境,着实美得让人不思他事,只沉浸于世外桃源般的美妙之中。湿地下渚湖有着宽阔而酥软

德清清地流

云游下渚湖

奔驰在下渚湖

的胸怀,绿色的水草特别茂盛,水质超好,所以大面积的湖中央,其实是天色两重:映在水中的与悬在苍穹上的一模一样,身临其境的游人不言自醉。

于是我在想:这么好的地方,如果有人群居住着,又将如何保持环境优美呢?

下渚湖历史上和现在都是人群聚居区,不让人住的湖泊,并不是最好的湖泊,只有与人共处又共美的湖泊才是真正好的湖泊。下渚湖会是什么样,这是我所关心的。或者说,在生态和旅游成为社会都想利用的两大资源时,身在其中的百姓如何做到既好好地生活下去,又保护好符合标准要求的环境与生态,这其实是有很高难度的。那么,沿河沿湖一带的百姓,又是如何做的?做得又怎样?

我晨跑的目的,其实大半心思是想为这解谜的。

大约早晨6点我就出现在沿河村村委会旁的那条公路上……路上偶尔有一两个搞环保的人和几分钟驶过一辆的车子,整个村庄则是寂静的,村民们似乎还在沉睡之中。这时的我有些窃喜,因为我可以看个透彻:顺着村委会往里走,就是村庄,显然这是个没有被移动过的自然村落,团状的房屋是江南农村的典型住所,每家每户都有一个独立的院子,房屋多数是两层、三层,也有四层高的楼房。让我暗自吃惊的是,沿河村的居民家家户户门前屋后都种满了各种鲜花,柏油路面虽然没有那么新,但极其干净,这显得更加可贵。因为有些农户还没有起床,所以不少家院门都关着。我踮脚往里探望,可以看得见每个院子内同样十分干净整洁,不像是为了应对检查,而是一种习惯性的整洁和干净。再往河道边走,可以看到一个个小花园,那是有人工匠雕的痕迹,它是作为旅游的村景供远道而来的游客观赏的,所以非常耐看和舒服。河道连着下渚湖的大水面,而下渚湖的清澈水色在这里同样可见。河面很宽,中央有一丛丛漂流式的"花岛",那是由鲜花或绿草一类组成的人工流动小岛,它给河面增色不少——这是江南人智慧的一种体现,让单调的河面多了一些可观景致。

第一次"私访"沿河村，我就被这个干净整洁又温馨宁静的湖边小村所吸引，感觉它是实实在在的自觉美和自然美。有些与众不同的是，在近千米长的沿河村道上以及通往各个自然村的小路上，可以时不时地看到一块块醒目的宣传牌，走近一看，或是"文明窗口宣传栏"，或是"垃圾分类宣传栏"，内容详尽而细致，适合农民兄弟阅览。令我好奇的是一些如"党员绿化保洁监督岗"标牌及"河长责任岗"标牌，那上面的"责任内容"具体而明确。比如"党员绿化保洁监督岗"，它有具体的"三养三清"责任：季节变化要养护、天灾人祸要养护、缺水缺肥要养护、虫害病毒要清除、杂草杂物要清除、枯枝废枝要清除。标牌上还有一行突出的文字——责任人杨长根。在村部的大宣传栏上，我找到了杨长根的职务：沿河村村委会主要负责人。看来，这样的绿化环境工作由干部亲自抓，表明了沿河村把环境保护放在特别重要的位置。

浙江是在全国最早实施"河长制"的省份，这是习近平任浙江省委书记时推出的一项后来推广到全国的环境保护重大措施。不要小看了"河长制"，事实上它改变和纠正了现代化进程中的中国的一种生产方式，它以愚公移山般的精神，让江南一带的主要流域获得了新生。我们知道，水一直滋养着江南这片富饶的土地。然而，随着现代化工业经济迅猛发展，许多河流以水质下降为代价，换得了国家的高速发展，也惠及了包括中西部在内的全国人民。我的故乡也在江南，我知道有些市县为了治理污染的河流，运用巨资、花费大量人力物力，想让河流江湖重新清澈起来，但几乎每一次都是失败的。原因是你想治理、他想的是国内生产总值，最后往往越治理越污染，直到我们这些从小在河流与江湖的水中长大的人，再也不可能回到故乡去重拾那份清水搏浪的乡愁了！浙江省从习近平任省委书记时就高度重视河流污染治理，并为了从根本上落实相关责任人的责任，推出了治理江河水域的"河长制"，由所在地区的党政一把手出任相对应的"河长"，又通过"五水共治"的一盘棋治理，几年之后浙江大地的水域，在全国范围内第一个还原了绿水青山本色。这样一招，可以说功德无量。

几年前到浙江，我就听说他们有个"河长制"，即每条江河的每一地段上都有一位"河长"负责其水域的治理与保护。第一次听说这事时，我内心觉得有点好笑，因为我们人类在文明进程中，学会了许多人管人、人管动物的本领，"长"一职也由此成为组织形态的一种标志性职务，从队长到市长、省长、委员长，从组长、场长、厂长、机长、舰长到部长，"长"具有权威和荣誉。然而，一条流动的江河上出个

"长",能管得住、管得好这"流动的它"吗?我这样说并非嘲讽,而是觉得这个"河长"太难当,因为他只能管他所在的那段流域,而一条江河的径流有时长达几十里甚至几百里,只要有其中的一段或一个地方不配合,偷偷地往流域中排污,你这个"河长"就白费辛劳。"河长"因此难当……

"前些年我们这里的'河长'当得也不容易,虽然下了大力气,但也没能够从根本上彻底治理和管好全流域的水质,因为人眼、人力和人的精力有限。现在不一样了,我现在当'河长',只需要按几下手机上的按钮,便知整个流域的详细情况……"杨长根说。下渚湖的沿河村其实是个典型的河湖众多的村庄,管理和治理河水污染一直是个大难题,不去说动员和组织广大村民注意减少生活排污和管理生产经营性排污这事有多难,单说一名"河长"的责任与工作难度,以往的"河长"们每人心里都有一本"血泪账":你想想,就算管一两千米长的河道,你能管得了一时、跑得了一会,你管得了一天24小时、管得了那些成心跟你"打游击"的人吗?你忙死、你跑断腿、你说尽话,也未必能把所有的排污点、排污的人和事都管住了!再说,你自己分管的一段河流管住了,他上游哗啦一下又下来一片污水灌到你管的流域来了,你是跳进河里去挡住它还是站在岸头去骂人?总之,那个时候你想管也不一定管得住、管得了!

"现在不一样了!"他又一个"现在不一样了",让我心急地想要了解到底"不一样"在什么地方。

"第一个'不一样'是一条流域的管理有几级'河长'岗位职责,比如眼前的这条河道,它的起点是下渚湖,这一责任由县自然环境和规划局负责,"大河长"由一名县人大副主任担任,她的名字和手机号码都在牌子上标着……"这位沿河村的"小河长"指着身边的"德清县河长制公示牌"上的第一栏说。公示牌的第三栏是河道终点的地址和负责人,由下渚湖街道办党工委书记出任"中河长"。第四栏标的是河道的长度:3公里。最后一栏是"村级河长",又叫"河道警长",由时任沿河村党总支书记丁春荣担任。

"最关键的一个'不一样',是我们现在全部实现了全流域、全村庄覆盖式智能化、网络化管理……"沿河村的丁春荣河长介绍道,他的"棋盘"与他的胸怀因此也一样宽阔——在他面前,我看到了一块竖在村部小广场上的"下渚湖街道沿河村'网络化管理、组团式服务'工作示意图"。在这里,我第一次认识了真正的沿河村,它共有13个自然村,我晨跑所见的仅仅是其中一个自然村。整个沿河村有435户人家,

1664口人，分布在下渚湖的四周。在这片湖区生活了近千年的一代代村民们，对下渚湖怀有深厚感情，他们的生命就是下渚湖滋润出来的，因此一代又一代人伴随着下渚湖生息与繁衍至今。人一多，又要生活与生产，环境污染在所难免。保护湖水与河道的道理不用说大家都知道，然而真正让每一个村民自觉做到绝对的不排污、不侵袭河道，确实有难度，生活习性与生产方式很难一时改变。街道与村里的干部多年来无数次抓环境、抓污染治理，皆不彻底。

"那个时候，一方面我们没有那么多双眼睛、那么多条腿，另一方面百姓觉得自己配合得已经很不错了，但为什么每天还是出这问题、那事体呢？后来我们分析，有的确实是责任心问题、自觉性问题，但多数还是因为人的能力和所涉的点有限，你靠人工监督、治理，就是24小时不眨眼，它流动的水、它漫无边际的环境，还是无法确保万无一失。但现在不一样了！现在我们有比人能力更强的'天罗地网'——就是这智能化网络管理……"沿河村的"河长"有着深切体会。

"这个'网格化'是什么意思？它为什么不是网络化？"我发现他们工作示意图上的一个"格"字，便问。

"对呀，这个'格'是关键，也可以说是我们乡村基层智能化管理的一个突出点……""河长"说，"网"如一片天，"格"就好比"网眼"，有了"网眼"的天，才叫真正的网络天地。在农村，尤其像下渚湖这样河道交叉纵横、区域又有些漫无边际的水域，光有管理上的一张大"网"是不行的，必须将无数区块的小"格"细分开来，然后形成一种统一的管理与信息收集模式，并在同一平台上共同分享相关信息，最后形成你中有我、我中有你的互动、互促共同"守疆"的阵营和态势。

"你看，我们沿河村共13个自然村，我们就将其分为这13个网格，也就是13个信息采集与管理区域。每个网格，分别负责所在区域的人员管理、水域管理、动态监测。每个网格设网格长、指导员、联络员和网格服务员，他们负责所在区域水域的信息全网智能管理和监测。为了保证信息与监测的可靠性，县、镇两级政府专门动员全县机关干部担任一个或两个网格区域的独立的配合性监督任务。他们被称为'返乡走亲干部'，意思是他们多数是从本村本乡出去工作的干部，在他们定期返乡走亲时担任监督与检查职责，帮助和协助流域环境保护中的方向性问题和重点个案的处理，以确保网格中的每只'眼睛'都能明察秋毫、每条'腿'都能坚强有力……"

如此庞大和细致的网格工程，其实就是将现代化技术和人民战争的形式相结合而组成了"德清样本"管理模式，它既有操作性，又非常符合本地实际情况，因此我们才能够看到下渚湖的每一块水面清澈如镜、洁净如洗。这让我明白了沿河村为什么那么整洁干净又充满生机和朝气，其实是智慧大脑中的"数据密码"将这块土地上的山与水生生地激活了，激出了光芒与灵性，激出了丰硕的果实及百姓所需的幸福，因而使这片土地在"天堂中央"迅速崛起并呈现炫目的异彩。

到德清，在下渚湖停留的时间可能最长，或许与我从小喜欢水有关，或许下渚湖本身太有魅力了，所以一说到德清，我会立即想起这片浩瀚的湿地，以及那清澈见底、飞鸟满天、水天一色的湖面和湖边依傍的烟雨人家……其实在下渚湖有两样东西让我印象特别深刻：一是他们打造的"水下森林"，二是农博园。

所谓"水下森林"，其实是种植于水下的矮生苦草、金鱼藻等沉水植物。这些沉水植物对水质和氧含量要求非常高，因此它也等于考验着下渚湖环境保护的真实情况。德清县和下渚湖街道这些年通过大数据监测湖水质量和水中的植物生长规律，包括湖区气象、湖底温度等全方位的监测，而且需要任何时候都保持水质清澈见底和水面的充足光照。下渚湖自智慧城市的"大脑"工程实施后，全湖区的水面管理进入了数字化控制，就像人定期被安排到医院进入CT室那么一扫，啥都一清二楚。记得第一回到下渚湖，有人将我领到据说有我"专利股份"的一家湖景饭庄。一开始我有些懵：为什么有我的"专利股份"呢？去了一看，才明白，原来这家湖景饭店的名字取自我的《那山，那水》一书的名字。2017年，我为了记述习近平总书记"绿水青山就是金山银山"理念的诞生过程，5次到湖州的安吉和当地的余村采访与调研，写下《那山，那水》一书，该书颇有影响。其实我见到的取名"那山那水"的"农家乐""洋家乐"和饭店已经不是一两家了，在下渚湖也有这样的"那山那水"，似乎更加实至名归。中午就餐时，街道办主任见了我就开始滔滔不绝地介绍他们下渚湖这些年如何"美得不行"，比如游客连年翻倍，比如百姓从被人逼着搞环境到现在家家户户争当绿色文明先进家庭……"你说'水下森林'？有啊，这是我们下渚湖独一无二的奇景呵！"这位主任喜形于色地告诉我，在下渚湖，除沿河村外，还有二都村、塘家琪村等4个村都有大片"水下森林"奇景。"如今我们下渚湖，各村争的不是湖面有多美，而是看水下的景有多奇！水下奇景，湖底的森林最能见分晓。"这位主任说。

大凡能让主人都兴奋的景才是最美之景，我一定要看看下渚湖的"水下森林"。看了，我才知道什么是奇景和美景：那种水下美景，你首先感觉到的是惊奇，因为它在水中，通常水是流动的，即使是静水，你乘船而过，水面就会起波，水下则暗波流动，而随之可见的是那些"森林"也跟着摇曳而动……那个时候，你看到的"森林"——其实是沉水植物，它们仿佛见了远道而来的亲人般在欢乐地舞动着、欢呼着、跳跃着，是那般摇头扭腰的兴奋与欢快；此时最让你兴奋不已的是在舞动着的"森林"中，有无数大大小小的鱼儿在穿梭、嬉闹：宛若科幻电影的画面。我们试着静止观景——让乘坐的小舟保持不动，然后我们俯首在舟舷边，目光向水底望去。一丛丛挺拔而生的植物清晰可见，从幽暗的湖底朝太阳方向的水面生长，悠然昂扬又有些漫不经心，那种神态很自然，也很"目中无人"。看得出，它们生活得确实无忧无愁，而观景的我们反倒被它们的无忧无愁之美所倾倒，恨不得纵身一跃去同享其乐……"浪漫地设想一下也是美不可言的！"最后大家都感叹道。

"别看它们生活在水下，其实它们要比生长在水面的水生植物金贵得多。每天我们都有专门的管理人员监测它们的生长状况，就是细微的问题，我们也能尽然掌握。"

是啊，原本目之所及的下渚湖就已经够美的了。现在我们可以通过"天眼""电眼"看透下渚湖的水下奇景，而且也能知其"乍暖还寒"，这不奇也是够神的了！

游完下渚湖的"水下森林"，重回现实中的德清大地，我忍不住轻轻地吟诵起宋代毛滂先生的名诗：

春渚连天阔，春风夹岸香。
飞花渡水急，生柳向人长。
远岫分苍紫，澄波映渺茫。
此身萍梗尔，泊处即吾乡。

十一 万鸟归巢于吾乡

现在，我真的遇见心目中的"吾乡"了。它便是禹越镇的三林村。

第一次到三林村我便喜欢上了它，这是因为此处有个很雅致的漾边咖啡馆。你想，再好的城市里，你也不可能一边喝着咖啡，一边享受着田野里吹过来的清爽之风，那风中还能闻得见稻香味。最惬意的是，旁边还能留宿，它既不是"农家乐"，也非"洋家乐"，它是三林村和杭州一位大学老师共建的一栋公寓式住宅，当然是宾馆式的。它很卫生，又具有浓厚的农家田园色彩。然而，这都还不是最重要的，三林村最吸引人的是村中有一片数百亩大的漾，那是被绿荫裹着的一颗翡翠，它清澈见底、水天同色，加之有两个漾中孤岛，那小岛上是参天的树木，恰是鸟儿筑巢的绝佳之地。而这些年德清大环境的改变，也让四野之鸟纷纷聚集此漾，三林村的漾面成为它们的栖息地，久而久之，三林村成为"白鹭之乡"……

后来，远近的一群群不曾相识的人们跟随着白鹭，纷纷来到三林村。他们在此观鸟看景，享受着漾边的幽静与雅致，以及从田野中吹来的带着稻香味的清风。这期间，有些城里人就向村上的农民提出，希望能借他们的房子在此住上几天，热情好客的三林村村民们就大方地打开宅门，说：只要不嫌弃，随便住，自己挑，想吃什么就说一声，我们到水塘里去捞，我们到地里去拔……好客的三林村人和热情的游客之间，就这样一来二去，无心插柳竟然柳成荫，这三林村慢慢成了一个散客旅游点。

有一天，一位杭州来的大学老师驻足此地，他的目光和双脚都被三林村的那片漾面"吸"住了……后来他干脆放下行李，留了下来，并对村主任说："我想在你们这儿建个家，像陶渊明的世外桃源一般的家。"

村主任高兴了，说："你是城里人，大学老师，你能看中这儿，是我们的福分。你想建啥样的家，你自己弄！"

"弄"，在德清话语中的意思就是"做"，自己弄，就是自己做、自己动手。

三林村乡亲们的豪爽与真情让这位老师深受感动。他，便这样留了下来，甚至把自己的身家财产，连同身边的一堆学生也一起带到了三林村……

这位老师的名字叫马军山。现在三林村的乡亲们都知道他。他也成为以三林为家的远道而来的万千"白鹭"之一，特别受当地人欢迎。

当年，马老师这样问同学们："白鹭是高贵之鸟，对生存和繁衍环境十分讲究，它们能将此地选为栖息地，证明三林村和这片漾面具有不可替代性，胜于周边所有地方。我和你们将一起在这里建一个与鸟为伍的新天地，愿意吗？"

"跟随老师——听您的！"同学们如此异口同声。

"好，现在就开始动手干！"受到鼓舞的马军山老师激动地握紧双拳，向晴朗的天空高呼起来，"我们要在这里与鸟为伍啦——"

"扑扑……"不知是受惊还是意外的喜悦，顿时漫天的白鹭盘旋在老师和同学们的头上，又同声"嘎嘎嘎"地欢叫起来……那一幕让老师和同学们吃惊，也让三林村的乡亲们有些意外，后来有老乡说：这是鸟儿在"认亲"——它们第一次落定在三林村的这片漾面时，也曾在村庄上盘旋了好几十分钟，最后才群体落居于此。

第一次到三林村已是傍晚时分，村主任接待了我。"现在这个时间最好了，我们边看白鹭归巢边聊吧……"年轻的村主任说。这个提议令人心动，于是也催生出后来我在《人民日报》海外版发表的一篇短散文《万鸟归巢》。不想此文一出，三林村名声大振，看鸟的游客增了不少，于是我也成为这个村的特别客人。而我总会不时想起那无法忘怀的壮丽而温馨的场面——万鸟归巢的情景：

> 提起鹭鸟，我这样一个土生土长的江南人并不陌生。但数万只鹭鸟一起朝出晚归，如此浩大的阵势还真没有现场目睹过。
>
> 此时，太阳正缓缓西下，等待鹭鸟归巢的人群，如期待一场盛大晚会的开始，心情异常兴奋。四周此起彼伏的欢快的蝉鸣与蛙叫，像一曲曲交相辉映的前奏和预热，将现场气氛渲染得更加热烈。夕照辉映下的流云稀疏翻覆，显得天空格外寥廓和磅礴。绿荫环绕的漾面上（当地百姓将一片片湖面和河塘称为"漾"）波光粼粼，水面上映出的天幕，似乎增加了几许神秘……

"快看,来了、来了,鸟儿开始归巢了!"站在我身边的年轻村主任指着天空,声音溢满激动,指引着我们观看万鸟归巢最震撼人心的场景——

"呀,真的啊,它们开始回'家'啦!"

"一队一队的啊……简直如滑翔机般俯冲而至!"

或许都是第一次观赏鸟儿归巢,人群里的情绪顿时亢奋起来,大家一边争先恐后地挥手指向鹭鸟滑过的天际,一边又忙不迭地举起手机想对准那些从四面八方"噼里啪啦"似擦着我们的头顶发丝而过的飞鸟……

天呐!鸟儿归巢的场面竟是如此壮观,如此浩荡——

最先行的几小队鸟儿在落停漾中央的那片樟林小岛后,便"叽叽喳喳"个

禹越镇三林村万鸟园

不停,仿佛它们在为后续伙伴的到来做晚餐的准备。接着是几大队的鸟群,在漾面上盘旋舞动几圈之后,滑行般地散落在丛林之端的一片树梢上,与先前栖停的鸟儿一起欢腾雀跃地交流着如何迎候下一波正在飞途中的更大伙伴队伍……而此时,暮色已渐浓,绿林深处像挂满了一盏盏白炽灯,那是候鸟们在为即将夜归的鸟群标识归巢的方向。那些早归的鸟儿,以超乎想象的热情和期待,用清脆和高亢的雀跃声,愉悦而欢快地等待着、迎接着。

"太阳落山前的20来分钟是归鸟最多的时候,你们快看,又来了,又来了……"没等村主任话音落下,顷刻间,不知何处而来的飞鸟,像一片片翻卷的流云,将渐黑的漾面上空映得洁白。随之,在我们的耳边,是一阵阵宛若倾盆大雨般的猛烈呼啸声,而在声响中又明显跃动着一种沸腾和磅礴的欢欣。那些流动的"白云",如三九时节的雪片,洒洒扬扬地飘落到漾面,眼看与水面相撞之时,它们又迅速升腾至樟林之巅,在广阔的天空尽情地舒展其优美的舞姿,这才是真正的羽翼遮天、浩浩荡荡的万鸟归巢之景,让我们看得如痴如醉……

"啊,落雪啦!快看那树丛上——全是白雪呀!"

不知谁惊呼了一声,站在观鸟栈道上的人群纷纷随声望去,于是又掀起一阵高过一阵的欢腾:"真是穿越时空了,简直是大雪压青松啊!"

可不,方才还是绿意浓浓的樟树林和桑树园,现在变成银装素裹的一片"雪景"……

"它们全都安然回家了!"村主任舒畅而又自豪地告诉我们。

"鸟儿们真有纪律啊!"不觉间,太阳已完全躲到了地平线下,最后一抹余霞也将整个美丽的村庄送进了宁静的傍晚。我却心中仍存疑问,小村庄中央的这片并不算太广大的绿色田漾，竟然会吸引如此多结群而归的鹭鸟！更让人惊叹的是：它们并非在这里临时栖息，而是认它做自己的家园，且是充满了温馨情感和依恋的家园……

一弯明月已挂上天空，漾面上闪动着繁星般的波光。鸟儿们已不再发出叽叽喳喳声，而是碎嚼着轻柔曼妙的窃窃私语。那片郁郁葱葱的樟树林和桑树园，也在微风摇曳下，变成了鸟儿栖息的宁静家园……"欢快一天后的它们，现在要进入'私人'空间了。我们也该回程，去尝尝村上的农家晚饭了！"村主任热情招呼着我们这些余兴未尽的观鸟者。

饭桌上是清一色农家自种菜，不奢华却很丰富。德清三林村和周边有一万八千多亩大大小小的漾面。改革开放以来，这里的农民除了种地，便是养殖各种水产，所以我们的饭桌上都是农民刚从地里采摘下的各种新鲜蔬菜和他们自养的鱼、虾、鳝等湖鲜，吃起来方便又新鲜。当地村民自豪地说："这都是我们平日里吃的家常菜哩！"

"难怪白鹭鸟喜欢在这里栖息，原来这里有丰富的湖鲜和田间食物哟！"我不由感慨。

"是啊，白鹭这种鸟儿非常讲究和挑剔栖居环境！这些年随着我们这里的生态环境越来越好，鹭鸟也就越来越多了。"聊天中，我们也知晓了村主任的名字，她叫姚芳连，是土生土长的三林村人。谈起白鹭鸟的习性和栖息条件，姚芳连如数家珍："一是得有足够多它们喜欢的食物，我们这儿的漾上有丰富的水食可供鸟儿生存；二是村上大片大片的香樟林和桑树园等绿荫，可供它们在此栖息和繁殖；三是宽阔、宁静的田野和村庄……"

"白鹭过去也一直在村庄上栖息吗？"这是我特别想知道的。

"哪里！从我记事到前几年，就没见过这么多白鹭在这儿栖息过。""70后"村主任回忆道，"听父辈说，过去村上只种水稻等粮食作物，漾面上也只有单一的水产，生活在村庄里的人更不注意绿化环境，啥都是光秃秃的。我们小时候所见的天上飞的偶尔有些麻雀，其他鸟儿就见不大着了！"

"什么时候才开始有了这么多鸟儿来村庄栖息？"我迫不及待地想知道这太有意思的变迁，便问道。

"就这几年我们响应上级建设美丽家园、振兴乡村的号召开始的……原来我们村可是出了名的贫困村！说起这，还得感谢我们的领头人、村支书沈炳奎。"

姚芳连介绍，三林村是 2001 年由三来与茅林两个村合并后新组成的村庄。沈炳奎出任村支书时，三林村没有一条像样的道路，环境脏乱，种植单一，村民以养蚕和种田为主，收入微薄，中青年人大多数外出打工，村上只剩些老人和孩子。

"那时，村上的人都不愿意留在家里，更不用说远方的鸟儿来栖息了！"姚芳连感叹道，"沈书记当时接手三林村时，全村的年收入不足 4 万元，欠款却高达 600 多万元！"

怎么办？唯有号召村民们举起改革旗帜，树立奋斗信心。

机会来了。这一年，一条"S13"高速公路横穿三林村，但当时村民却因修路占地而聚众抗议闹事。沈炳奎冒雨骑上摩托车赶往现场，不料天黑路滑，车子一头摔倒在泥沟里。当沈炳奎满身是血、一瘸一拐地出现在村民中间，用了数小时细致耐心地给大家讲清修建高速公路对村庄建设的意义时，聚众闹事的村民终于转过念头，明白了"要致富先修路"的道理。

有了通往外界的高速路后，沈炳奎带领村民们干的第二件大事就是：用社会主义新农村的高标准规划，建设一个美丽的中心村。

三林村有水有林，但过去缺乏统一规划，又因小打小闹的家庭作坊式小企业多，污染严重，水质差，加上种植的农作物又单一，不仅村民们收入低，而且村庄的环境越来越差，连村民们自己都嫌弃。恢复清澈的水面，绿化村庄环境，优化种植品种，清除污染作坊，"美丽家园"建设从此拉开战幕。

经历数年拼搏奋斗，三林村的漾面清了，青虾、黄鳝、鲢鱼和甲鱼等数十种水产满塘，而这些都是白鹭特别喜欢的食物。村民们宅前宅后的绿化更是成效显著，可谓"墙外绕扶疏，绿荫皆桑麻"。过去，当地姑娘出嫁时喜欢用香樟做嫁妆，而如今成片的樟树散发着沁人的清香，伴着颗颗饱满鲜嫩的桑果，吸引着远近百种鸟儿纷纷迁徙而来。白鹭鸟是其中最先光顾的一种"先头鸟"，开始是百来只，后来是几千只，再后来是千千万万只，它们徜徉在三林村的绿荫树梢间，组成了浩大无比的鸟世界——这，才有了如今游人们每天早晚可见的万鸟出巢和万鸟归巢的壮观场面……

"村庄美了，村上一批批外出打工的青壮年回来了，他们开始在自己的家园创业。因为他们的辛勤创业，家园又被建设得更加美丽。因为三林村越来越美丽了，飞来栖息的鸟儿也越来越多了，一直多到变成可以观赏的奇景。"姚芳连骄傲地朝我挥挥手，"咱们到咖啡厅边喝咖啡边说吧！"

"村里还有咖啡厅?"我很是惊诧。

"当然。还有舞蹈排练厅、学生训练营……"姚芳连带我顺着月光下的明亮路灯,指着一排排时尚又崭新的房子说,"这里原来是村上的一家旧厂房,杭州来的浙江农林大学教授马军山老师把它改造成了乡间咖啡厅和小学生艺术训练营地,生意好着呢!"

如今的乡村有着太多令人意外的事情!走进那栋房子,只听里面乐声阵阵,原来有几十位省城杭州来的孩子们正在排练舞蹈……再往里面走,便是一间足有近百平方米的咖啡厅,优雅的环境里,坐着十几对年轻人,像是城里的大学生,有的在低声交谈,有的独自操作着电脑。在一个角落里,还有三位一眼看上去便知是本地人的村民,他们正满脸笑容地喝着咖啡交谈着什么……

"这咖啡味道怎么样?"我好奇地上前询问那几个村民。

"开始喝时苦。现在越喝感觉越有味道了!"其中一位村民说,他的话引来众人欢笑。

"这就是省城来的马老师。我们三林村现在这个样,全靠马老师和他的团队设计与操办。"姚芳连向我介绍坐在最里面的一位正在摆弄着电脑的长者。

"马老师好。"我握过马军山教授的手后问,"你怎么就看中了这个地方?又怎么想着把村庄打造成今天这么美丽的'白鹭水乡'的呀?"

马军山老师笑笑,给我斟上茶后娓娓道来。两年多前,他带学生到德清实习,是被这里的鸟儿带到了三林村。"第一次见到有这么多鸟儿栖息在这个村庄的漾间绿荫之中,我就喜欢上了这里,于是就带着团队在村上扎下根。干着干着,鸟儿也越来越多了,外面的人也跟着一拨一拨地来了……甚至还有台湾来的美女!"马军山正说着,一位手中拎着一个塑料袋的年轻女士走进了咖啡厅。

"她就是这家咖啡厅的老板,台湾来的养生专家王淇小姐。"马军山老师介绍道。

"北京来的大作家?太好了!今晚我用这道菜招待你们……"这个叫王淇的台湾女士边说着,边将塑料袋放在我面前,然后从里面拿出一把青嫩的叶子介绍说,"这植物大陆没有,是我从台湾引进来的。它叫武吉斯,我给起的名字!"

女养生专家说完哈哈大笑起来,继而道:"这种植物含有人参皂苷与何首乌的合成营养,它全身都是宝,叶子可以食用,果实是珍贵的营养药物,又是价值很高的经济作物,能让种植的人发家致富。"

"原来王女士也是只为三林村百姓办好事的'美丽之鸟'啊！"我开玩笑道。

"是。王女士很不容易，她一个人大老远从台湾跑来为我们村上百姓创业致富送来宝贝，村民们都称她是'宝岛来的致富鸟'！"姚芳连的话，惹得王淇女士满脸泛红晕，连连道："我才'飞'来不久，刚刚开始……"

可"才飞来不久"的她，已经让这个"万鸟乐园"的村庄多了一种"致富鸟"。咖啡厅内，我们还品尝到了台湾飞来的"致富鸟"自己独创的一个冰激凌品牌——白鹭丝女孩。

"口感软糯丝滑，味道淡甜清香！"我抿了一口，感觉很是独特。

当晚离开三林村时，夜色已完全淹没了大地。当我乘车离别这初识的小村庄，回望"白鹭水乡"振兴美丽乡村的"村创基地"时，看到的是一片明灿灿的灯光和熙熙攘攘的游人，以及广场上仍在欢快跳舞的村民……而此刻我最惦念的是在这美丽村庄的夜幕下正酣睡着的万千鸟儿，它们筑巢在此是多么幸福啊！

正式到三林村采访是 2020 年 7 月底。

才一年时间，三林村又变了个大样，而最突出的变化是"万鸟归巢"已成为该村的一个旅游品牌和精神标签。马军山老师和他的团队正好那天也在，"我们正在与村上一起规划一个以'万鸟归巢'为主题的白鹭观赏旅游度假村项目，力争将三林村打造成一个具有江南特色的生态旅游示范点。"马军山老师的雄心壮志越来越大了，而跟随他来到三林村筑巢的年轻大学生也越来越多。

"现在的三林村已远不是原来那种单一的行政村概念。我们在响应'乡村振兴'战略过程中，通过延伸"智慧大脑"的大数据功能，使三林村朝着地上、地下、天上、水中的数字化立体式的现代化方向发展……"村支书沈炳奎这回亲自出面来向我介绍，其中最让他自豪的是他们村已成为浙江省第一个数字化示范村。"走，去看看我们与浙江大学联合创办的'三林村数字乡村研究院'！"

沈炳奎书记的话让我暗暗吃惊：村里办数字乡村研究院？可不，在一栋白色建筑前，我清晰地看到了一行"三林村数字乡村研究院"的大字，而且清楚地写着：浙江大学与三林村联合主办。

相信许多人与我一样，见了这个浙江第一、全国也是唯一的乡村办的数字乡村研究院，一定会产生不小好奇。走进去，才知数字乡村建设奇妙无穷——

"人有德行，如水至清。"

经济在发展，时代在改变。在漫漫的时间长河中惊鸿一瞥，这片国际化山水田园热土，早已镌刻下令人惊叹的巨变。时至今日，德清共承担了86项国家和省级改革试点。党的十八大以来，众多国家和省级改革试点在德清扎堆，产生了大批可复制、能够推广的改革经验。作为改革试验田，德清县也通过全面深化改革激发了发展动力，在经济高质量发展、城乡一体、生态建设、精神文明建设等各个方面，都走在全国县域治理的前列。三林村作为德清的改革先锋，以更高的标准勇挑重担。从"机埠改革"到"五水共治"，从"尾水治理"到"芯片鱼"，从"乡贤"到"农村网红"，从"美丽乡村"到"数字乡村"，三林村从曾经的负债贫困村变成全国文明村，如今更是屹立在数字经济和乡村振兴融合的潮头，努力建设数字乡村先进典型。这里有江南水乡的清澈柔和，却也能在改革上大刀阔斧、雷厉风行……

这一段研究院的"序言"，是德清县一个乡村朝向数字化社会迈进的一份宣言书，它透着中国农民和德清人的豪迈与志向。而在这座"数字乡村研究院"内，我也见识了什么是中国农村的数字化社会。

一套标准体系下的"乡村智脑中枢"，下面分设三个平台：基础设施平台、大数据平台、智能交互平台。基础设施平台包括数字化的"一张图""一朵云""一张网"和"一部手机"；大数据平台包括植物工厂、数字鱼；智能交互平台包括无人驾驶车、智能农机、导游机器人、智慧路灯、共享直播、抖音村、互联网医院、数字生态监管、智能垃圾分类、数字村民等模块。

"数字乡村"建设其实有着既复杂又能让农民们"一目了然"的具象感。沈炳奎书记现在是"数字迷"了，他能滔滔不绝讲一个小时的"数字经"，归纳起来大概就是：1+1+6+N，即1个乡村发展指数，1个乡村智慧大脑平台，6个大场景，N个应用……这其中，"发展指数"是核心与关键，它包含了5大体系、15个二级指标和42个三级指标。

"老百姓是最讲究实惠的，他可不信你吹到天边的牛，他就看你脚跟前的事。所以我们的数字乡村发展指标，具体到每一户家庭、每一个村民都要有一个完整的幸福达标指数，而且绝对要让文化程度不高的人，也能摸得着、看得见……"沈炳奎说。

他举了个例子，比如村里与马军山老师共同谋划的一个新的扩大乡村旅游项目，涉及20多亩地，有关为什么要建这个项目、为什么要征集这20多亩而不是另外20多亩等一系列问题，都要用数字与图表制作出来，然后放在村民都认识的平台上，让所有拥有表决权的村民们都能提意见、发表看法，最终大家一起举手表决。当然如果你有什么不愿公开表态的不同意见，就只需轻轻按一下鼠标便是，简单而明了，百姓人人都会。心中想说、想干的事，尽情表达。

数字治理其实就是这样"心直口快""有啥说啥""明明白白""简简单单"……老百姓喜欢这样参与社会事务，不像以前，心里有话，常常碍于面子，抹抹嘴把话咽了回去，事后又感觉一肚子气。

"现在我们全村上上下下、左邻右舍，男男女女、老老少少，什么事都通达清晰、正气昂扬、和睦亲善，啥事都清清爽爽，就像晴朗天一样……你看我这个书记现在气色是不是比上一次你见到我时好多了？"不善言辞的沈炳奎书记竟然这样问我。

"是，你气色红润多了！"可不，他变样不少。

沈炳奎笑了，从心窝里发出的笑。"别看村子只有三四千口人，但张家短、李家长的事不少，尤其是村上的发展，涉及每家每户。过去我们干部全都跑断一双腿，也未必把百姓的事情都做圆满了，都做到了家，都做到心里有数了。现在不一样，推行数字化管理后，我手机上的'三林村数字平台'，就能一机管天下，事事都可在上面一目了然，张家李家的那点事儿，只需轻轻一点，就跳到眼前……当然，有些事情有时也会出现'短路'，这还得靠耐心细致的思想工作。一旦思想工作做通了，百姓就会给你把'短路'重新接上……"沈炳奎的手机，成了他现在管理村庄的"掌中宝"，他说他现在才真正像村上的"大脑"，啥事都与全村的"身子骨"连着，而且不能随便停下来不转动。"即使睡觉休息了，村上有一点点儿动静，'警钟'就会鸣醒你，你这'大脑'就得立即启动了解情况，指挥推动解决问题的程序，直到圆满完成任务为止。"沈炳奎认为，数字乡村建设激活了三林村每片土地上的每一个能够被激活的细胞，激活了每一个村民的理想和为之奋斗的行为，也激活了全村人共同富裕的梦想。

"三林村的发展这些年一年一个台阶，就是在数字大脑不停地旋转之中获得了进步与生机……"沈炳奎的这句话，掏出了三林村发展的密码。而这，也正是我所看到的德清农村大地上已经和正在发生的历史性巨变中的一个异常激情的时代变奏曲。其音其律，优美而动听、激情而悠长，彻底地改变了40余万德清人的生活方式与生存方式，使那些过去一直被认为没有生命、默默无语的山与水，开始发声，生机勃发，撒香卷尘，吟诗舞歌，让田野与山水如抹上了一层璀璨金光，独秀于富饶的江南大地上……

事实上，德清的"智慧大脑"所延伸出的"数字乡村"，有着许多理性的经验与规范的条例，它才是可以被复制与学习的经验，并不像文学那样只有冲动的激情和梦幻般的描述。从2019年以来，德清县围绕"三治融合""五位一体"社会治理体系建设要求，提出了打造一个统一的数据底座，构建"一图一端一中心"应用体系，推动五大领域数字化的乡村数字治理整体构想，在全省率先实现"数字乡村一张图"全域覆盖，成功探索出了一条以数字赋能撬动乡村全面振兴的发展新路子，获批全省数字乡村试点示范县和第二批全国农村创新创业典型县。2019年，德清成为全省唯一的国家级数字农业试点创建县，农业现代化发展水平综合评价连续5年位列全省首位。这自然得益于他们全力推动"大脑"工程。

有些听起来很乏味的做法，其实包含了丰富的内容，如从底层入手，以数字化重塑乡村空间形态，使得基层信息化建设迅速推进，通过采集各领域数据、搭建可视化平台，构建了覆盖全域、全要素的相互关联、相互衔接、相互协同的县域空间一张图，为乡村数字化转型提供支撑。这其中，有我们曾在上文提到的打造一张"物联感知网"。它的作用，就是以时空信息云平台空间数据为基底，完善农村的耕地、水域、林业、农房等资源数据，叠加覆盖城乡生活污水、垃圾分类、交通设施等物联感知信息，将粮食、水产、畜牧等产业布局融合在一起，实现对生产、生活、生态的"全天候监测、多维度记录"。另一种做法是，通过实施"数据治理沃土计划"，打造一个"数据归集池"。这样把政务数据接入、现场数据采集和物联感知设备推送等渠道归集水、空气、垃圾、出行等282类数据，构建村民、地名地址等专题数据库，从而加速推进了乡村治理数据资源共建共享，打通民政、交通等58个部门数据，从而构建出了乡村治理数据的坚实底座。打造的第三张图是"孪生镜像图"。它依托大数据和地理信息技术，构建全领域数字化空间规划建设管控体系，其目标是实现对乡村规划、乡村经营、乡村环境、乡村服务、乡村治理等五大板块的可视化呈现，这就是德清人常说的"数字乡村一张图"。有了这样"一张图"，就能够根据工作需要衍生出许多具体工作图，如"疫情防控一张图"。德清的疫情防控做到滴水不漏，依托的就是创新实施了智能数字化的"健康码+地名+网格化"的精密智控模式，这一模式把德清城乡特别是农村的每一扇"小门"把控得牢牢紧，谁也别想轻易"破门而入"。

"大脑"支配下的数字化智能社会，其实根本的目的是提高生产力、推进社会更好更快地发展。而经济发展、社会发展离不开产业发展。在三林村乃至德清所有乡村，我看到的是，乡村振兴过程中的数字化建设激发产业的巨大活力，让人心潮澎湃。因为数字技术被应用于村庄发展之后，大大促进了互联网、大数据、人工智能、地理信息与农村实体经济的深度融合，不断催生了乡村经济的新业态、新模式、新动能。在如此强大的革命性经济新形态下，德清的智能农业全面实现了优化拓展，先后建成智能农业示范园区10个、智能农业示范基地100个，完成数字化融合农业项目18个，农业生产效率平均提升50%以上。同时又围绕保障"舌尖上的安全"工程，创新推出"芯片鱼""芯片田""芯片塘"等一系列数字化农业生产管理智慧监管平台，环环紧扣地建立起了"从农田到餐桌"追溯体系，成功首创"国家农产品质量安全县"。

从"产业"再到"产村"，这是德清乡村数字化的提升版。他们依托"数字乡村一张图"，沿莫干山打造"国际乡村未来社区"，用数据将生产、生活、生态结合，以"地理信息＋社区营造"创设涵盖未来邻里、生活服务等场景集成的新型社区功能单元，以"物联网产业生态＋5G互联网技术革命"实现数字化软硬件全面布局。听起来，上面这些句段很"技术"，如果将其以形象语言来叙述，那就比较容易了：比如在德清全域境内，他们已经在推出全域自动驾驶与智慧出行的示范区建设，也就是说，未来你到了德清，只需按照自己的心愿，在电子屏上点几下，就可以舒舒服服地坐上全自动化智能车，去往你所想去的任何一个景点或居宿地，这种智能化的"全域出行"给人带来的是全新的未来世界的感受，它浪漫而令人神往，省时又省力，开心又惬意。另一种生活性的景观是由数字化实现农副产业的产销融合。电商、线上销售、直播销售等形态所组成的"电商＋合作社＋农民""电商＋旅游＋农产品销售"等新型产销模式，有效实现了产销精准对接，使百姓获得增收。比如疫情期间"我德清"应用端开通后，"德清人买德清菜"的板块火爆异常，通过贯通产销路径，既缓解了农民销货的压力，又解决了城镇居民买菜难的问题，有人称此乃"德清疫情一曲温馨之歌"。

数字化乡村最终实现的是百姓们的幸福感。坚持发挥数字技术在优化乡村生活中的重要作用，积极创设应用场景，有效地回应了百姓的种种日常需求。百姓们给我讲他们最开心的事情是"大脑"打通了他们与政府之间的通道，即"一站式公共服务"通道。从"最多跑一次"的改革措施，到现在政府有关民生的审批程序事项达到了"就近跑一次"的目标，人民办事变得越来越便捷，凡是涉及助残服务、退役军人、养老服务等34个民生事项，都能村上办定。村民们通过"浙里办"可以申请农村建房、公积金查询等掌上办政务服务；通过"我德清"小程序获取挂号就诊、求职招聘、公交实时查询、12349养老服务等本地化生活服务；同时，通过"我德清"平台中的随手拍、随心问，建立起了高效便捷的村情民意线上互动渠道。其实，德清数字乡村的架构和所构建的闭环式民生治理链条，远远超乎了我们的想象。他们还正谋划建设"平时综合治理、战时应急指挥"的全周期管理的县域（乡村）数字治理中心。此数字系统将依托基层治理四平台打造全流程数字化"三服务"，整合各镇（街道）、相关职能单位力量，分层分级、统筹调度、协同解决乡村治理各领域事务。乡镇基层干部只要通过"浙政钉"和"掌上基层"，就能建立问题事件的"收集—交办—办理—反馈"闭环处理机制，及时回应解决群众关切问题。同时实现全流程"一图"实时呈现，打通村民端、基层治理端、后台决策端通道，实现诉求在线直达、服务在线落地、绩效在线评价。此次新冠疫情防控期间，全县通过这一系统，共答复解决问题3646余件次，满意率超97%。

　　设想一下：你还有什么事在高超的智能数字化体系中没有想到的？既然"大脑"在设置时，已经把人民的每一个意愿都精心考虑到了，那么生活在这片土地上的人民自然满足多多、幸福满满。无须赘述："大脑"一旦运营起来，德清全域里的每一块热土、每一片山水，都将被激情所点燃、所点活……这就是我看到的今天的德清！

十二 唤醒了沉睡最久、最美的"你"……

德清当然是一种境界。

德清最终必定是一种结果，人和自然都喜欢的、向往的结果，也就是人民满意的结果，社会平稳而又超越一般发展能力的结果。

这一天是习近平"绿水青山就是金山银山"理念提出15周年的前两天，来自全国各地的作家们，聚集于莫干山北麓的仙潭村，住在村口山青水绿、鸟语花香、空气清新、景致万千的一片五星级高级民宿区。这片民宿区是国内著名酒店品牌开元旗下的莫干山开元颐居·地热森林度假酒店——它最初的名字叫"醉清风"。

其实我挺喜欢"醉清风"的称谓，因为真正能让你陶醉于清风的地方并不太多，但在德清随处可找。那天晚霞降临之后，最让作家们激动的有两件事：看萤火虫与看星星。尤其是几位从北京和杭州来的作家，看着一闪一闪、明明灭灭的萤火虫和星星，简直手舞足蹈，用他们的话说：在城里不可能有像仙潭这样清新的天气和湿润的环境。刚从西藏高原下山回来的二炮老兵、著名作家徐剑先生这一夜严重醉氧，其实其他人也都睡得特别香。远离城市的喧哗和污浊的空气，在德清这样的清新环境下发发呆、醉醉氧，实乃人生之一大极乐。虽说德清县域面积不大，然而能够让人如此"极乐"的地方，却有很多，仅莫干山南北就有大片山岭土地，那是周边村民们的家园，是他们祖祖辈辈生息与繁衍的地方。然而千百年来，尽管他们拥有好山好水好风景，却无法富裕起来。后来开放了，有外面的人进村看看他们的风景，也买些农副产品，可是这样只能让当地百姓多了一些零花钱，却仍然无法有稳定的收入，更不容易致富起来。有些家里有年轻人的、心灵手巧的，还可以办个民宿，但多数农民则没有这样的能力，其中最主要的原因还是没有本钱。他们所拥有的土地并不能带来根本

莫干山开元颐居·地热森林度假酒店

性的脱贫致富,这个"瓶颈"过去的农民并没有感到不自在。旧时代的深山土地没有谁感兴趣,只有改革开放之后像莫干山这样的"清凉世界"让全世界人向往的时候,无数爱慕的目光才开始投向德清的那些"沟沟湾湾""湖边塘角"了。很多有钱人想投资,更多的百姓想出让土地,然而农民的土地即国家的土地,国家的土地即使寸土,随便买卖也是违法的。

"醉清风"旧址曾经是一家镇办企业的老旧厂房,但土地属于仙潭村,镇企业早已倒闭关门,于是土地归入村里所有,百姓又重新拿到手里。可作为农耕地,那山口弯叉道上这么一块地,没啥可让人垂涎的。

"干脆,我买下办民宿吧。"有一年一位姓赵的先生跟村里谈,并且给出了让村里干部和村民们很心动的数目。"好嘛,只要你每年给我们的钱到位,地归你用。"干部和村民都赞同这事。

但办手续的时候,赵先生不干了,因为证办不下来。所谓"证",就是改变土地使用性质的那张土地使用证。没有证,赵先生想在此办民宿的愿望根本行不通,道理并不复杂,没有那个证,他赵先生不能随便把那片约6亩多地、2000多平方米的旧厂房拆了建新房,而且即使偷偷拆了建新房,你没证就无法正常经营,因为游客来住宿你连发票都开不出来,这是做生意的赵先生无法接受的。

"我只好走了……"赵先生望着这片他钟爱的"醉清风"之地,心如刀割地挥泪而去。

仙潭的乡亲们这回伤得不轻。

"别急别急!新年一到,太阳就会变得温暖了!"那天,莫干山镇的领导,火急火燎地在2014年最后一天的晚上找到县主要负责人,诉说仙潭村民们遇到的这件"伤心事":本来村民们可以拿到一笔丰厚的钱,都准备开开心心地过个新年,现在赵先生一走,这笔钱就没了,你说这事闹心不闹心嘛!

"还是我们平时说的一句老话:德清要发展,要解百姓的难事,非得迈开更大的步子进行改革!"县领导转头问莫干山镇干部,"今年县委、县政府15号文件,落实到哪一步了?"

"完全按照县里的布置,一步不慢,一步不落!"莫干山镇的干部回答。这个回答自然让县领导满意,因为在众多改革举措中,像2014年4月28日出台的被称为"德清城乡一体化大法"的《中共德清县委、德清县人民政府"关于德清县城乡体制改革试点工作实施意见"》的2014年15号文件,在德清发展史上具有重要里程碑意义。

中国农村和农民的事,最复杂与烦琐,而且关系到中国大多数人的利益。我们从15号文件中单挑一两条就可以知道德清人做的事的意义:

比如"建立农村宅基地用益物权保障机制"。改革的"实施意见"指出,要"全面实施宅基地确权颁证,实施农村居民住房所有权初始登记颁证,稳妥推进农村居民住房财产权抵押、担保贷款、转让"。宅基地颁发确权证的意义,城里人无法理解,因为城里人除了房屋以外,没有任何公共地盘是属于自己的。而农村不一样,宅基地通常就如城里人的居住空间,谁要占领和挤挪了一部分,那是绝对不行的。宅基地从形态上讲又跟城里人的房屋不一样,它通常比较散漫,有的根本就没有边际,但在农房上是绝对有界的,这界内的地盘,谁敢侵犯,房主绝对是有拼死捍卫的决心和意志的。同时在农村的宅基地面积上,农民们一般又总想着向外扩——只要不受到强有力的阻止,扩界是常有的事。这种无序的状态是农村宅基地的基本状态。自古以来,没有哪个朝代和政府把农民们的宅基地管理得那么好。即使中华人民共和国成立之初,尽管一次又一次地规范宅基地的使用,然而农民邻里之间的因为宅基地导致的纠纷仍然不胜枚举。曾经有位基层法院院长告诉我一个数字:农村宅基地案件占农村刑事案件的三分之一之多。这足够证明农民们对宅基地的关切度。改革开放后，农民们的日子好过了，宅基地不再是寸土必争的事，可新的问题又出现了：一些搬往城里生活或者全家人都不在农村住的人，想把宅基地卖出去、租出去或者抵押时，竟然没有哪个政府部门来赋予宅主宅基地权证，也就是说，无法对宅基地进行估价。

很多事，没有证就不好办。德清的这一"城乡体制改革"试点方案，其实是一次重大革命。有了证，宅基地的使用权范围就宽泛了，它还可以抵押、租赁等，有利于经济活动更深、更广地开展。

"城乡体制改革"中的另一件大事是户籍制度改革。德清的方案是：让农民身份一下"脱土变洋"，即由原来的农村户口全部变成城镇居民户口。

"我要哭了！我要哭了……呜呜……"真的有农民在拿到城镇居民户口本时，直不起腰，瘫坐在地上，痛哭起来。有人告诉我，这个农民当年曾经与青梅竹马的女同学恋爱，正谈婚论嫁时，对方进城去"接班"（当年有一种接替父母而成为工厂职工的制度），所以户口从农村迁到城镇。户口在 20 世纪的中国，就是城乡居民之间的一条鸿沟，拥有城镇居民户口，对农民来说，就是当时的"中国梦"。因此这位老兄的姻缘红线被硬生生扯断了……

有没有城镇居民户口，在当时人们的眼里，就是人的尊严的分界线。在我们成长的那些年代里，看过太多这样的悲喜剧：一个残疾人，因为有城镇居民户口，可以在农村挑一个花一样的姑娘回家；相反，一个英俊的农村小伙子，你看中了城里的姑娘，对方也爱上了你，但因为没有城镇居民户口，你只能放弃爱情。

这是何等的城乡差别！制度不改，天理不容。

可中国是个农业大国，原来常说的十三亿人口中，至少有十亿是农村户口。谁有这能力和魄力改变这一现状？有。中央的改革一直在往前推，然而到底如何做，怎么做，做到什么时候、什么程度，依然在摸索中，至今广大的农村仍然没有推行到位，而德清同样又是率先完成了这件天大的难事！

时间是在 2013 年。德清走在了全国最前面……

"那一年国庆是德清农民们近几十年来最开心、最激动的一个国庆，因为就是在那个国庆前的 9 月 30 日，我们德清县公安局系统的户籍登记信息库里，第一次将全县 43 万人的身份标识统一成了'居民'，除了家庭户和集体户的区分，再也看不出'城'与'乡'的差别了……"公安局老局长如此感叹而激动地描述，"它是我这辈子经历的最振奋人心的事！"

过去常听说一个农民梦想"农转非"好比登天，如今德清借着改革试点的契机，让全县几十万农民一夜之间实现了"农转非"，这对德清来说，不就是"一夜跨越千年"嘛！

人是有尊严的，尊严有时比黄金还要贵重。

七年前，德清为了几十万农民们的这份尊严，一下把"乡下人""农村人"的帽子甩到了莫干山东边一百多里外的大海之中！

然而作为实施此项重大改革的责任主体的县委和县政府，其实面临的难度与风险极大，因为弄不好就可能矛盾重重，好事变坏事。"这么好的事情为什么会变成坏事呢？"我有些不解。

县长告诉我："这得产生很多的财政新支出，比如医保、公安等配套！你不能简简单单给农民们发一个五毛钱的证就完事了，你得把城镇居民应该享受的一些待遇给农民们补上呀！一项项的补呀——这不就要钱嘛！"

"那你的钱从哪儿来呢？"我好奇。

"靠自己创造呗！所谓试点，就是让你试着来，你试成功了，就推广你；失败了，肯定不会推广，也说不准下次再想搞其他试点就没门了！"

原来改革试点压力很大呀！

当然。改革就是革命。革命成功了，有庆功酒喝；失败了，就要付出血的代价……

县长很有水平，回答得形象又准确且扼要。这一年的"城乡体制改革"目标是这样：

>　　农村居民对承包地的占有、使用、收益、流转及承包经营权抵押、担保权能得到切实保障，农户宅基地用益物权得到切实保障，农村居民对集体资产股份占有、收益、有偿退出及抵押、担保、继承权得到切实保障，农村居民可自由选择到城镇落户。供水供气、污水处理、垃圾处理、公共交通等基础设施城乡一体化建设机制基本建立，教育、医疗、文化、社会保障等城乡一体化发展机制基本形成，基层综合服务管理城乡一体化运行机制更加完善。

目标仅两百来字，然而真正要做到、做好、达标，这中间的路途漫漫呵！

德清的干部告诉我，三年后，这些目标全部实现，而且有些指标还超前完成。比如原来方案上所说的"到 2017 年，农业从业人员比 2012 年减少 50%；农业适度规模经营比重超过60%；户籍人口城市化率达到50%；全县人均地区生产总值达到12万元以上，城镇常住居民人均可支配收入达到55000元以上，农村常住居民人均可支配收入达到30000元以上"等几大指标，省改革试点考察评定组来德清考核后，得出结果是"全部达标"，满意率在95%以上。而其中的"户籍人口城市化率"，在2013年则远远超出了50%的比例，接近100%的水平。

德清县从此成为全国第一个没有农村户籍人口的农业县。农民们——不，德清居民们骄傲地告诉我他们自当了城里人后的种种好处：看病花的钱少了，许多城里人的待遇他们也都有了。比如舞阳街道灯塔村的沈伟国说，他一直在城里打工，想在县城落户，但由于经济条件有限，暂时买不起房子，于是想租保障房。但由于是农村户口，想租保障房的申请却没哪个部门能批准。"户口一变，我就第一个跑到申请保障房的部门去摇号，结果第一个租到了保障房，一个月的租金只要300元。我现在住的就是县上专门给居民户口的缺房户建的公租房，很舒坦，让我在城里打工更安心了。"如今的沈伟国通过劳动也致了富，全家人住上了更宽敞的新房子。

一项改革带给人民群众的，可能是十个好处、百个方便。"我们那么热心改革、那么专心试点，就是希望哪怕有一点儿能够为百姓的利益提供方便和好处的事，就去努力争取，努力实践，努力推广……"县委书记、县长如此说。

德清就是这样一步又一步地往前走，走到艰难处、险峻处，他们从不犹豫、从不回头，一直到奋勇越过险峻和险滩后，他们看到的是更宽阔和更光明的新天地……

这一年莫干山镇干部所关心的"土地使用权利的入市"问题也是如此。这一诉求，其实也是城乡一体化改革的延伸和向深度迈进的关键性一招，即农村土地使用权制度的改革。这其实比户口改革要复杂得多。

在这改革的关口之上，中央《有关农村土地征收、集体经营性建设用地入市、宅基地制度改革试点工作的意见》（中办发〔2014〕71号）恰逢其时地在这一年的最后一天（12月31日）下发。

及时雨啊！莫干山镇的干部和德清县领导如沐春风、如遇及时雨，于是及时向省政府申请这一改革的试点。一切如愿以偿。最后经国家层面的批准，德清成功入选全国33个农村土地制度改革试点之一，也是浙江省唯一一个试点县。

中央关于农村土地征收、集体经营性建设用地入市、宅基地制度改革，是我国新一轮农村土地制度改革的一次影响巨大的革命，因为农民即使解决了城镇户口后，他们并没有离开土地，土地仍然是他们的生命线。农村土地征收、集体经营性建设用地能不能入市等，与农民们的利益关系极大，甚至是根本性的。县改革办和农村口的十几个部门，在县委、县政府领导的直接带领下，经过两个多月"连轴转"的调研与无数次反复论证，于2014年上半年，以德清县政府名义，推出和发布了一揽子的政策设计试点意见，制定了"一办法、两意见、五规定、十范本"的农村土地入市政策体系。"一办法"是指《德清县农村集体经营性建设用地入市管理办法（试行）》，这是德清县集体经营性建设用地入市政策体系的总纲，对入市相关政策进行了原则性规定。"两意见"是指农村土地民主管理机制的实施意见和鼓励金融机构开展农村集体经营性建设用地使用权抵押贷款的指导意见。"五规定"是指德清县集体经营性建设用地使用权出让规定、出让地价管理规定、异地调整规定、土地增值收益调节金征收和使用规定、入市收益分配管理规定等。"十范本"是指在农村集体经营性建设用地入市操作流程过程中涉及的集体经营性建设用地入市申请书、审核表、决议、核准呈报表、核准书、使用权招标出让公告、出让须知、成交确认书、出让合同等范本。

同时一起建立的是将全县集体经营性建设用地与国有土地统一纳入县公共资源交易中心平台。与此相配套的是多方协同的入市监管制度机制。如此在顶层设计上为细化试点方案厘清了制度上的障碍，为农村经营性土地入市扫清了所有障碍。

"当——"2015年8月19日，当响亮的铜锤在德清县土地交易大厅落下那一刻，申请交易仙潭"醉清风"项目4040平方米土地的赵建龙双眼热泪盈眶，悬在他心头的数千万投资大事终于尘埃落定。在他上缴完307万元土地使用费后，县国土资源局向他颁发了"中华人民共和国集体土地使用证"（浙江省德清经集用〔2015〕第00000001号），仙潭村对这块土地使用权出让年限为40年。

"来，这卡上是180万元贷款。你收好了！"当天，赵建龙可是喜事连连。有了证后，县农行立即向他发放了这笔贷款。据悉，这也是全国第一笔集体经营性建设用地使用权抵押贷款。

在德清，农村经营性用地的"第一锤"，给整个德清乃至全国农村送去了史无前例的喜讯，有人甚至认为这是中国的第三次"土改"（第一次是解放初的土地归还给农民，第二次是改革开放初期的分田到户）。

"德清试点先行的第三次'土改'，从某种意义上讲，才是对农民最有实际利益的一项革命性举措，因为它解决了农民手里的土地使用权能够转化成合法的金钱的问题……"专家们这样评价。

不用说，赵建龙的"醉清风"是醉起来了，而且在很短的时间里，他又把自己弄醉了——开业以来，每年收益上千万不用说，仅向当地缴税就达300万元以上。仙潭村的农民也得到实惠了，因为正是赵建龙所缴的那笔300多万元土地使用费，按新的政策，村里可以获取三分之二，也就是说有200多万元收入。仙潭村后来火爆起来的风景区、民宿建设，都源于这笔集体收入。200万元的启动资金，推动了全村的经济机器的运转，现在村收入每年都在二三百万元以上，更不用说村民们家家户户办民宿获得的收益。

这就是"第一锤"的魅力。"第一锤"响起之后，给德清带来的好处更是颠覆性和巨浪般的——

"我们在仙潭敲响'第一锤'之后，就立即对全县所有村进行了普查，对'哪些地可入市''谁来入市''入市后的钱如何分配'等进行了大摸底。共摸清了1881宗10691亩存量经营性建设性用地，并通过'一村一梳理''一地一梳理'，排定了1036宗5819亩地可直接入市，从而开启了全县经营性建设土地入市之改革快速道和常规道建设……"县自然资源和规划局局长郭志伟介绍说。

"走，我们去德清看看！"2016年6月3日，中国银监会、国土资源部组织全国15个集体经营性建设用地试点县（市、区）代表到德清调研，几天下来，他们对德清的经验大为赞赏，异口同声地称其为"农地入市先行者"。

是的，先行者的步履是铿锵而有力的，它的回声让"名士"莫干久久激荡，也让神州五岳劲风浩荡，更让千古沉睡的土地重生——这绝对是一个振奋人心的伟大事件：一"证"，能让农村的土地活起来，这在过去的体制下是根本不可能想象的事，然而因为一"改"一"革"，去掉旧的规章，换上新的方法，于是德清的农民们最先感受到原来脚下的那些死气沉沉的土地，一下鲜活起来，于是那些旧矿山地、偏坡田，也一下成为"金疙瘩"……

洛舍镇是远近闻名的"钢琴小镇"，其东衡村是德清钢琴产业的发源地。经过20余年的发展，钢琴产业已经成为当地最重要的产业，然而，因为这一新兴产业都是农民经营的，建厂用地成了一个影响产业发展的瓶颈。曾经也有投资商想把东衡的钢琴业搬到外地，比如县城和镇上，但因为东衡和洛舍钢琴是土生土长的一个奇特现象，谁想搬走结果都以失败告终。无奈，东衡钢琴业如何发展？因土地建设无经营性许可证，农民们建厂受到严重阻碍。建大厂房、办规模性的钢琴厂需要贷款等融资环节，可土地不能作价，农民钢琴厂长们就碰到了不可逾越的高山，越不过这座融资高山，对钢琴业的影响毫无疑问是很大的。

"为这件事纠结了多少年我们已经说不清了，关键是它还打碎了多少人的钢琴梦……"洛舍镇干部这样说。

"2014年的15号文件一发下来，我们就觉得太阳从西边出来啦！"现任村党委书记章顺龙就是因证而腾起的"东衡龙"，应该说这位充满激情而又有文采的"东衡龙"，洛舍镇上还没有一个人能与他比才华。我每一次到钢琴小镇最想见的就是他，因为除了是钢琴制造商外，章顺龙还是位很不错的诗人与词作者。在镇上他的钢琴厂内，到处是他的诗作和作词的歌曲，能有这胆量把自己的作品挂刻在各个醒目的地方并谱成歌曲的，德清没有第二人，中国企业家中也可能屈指可数。

洛舍钢琴小镇

> 我们是钢琴之乡　我们是乐器之王
> 美丽的音符在指尖飞　快乐的歌声在四海扬
> 我们是文化之邦　我们是礼仪之乡
> 每一个和谐旋律　洋溢着幸福诗章
> 看黑白的琴键在跳舞　听美妙的旋律在飞扬
> 拉奥特的乐章在东苕溪畔唱响我们的生活……

这首《幸福诗意》的歌曲，就是章顺龙作的词，歌词雕刻在洛舍镇上他的钢琴厂大门口。

章顺龙虽是一介农民，但他痴迷诗歌，是农民中少有的文化人。在村里的钢琴业蓬勃发展的大潮中，章顺龙顺势而为，越发成了全村少有人可比的人物，生意越做越大，品牌也在国内外声名鹊起。这样一个有情怀又想为家乡做事的人，想法渐渐也多了起来。"我想在家乡建一个钢琴产业园区，打破传统的'以家为厂'的作坊式制造模式……"今年第二次去见章顺龙时，他在村边已经建了两个规模很大的文化项目：一是东衡文化旅游广场和商业一条街，二是赵孟頫管道昇艺术馆。后者是他个人投资的，前者是村里的产业。"东衡村的钢琴产业是搬不走的，一离开东衡，洛舍的钢琴就弹不响了。"章顺龙说的话有些玄乎，但事实就是这样。曾经有人试过几回，结果都以失败告终，故再无人敢轻易将东衡钢琴产业从发源地搬到另一个地方。

"东衡有不可撼动的'风水'，我们当年乘改革开放之风，通过自己的艰苦奋斗、不断进取创造了'东衡精神'，这种精神滋养出了独特的气息。它离开了东衡，就会自灭自消，所以我们一直以来就有个愿望，那就是在田野上建设一个只属于我们东衡、只属于我们洛舍、只属于我们德清和中国的钢琴产业园……我为这个梦想，至少苦思冥想过十几年，以前没有成功就是因为土地的性质不能改变。证办不下来，土地就是死的！"4月下旬，趁上海和北京的疫情刚刚好转，我便来到了德清，一猛子就再次"扎"到了"钢琴小镇"，到了东衡村……

那天章顺龙正在新打造的文化一条街上检查一批新入户的外来企业安置问题，他带我参观了艺术馆后，又驾车带我来到钢琴产业园区——东衡钢琴众创园。

"680亩，总投资约20亿元，共分为A、B、C三个区块……每个区块承担不同产业角色，有制造业，有商贸交易平台，有物资仓储区，这完全是按照钢琴产业的特性设置与规划的。"章顺龙指着已经基本建好的园区，一一向我介绍。而我知道，原来这块土地的大部分是废弃的石料厂。

"以前没有建立集体经营性建设用地入市的改革制度，就是再大的废弃矿山乱石堆，你也没法让它变废为宝使用起来。"章顺龙说，"直到2015年底，全县通过核准所有可作为准入市的土地后，我们这块废弃矿山地终于获得了新生。A区块当时是作为东衡村里的集体土地自行入市，B区块则是我们村与其他村共同开发入市的土地，C区块为东衡村自行入市后与县经济薄弱村发展壮大项目挂钩动作的土地……第一块入市的A区块地是在2016年5月10日正式挂牌出让，后来以1462万元价格成功出让，使用权出让时间为50年；B、C区块后来也采取同样办法完成出让使用权的手续。这样我们就在这块昔日的废弃土地上放开手脚大干快上了！"章顺龙指着排排厂房和仓储式建筑，向我介绍道："村民有能力的在此建厂，不办厂的则可以通过土地流转或村集体分红方式，获得固定收益。现在我们东衡村的百姓是幸福的，基本上家家户户都很富裕，集体经济也十分丰足。最根本的是，解决集体经营性建设土地入市后，给农村小微型企业的发展带来巨大的推动作用……"

我开始并没有懂得章顺龙这话的含义，正好A区一位入驻不久的农民钢琴厂厂长来找章顺龙询问仓储问题，我顺便问他入驻园区与以前作坊工厂之间的差别在哪里，他回答说："老旧厂房设备相对落后，工人在生产线上的操作环境和现在相比很不一样。钢琴娇得很，对气温、环境等都有很高的要求，旧厂房常常让我们为这伤脑筋。新厂房就不一样了，尤其安装了全控设备，这些难题就不用再操心了。再有以前我们租用老厂房，大部分都是私建的，消防方面存在特别大的隐患。做钢琴的基本全是木质材料，消防不好，整个让人提心吊胆。另一个就是你在破旧的厂房里做出来的钢琴，就是制作再精良，人家买琴的进厂一看，心里就打嘀咕……现在就不一样了，谁来厂子参观我们都不怕，好比新娘坐在轿子里，里外中看！"

章顺龙在一旁听了村民的这番话也笑出了声，说："我们这块废弃的矿山场，自从有了'证'后，对村里的中小微型企业的帮助最大。"他解释，时下农村集体经营性建设用地多为原集体的工业用地，主要是过去的乡镇企业用地。在各地大建工业园区进行招商引资的竞争态势下，对于大型企业来说，集体土地入市基本无法与工业开发区的土地供应形成有效竞争，但对于农村中小微企业则非常有吸引力。由于它们规模较小，一般难以进驻工业园区并享受政府的相关优惠政策，尤其是金融扶持政策。集体经营性建设用地入市后，拿地的中小微企业不仅获得了土地的稳定使用权，还可以放心投资，更重要的是可用集体土地使用权进行抵押贷款，这样一定程度上缓解了融资困难。"东衡村的钢琴产业发展，近几年突飞猛进，与此有关。"

"很有关系吗？"听章顺龙这么一说，我才知道一张"证"唤起的何止是沉睡的土地，更是撬开了农村经济的又一扇大门啊！"你有从中得益吗？"我顺便问刚才那位农民钢琴生产者。

"有啊！大着呢！去年我就用我的那块厂房地，贷款了300万元，解决了我扩大生产的一大难题！"他说。

原来，一个"土改"，带给农民和农村的好处，是滚雪球般的效应啊！据悉，德清自推广集体经营性建设土地入市改革制度以来，已经入市的土地至少有300多宗，实现新产业投资达35亿元以上，它们帮助农村振兴，带给农民实惠，成效显著。

有一天从莫干山北麓下来，已是傍晚时分，镇领导一定要让我体验一下德清"洋家乐"，就安排我住在"郡安里"。入住时因为天色已黑，尚不知这"洋家乐"到底"洋"在何处，只是感觉在登记处办完手续后，有服务生驾着小车往山里走了十几分钟的车程，心想这宾馆够大呀！后来到了一栋嵌在半山腰的房子，说这就是我住的地方。进去一看，果然够"五星级"。

夜很静，一觉到大天亮。醒来听得"叽叽喳喳"的鸟叫，拉开窗帘，所见尽是竹园。再探出头一看：原来我住的房子孤零零的一栋楼，完全淹没在群岭竹海之中——环境实在无法想象，这"洋家乐"就是比咱"农家乐"会玩：你所居的房间外，除了通向外面的一条山路，其他丝毫不曾改动山体原貌，这让你彻底置身于大自然之中。

这才叫保护自然、保护环境！人虽住在山里，却最大程度地不干扰和破坏其一草一木。真的是本事！亏"洋"人们想得出！

但我也想到了另一个问题：这么大的一片山，没几栋楼（或者可能也就几十栋客房吧），老板投入的成本太大了吧！一大片山林，仅土地就得花多少钱嘛！可大片大片的土地仍然是山与林，它根本没有客房，老板用什么赚钱呢？

"是啊，这又是我们德清'土改'的一大特色。"第二天清晨，来接我出山的县委宣传部负责同志给我解了心头之惑，"简单地说，这项我们称之为'点状供地'的政策，是大的'土改'的延伸。那些建设用地的布局应依山顺势、错落有致、间距适宜，投资商准备建多少，我们政府就给他供多少。德清的优势是山地多，但山地现在不是能随便开发的，保护自然、保护环境也是我们的国策和德清保持自己山清水秀本色的必要举措。再说，你真要将整座大山卖给一个投资商，一般开发商绝对也是承受不起这代价，政府实际上也不可能把那么大的面积作为建设用地卖出去。所以像我们德清的'洋家乐'出名后，就有人想在秀美的大自然中开发独特的旅游项目。如果像老百姓开的一间间民宿，或像宾馆搞的一栋栋的酒店，对大投资者来说无法满足他的需求。而真的要买下一座山、几座峰，恐怕投资商本身也存在经济上的困难，更不用说他也无法从我们政府手中获得如此大的土地资源。怎么办？"

"是啊，这个你们又怎么解决的呢？"我对此十分好奇。

"办法总是有的，关键是要敢于去想，还要在改革措施下突破，这是根本。所以回过头说我们德清为什么喜欢改革，就是因为在不断深入改革和不断发展的过程中，碰到的问题越来越多，只要去为经济发展和百姓利益想，你所面临的问题也会越来越多。问题越多，越逼迫我们不断去探索改革的路子。'点状供地'的改革思路就是这样被逼出来的路子。简单地说，即投资建设方可以按需要，在广阔的山林间'抠'出一块真正投资的用地，然后利用租赁等方式获取周边的生态保留地，这样既满足了建设用地所需，又给政府解决了他所使用的这片山林周边的生态保护问题，同时也确保了投资商能够在投入资金外时量力而行。"

原来如此！德清探索的这种"点状供地"实际上是按照土地的特点，将那些不适合成片开发建设的地方，根据地域资源环境承载能力、区位条件和发展潜力，结合项目区块地形地貌特征，以及建筑物占地面积等点状布局，按照建多少、转多少、征多少的原则点状报批，有关部门则按照规划用地性质和土地用途点状供应。简而言之，就是将项目用地区分为建设用地和生态保留地，其中建设用地建多少供多少，剩余部分可只征不转，按租赁、划拨、托管等方式供项目业主使用。"点状供地"创新了用地方式，办理农用地转用、土地征收手续。利用这种供地新模式，项目在低丘缓坡中修建起来，并严格按照点状供地面积等量开发，将未纳入建设用地开发的部分作为生态保留用地，尽量避免对周边生态林地的占用。实际效果是，一栋栋建筑与周边的绿荫融为一体，置身其中，青山绿水，触手可及。

看中德清这块土地，想办国际水准"洋家乐"的一批高天成式的投资商，他们要的正是这般的"理想谷"。

那天县委宣传部负责人指着隐在群山峻岭之中的"郡安里"，说："这么大的一片好地方能够给投资商开发旅游项目，如果没有'点状供地'政策的支持，根本是不可能的事。最早遇到这个问题的就是高天成的'裸心堡'项目，其总面积约450亩，但实际上他所用的建设用地仅为15亩。这么大的差异怎么建呢？经过多个部门反复调研和与投资商一起开动脑筋，最后用的方案是这样的：为了减少开挖原生土地，停车场依山而建、阶梯布局；原在半山腰的改造民房，大部分是利用空闲农房和农用地流转，不占用一分耕地；大面积的生态用地采用租赁方式，比如30年、50年一个租期，租期里你按多少钱向政府缴生态用地费，政府则用这些钱来监管和保护这片山林。这么一个节约用地指标的'裸心堡'建设好后，其实真正占用的用地指标很少，完全实现了双赢——投资商凭借着好山好水的原始生态优势和国际化高档酒店业管理经验，赚得盆满钵满；给德清带来的效益同样是巨大的，拉动的投资达2.5亿元，还加快了山区就地城镇化，促进了农民增收，形成'房在园中、园在林中、林在山中、人在画中'的生态休闲人居环境。"

如今"裸心堡"这样的高效旅游项目在德清有好几十个，它们成为拉动德清经济的重要一极，也为解决当地百姓的增收与就业提供了良机。

县改革办的同志告诉我：当年"裸心堡"的"点状供地"模式，就是浙江省"坡地村镇"改革的试点，操作起来还有点"抖豁豁"，后来成功之后，省里也十分满意，出台了《浙江省人民政府办公厅关于做好低丘缓坡开发利用推进生态"坡地村镇"建设的若干意见》，于2018年8月1日起正式施行。如此通过敢于改革而"抠"出地来的"新土改"办法,后又经国土资源部的完善之后,正式向全国推广,为振兴乡村作出了巨大贡献。比如位于重庆武隆的归原小镇,通过学习德清的"点状供地"经验,修建了一个乡村休闲项目,项目总占地面积 1163 亩,主要包括 36 栋民宿建筑,其中 25 栋为新建民宿,11 栋由原空置农房改造而来,被用作山里工作室、接待中心和茶室,其余 8 栋将陆续被改造成民宿、青年旅社、农事体验工作坊等。像这样的"边角"土地变成"黄金坞"的开发利用,皆缘于德清经验。

呵,德清人的一次改革探索,让多少土地从此变得那么美、那么生金产银,让人民那么热爱它,夸耀它!

这就是德清人的骄傲。

在改革的道路上,德清人从不满足。用他们自己的话说:永远在改革的路上……

这是因为,他们尝到了太多改革的甜头。

改革真有那么多甜头?

十三 让躺倒的土地站立起来

曾经有一位北京来的部长因为验收德清的改革试点经验成果而连续多次来到德清，他特别喜欢到莫干山和下渚湖，常常站在莫干山上俯瞰那片郁郁葱葱的竹海松涛之中的一个又一个嵌在山峦之间宛如珍珠般散发着光芒的"洋家乐"，也常常在下渚湖边饶有情趣地观赏着涌满四海汇聚而来的游客的乡村游乐园……这位部长每一次来到德清，都要在自己的小本本上记下许多"观感"，这些"观感"有的成了他回京决策的依据，有的则酿成了他心中的诗意：

这是片神奇的土地
改革的步履敲醒了沉睡的她
当她醒来时人们发现了奇迹的产生
原来一往情深而躺着的她
站立后竟然如此光芒四射
几乎让所有的人为之动容
又让所有人奋进与行动
……

是，德清之所以"仁德""水清"，百业兴旺，民众幸福指数超高，根本一点是：这里的土地彻底地被"激"活了。这里的土地原本就丰饶，闪着自然的灵光，只是沉睡着、板结着。后来一届届不甘于安逸的县委、县政府的自找动力、自强不息，将土地撬动与敲醒了，于是有灵性的自带光芒的德清大地，开始站立起来，在坚守自然生态美好和造福人民生活之间展现魅力，从而让德清更是"千载县名那可称，知君雅意托冰壶"（明蔡汝楠语）。

"极顶偶然回首望，入山深似入烟霞……"德清的山具有神奇之妙处。

"人家两岸柳荫边，出得门来便入船……"德清的水，能叫人流连忘返。

然而德清的干部们清楚，欲将德清之山、之水造福于人民，富贵于民间，仅将山水作观赏之物、入画美景是远远不够的。不富贵的百姓是不可能安居于秀山美水之中的，而秀山美水若不被人所利用同样终将失色于岁月的长河之中。

"德清山水有限，只有让所有的土地'立'起来，才能让德清小县成为巨人！"

何等的气魄！何等的庄严承诺！何等的时代回声……"其实，每一个哪怕是很小的改革和政策更动，对某一些人、某一个利益体来说，都可能是件惊天动地的大事。所以对我们脚下的每一块土地的政策改革，都是越雷池一步甚至几步，没有一点勇气和使命感，无论如何是很难推进并实施到位的。好在我们历届县委、县政府的领导们，都是铁了心要把改革进行到底……"年轻而"老资格"的县改革办主任高芸女士如此说。从她那柔软的话语和娇弱的身姿里，我看到一股不可撼动的强大力量，或许她身上被改革之风吹荡了太多次，刚毅成了她性格的重要特征——其实她曾经是位报社的"小才女"。

"改革就像一把利剑"，这话不知是谁说的，意思是它可以削去旧习和制度上的弊端和顽疾，但它同样会让一些人感到阵痛。将改革进行到底，其实是件非常艰难的事，需要勇气和智慧，更需要耐心和细致。"只要心底无私，只要想着有利于德清的发展和百姓的利益，你就不会有许多担心。因为只有往前走一小步，才有可能让社会向前迈出一大步，让百姓实惠一大块……所以我们就一直这样坚持改革。"县长敖煜新在许多时候都曾对干部们这样说。

正如习近平总书记指出的那样，"创新社会治理，要以最广大人民根本利益为根本坐标，从人民群众最关心最直接最现实的利益问题入手"。这也是德清之所以不断推进改革、以改革促发展并越来越得到人民拥护和支持的关键所在。

一位哲人这样说："脚踩大地的人，是稳固的；贴着大地行走的人，是有方向感的；把心交给大地的人，是无私和幸福的。"对共产党人来说，大地好比人民群众，一个以人民利益为坐标的执政者，他们所开创的事业是不会有错的，所获得的成果也必定丰厚。

德清的改革从第一步到现在为止的所有步伐，都是贴着大地、踩着大地，把心交给人民这个"大地"的。这大地其实归结起来就是两个字：土地。

土地，是人民的命根子。土地，更是广大农民的命根子。土地干涸了，人民的生命就会枯死。土地温润与丰厚了，人民的生活就幸福和美满。然而，自古以来，生活在自己土地上的中国农民们并没有真正获得对土地的支配权，让土地发挥潜力。被动的自然耕作，只调动了土地的部分功能，并没有真正彻底地发挥其作为经济活动中的资本与流通物的功能。长期以来，农民只能按照传统的生存方式和自足所需实现对土地的有限耕作，甚至多数时候其经营和耕作的水准并不科学与合理。这种过度或消极地使用土地的方式，使得土地的功能变得生硬、死板而极度低效。当城市化进程不断推进，大都市的现代化诱惑和城乡差别的猛烈加剧，弱化和放弃土地的行为越来越成为中国农村普遍现象时，我们看到大片大片过去祖祖辈辈的农民们用汗水甚至鲜血开垦和培熟出的良田，被抛弃、被无视，沦为荒滩或乱石岗……而新一代的农民又背井离乡去遥远的城市打工，他们宁愿在城市艰难地讨生活，也不愿再留在故乡好好耕耘身边的那些熟地、那些荡漾着碧波的河流——土地和水域（包括山林）本来就并不怎么值钱，如今更加低贱和卑微。

土地的低贱与卑微，使得农民们更加低贱与卑微。

地处"天堂"苏杭中央的德清在 20 多年前就已经最早地感受到了这份来自自己土地上泛涌出的阵痛。鱼米之乡对土地的抛弃，令人感到羞愧与无颜……

怎么办？同样的问题也在其他地方广泛出现，而且迅速蔓延至全国各地。中国是个农业大国，土地历来是牵动国家神经的大事，1978 年小岗村农民引发的"分田到户""包产到户"的农村土地"新革命"才过去多长时间！现在，被农民们视为生命一般的土地，竟然要被他们自己抛弃和荒废了。这是何等的残酷！

然而农民并不是不知心头之痛与流血的伤逝，但他们又有什么办法呢？就像多余的劳力，如果存放在农村，他一文不值，通常还会增加负担，滋长消耗。土地也是一样，躺着的它，你去耕作了，它会报答你丰收的欢喜和果实；如果你荒废了它，它也将慢慢地疏远你，甚至最后将你同样地抛弃……

1999 年 10 月，一个叫作"沈家墩"的小村庄的一件事，让德清成为自安徽小岗村之后的"续小岗村改革"的发源地而轰动全国。

"沈家墩现在很美，百姓生活也很美，美得让人羡慕。你一定要去看看。"德清的同志几次这样对我说，让我胃口吊足。

可不是，第一次到沈家墩，刚下车，就有种幸福和美满的热浪扑面而来：一排

沈家墩"股票田"

排整齐而掩映在绿荫和鲜花之中的农民住宅,一片片泛绿飘香的水稻田和微波翻卷的漾塘水面,以及村民广场上那些笑声朗朗的老人与孩子的欢乐场景……

2013年出任村支书的房春华带我进了村史馆,在这里他向我介绍了20多年前的那传奇一般的"中国农村第一股票田"事件。1999年那会儿,26岁的房春华是村上的会计,村支书是梅新章,"股票田"的创始人。

"先来听听我们的村歌?!"房春华指着墙上的《沈家墩村歌》,拉开了一小嗓子:"春风十里稻花香,水清沙白鱼儿壮。股票田里好风光,致富乡里树百强……"

啊,有点意思!村庄还有"村歌",歌词里有"股票田",这就是沈家墩引以为豪的大事。"我们村里的百姓,男女老少都会唱这歌,因为它记录了我们钟管镇沈家墩村发展的光荣史。"房春华说。

"说说'股票田'诞生的过程吧!"我有些迫不及待。

房春华笑了,嘀咕道:"来我们村的领导差不多最想知道的就这事……这一晃过20年了,当时我是村会计,管账。对每一年的村里生产情况和农民收入清清楚楚有本账,哪家哪户啥经济状况,村上啥情况,都在心里,随口而出。那一年是1999年,到了秋天,本来该是收获的季节,可那年我们村上几乎没有人的脸上有点儿秋收的喜悦。你问为啥?是这样的,当时村里有几百亩农田荒废了,没有人种!有几户人家勉强种了点水稻,但只有一点点收成。农民种田,过去一直是天经地义。当年改革开放初,农民们对分田到户那股热情和高兴劲儿,至今令人难忘。可才过了不到20年,大家竟然不愿意种田了。好端端的粮田和耕地荒着、长着草,谁看了都心里发毛……农民不种地、不愿种地,这可是让人心里发堵的事儿。"

"为什么没人愿种地?"这是一个不可思议的问题,因为我们都知道,中国农民是最爱惜土地和最勤劳的人,难道他们变懒了?

"不是的。"房春华立即摇头,说,"是因为当时国家的粮食收购价格太低了,低到大家没有一点儿积极性了!"这位会计出身的村支书,背起数字易如反掌。他说,那个时候,每斤大米收购价9毛多。"那么假如一亩田产500多斤,扣除人力、肥料等成本,农民卖大米几乎赚不到钱。这吃力不讨好的事,农民再忠厚也没有办法种地了不是?"

"你们这儿不是很多人现在靠养殖发家致富的嘛!为啥那个时候不把种粮改成养殖水产呢?"我问。

"你算说到点子上了!"房春华看看我,然后又摇摇头,说,"养殖是我们德清传统的渔业产业之一,但那个时候的土地经营权和农民种植权如石板一块,你家有三亩五亩地,你再有本事也只能在自家名下的地里种养,你即使能够种出金银疙瘩,你也只能有那么点能耐,别人家的地就是荒在那儿,你只能干瞪眼,因为你不能随便动他人之土……当时的政策就这么死。"

"明白了,你们是想在这'石板'上动土?!"

"是的。这个主意最早就是我们村老支书梅新章提出的。"房春华对老支书满怀深情,"我记得非常清楚,当他把这个想法跟我们几个村干部一说,开始大家有些愣,听他一解释,觉得是好事一桩,都赞同和支持!因为他讲的是能不能把荒废的农田开垦成鱼塘,再转租给水产养殖大户,这样既满足了养殖大户用地的问题,又改变了村上荒地遍地的难看相。我们几个干部都觉得是大好事,于是就开村民会,听听村民意见……但结果完全出乎我们预料,多数人并不同意。大家这样说:'没了土地,我们还靠啥养家糊口?'这个会上,任凭老支书如何磨破嘴皮跟大家说道理,就是没人听。无奈,老支书在会后就和我一起,带着算盘挨家挨户给大伙算账,把每亩田的净收入跟支出,明明白白算给村民听。这么一来,所有的村民就都明白了,觉得对大伙儿是件好事,用现在的话来说,有地的人家和想用别人地的人家,都合算,都不吃亏,而且收入增加了。所以后来开会,村民们全都同意,并且像当年小岗村

沈家墩"股票田"展览厅

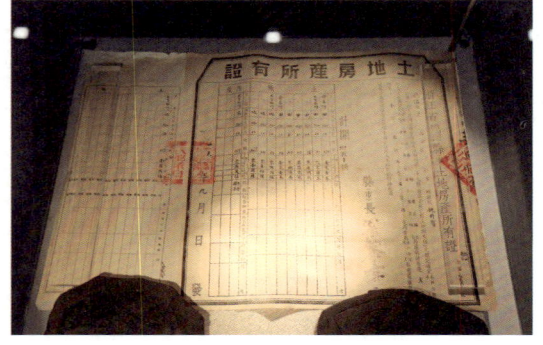

沈家墩"股票田"展览厅里展示的"土地房产所有证"

分田到户那样，凡出让土地的人家都按了手印。这就是我们沈家墩最早的'股票田'的形成过程……"

这应该算是沈家墩村和德清农民一次非常具有历史意义的"新土地革命"，它甚至比当年小岗村分田到户更具有划时代的意义，因为沈家墩的此次大胆的改革实践，让中国板结的土地，再一次勃发出了新的生命力，它的形态至今仍然影响着中华大地。如今从南到北的"脱贫攻坚战"中最让农民受惠和解决根本性收益问题的，就是土地从"流转"中产生了稳定的和靠土地自身实现不了的创收功能，同时又让那些荒废的大地良田为丰富社会所需的产业提供了巨大空间。

农民土地"流转"，是从德清的沈家墩开始的。农民们把自己的承包土地的使用权转让给他人经营，自己则在不经营的情况下，每年还能收到相应的租金或者分红。这是中国农村发展和改革进入新的历史阶段后的一次土地使用上的重大突破和革命。这样革命性的伟大改革实践和其广泛意义，就是连当年上莫干山纵论中国市场经济的年轻精英们也没有想到，因为他们讨论和关注的是城市价格的问题，而沈家墩村的农民是在自己的生产和生活实践中遇到问题后，倒逼出一场"新土地革命"。后来，浙江省的农业专家们这样认为：德清沈家墩所引发的一场土地流转的变革，让越来越多的农民像他们那样以契约形式，把承包的土地交付他人经营，自己则可能是进城打工或做买卖，从此解放了两个生产力：土地本身和拥有土地的农民。专家从理论上如此总结道："土地经营权的流转，不仅进一步改变了一个地区的产业格局，对实现农村现代化产生重大推动作用，而且从根本上改变了农民和土地的关系，指导农村土地经营权流转、优化农村产业结构也由此成为基层政府的重要工作。"

再看看今天的广大农村，如果说哪个地方的农民开始致富了，那么可以说，他们很大程度上就是因为自己原先所拥有的土地承包权有了流转的可能，所以才实现了生活和生存的灵活与丰富，收入也高了，自己又可以在就业与产业上做新的选择。

可以这样说：一个"流转"，让中国农村和农民全盘皆活。难怪到了浙江、到了德清，就会有人向我提及"股票田"的事。它的诞生和溢出的效益，肯定是连沈家墩的百姓甚至连德清人都无法想象得到的。巨大而空前，深刻而深远——我只能用这样的词来形容和评估，而且我以为用什么样的词语形容都不为过。

房春华则这样介绍，其实他们所创新的这一被他们自己称为"股票田"的土地革命，最初也是从"小步慢走"开始的：那年 10 月底，沈家墩在统一村民的意见之后，便以村集体的名义，把村上 160 户农户的 210 亩成片荒废的田地流转了过来。当时村委会向村民们保证：每年每亩可享受 550 元租金分红。这个数字是经过反复征求大家意见，共同形成的价格标准。村民们对此表示满意，并不会反悔。随后，村集体再通过公开招标，以平均每亩 650 元的价格转租出去。这样一来，村民有了稳定的租金收入，村集体也有了额外的收入，那些需要土地而通过招标获得土地使用权的养殖户也可以放心扩大生产……如此"三赢"的形式后来被村上固定下来，于是他们把这样的田地叫作"股票田"。这种流转的土地不再保留原有边界，但村集体会将其面积登记造册，承认承包农户的权益。同时，其流转过程具有不可逆转性，原承包人一般不再收回经营权，经营期满后再由集体组织招投标，产生新的经营者。这种"定权不定田，定量不定位"的新型土地经营及流转模式，后来被《人民日报》记者以"德清县钟管农民有了股票田"为题进行报道刊登后，从此人尽皆知，沈家墩和"股票田"之名一起响彻在中华大地上。

"后来的实际效果如何？"我很关切这一问题。

"好啊！"房春华高兴地说道，"第一个与村里签约的人是甲鱼养殖户姚志刚。他以每亩 720 元的价格，租下 53 亩水田，成立了延炜龟鳖养殖基地。第一年就赚了 50 多万元。到了 2013 年，承包规模达到了 200 亩。现在每年的产值都超过了 1000 万元。他富了，村上许多把土地流转给他的人又到他的养殖场打工，等于在原来的土地上挣得了两份钱，一份是土地流转的分红，一份是打工钱，你说百姓高兴不！"

这样的事谁都高兴。

"现在我们沈家墩村'股票田'的年产值在 3 亿元左右。承包大户和流转出土地的村民们都一年比一年收益好。村民们富裕了，村集体经济跟着壮大。五六年前，村上的一个占地 300 亩的村办美丽田园农旅综合体开门迎客，开张一个月就收入 200 多万元……现在村集体经济每年纯收入都在亿元以上。"房春华引我从村史馆出来，骄傲地指着崭新的村委会办公楼、文化礼堂、国土馆、电影院、党建广场、休闲公园、幸福邻里中心等美丽乡村设施，说，"现在想来我们村当农民的人不少，但他们很难有这福分了！"

在我离开沈家墩村时，房春华突然拉住我的手说："对了，告诉你一事，如今村里 3000 亩水田又一次陆续完成最新一轮的流转，每亩租金从当年的 600 多元涨到现在的 1150 元。2019 年，全村村民年平均收入翻了一番多，达到 40000 元左右！"

呵，这就是改革带来的红利！

沈家墩村的"股票田"改革路子是自己闯出来的，同时也得到了钟管镇和德清县委、县政府的全力支持和关注。当沈家墩村的经验开始见效时，县上便在其他乡镇推广，而且迅速形成全县"股票田"的改革推进措施，在完善沈家墩经验的基础上，形成了"德清模式"。

可以这样说，德清近十几年关于农村改革的举措，都是在"股票田"基础上的不断深化与提升，形成了一波又一波的新收获、新进程，极大地撼动了这片沉静的土地的觉醒，撬动了土地效益的极大提高。2019 年，德清全县农林牧渔业收入超过 41 亿元，比 20 年前的 1999 年翻了近 4 倍。全县常住农民年收入超过 36000 元。

"土地一活，百姓有福。"许多年里，德清人都嚼着这话的滋味，满是甜的感觉。

这是幸福的滋味。它来自改革的实践与努力。

那天到五四村的"花花世界"，远远地看到村庄后面有一座格外醒目而葱郁的连峰山岳，村上的人告诉我，那是本村的经营大户陈龙的"地盘"，合计有 2000 多亩呢！

"这么大一片都是他的了？！搞生态绿林建设？"现今的农村竟然还有这样的"傻大头"。

"可别小看林地，现在它是最值钱的土地。过去那是片荒丘陵，到了陈龙手上后，这些年不仅生态林种得好，他的苗木生意现在也紧俏得不行！又有旅游项目跟着一起上马，这些年陈老板赚足了金盆！"村民羡慕道。

今年 56 岁的陈龙是村上的能人，但以前虽说能干，可就是发不了大财，原因只有一个：土地有限，有劲使不上。热爱土地，爱在土地上"变花样"的陈龙苦恼了不少年。后来沈家墩的"股票田"经验在德清全县推广后，陈龙第一个向村里提出要租现在他承包的那片荒山地的一部分，当时是 120 亩。

对这片荒山拥有承包权的村民觉得陈龙有些"傻"，荒坡和秃山岭能有啥油水可榨的嘛！大伙一听陈龙要地，就都愿意"流转"给他。就这样，陈龙满心欢喜地获得了第一片 120 亩的山林地种植。他便做起了他梦想的苗木生产经营，哪知之后的浙北大地到处兴起美丽乡村建设，城市绿化也遍地铺开。陈龙的苗木生意如日中天。他也从最初的苗木种植向造型园艺等多方面经营，生意果然越做越大。原有山岭地小了，他又向村里申请了 1500 来亩。这一下他的"陈氏园艺"勃然而兴，他也成为一个"坐山为王"的大老板。

"那一大片山岭都是他陈龙的，乡亲们说那是陈家开的'绿色银行'……少估了也值十来个亿吧！"

陈龙自己说："政策好，荒山才能变聚宝盆。躺着的土地是不值钱的，只有让它立起来走路，才能实现它应有的经济价值。"

陈龙利用"流转"土地政策带给他的经营便利，先后投资 2 个多亿资金，将原来分散在几十个村民手中的荒山变成了他独立经营，集休闲度假、餐饮娱乐、行业交流等功能于一体的"垚淼生态园"，成为远近闻名的"吃地发财"的新兴产业的大老板。而像他这样靠利用土地政策优势，打造新兴乡村旅游和绿色产业的成功人士，在德清随处可觅。

如果说"股票田"是德清大做土地文章的始发站，那么当这趟改革列车开动之后，防风氏留下的这片热土上，便到处都在跃跃欲试，萌发求新、求进、求发展的欲望……

现在，德清县委和县政府关心起农民家的宅基地，这是足以触动每一户乡村百姓神经的地方。宅基地是农民家园的最后一道防线，也是神圣的私有领地，具有不可侵犯的排他性。所有的尊严和底线在此必须高高地竖起一道铜墙铁壁——无论是物质的还是精神上的，无论是强者还是一贫如洗的穷人，宅基地好比城里的单元房一样，外人是不能随意闯入的，即使是单元的外墙，同样不允许他人侵犯和轻易损伤它。这就是"领地"。古老的时代就这样建立起人和家庭的尊严，东方民族的尊严是从宅基的界线开始的，国家的尊严是它的延伸和放大。

被农民们称为"手中三块地"之一的宅基地改革，在全县农村户籍制度解决之后，便被提到了德清又一个"保民生"工程的改革议事日程上。

农村宅基地是农民最为敏感的一块土地，中央有关文件明确要求它必须"三权分置"。"三权"即宅基地的所有权、资格权和使用权。任何个人的宅基地所有权归国家，资格权属于宅基地农户，使用权则可以放宽。国家这样规定的目的是将农村宅基地变为能够活用的资源，从而让拥有宅基地的农民有机会通过相应政策和手续，实现对宅基地的最大化经济利用，从而增加合法收入。

户籍城市化之后，地少人多、产业发达的德清县看到了全县农民宅基地可以带给百姓增加收入的机会，因此他们又想让"躺着的土地"再一次站立得更高……

宅基地是农民的命根子，命根子的"买卖"本身就可能是要命的事儿，所以德清对这一项改革慎之又慎。"当时我们经过细致深入的调研和反复征求意见，小步慢走，推开了宅基地改革方案。"县国土资源局副局长邱芳荣说，"我们后来首先给出了两颗'定心丸'：一是在确保农户宅基地资格权和农民合法权益上，让农民放心；另一方面是在激活宅基地市场主体上，让业主放心。"

然而农民们对自己宅基地的"放活"，是小心谨慎有加，甚至很不放心。你越说"没事"，他越发觉得你"有事"；你越让他放心，其实他愈加担心。怎么办？

"在依靠集体和村民自治及民主治理的基础上，充分尊重每一个村民的参与。同时通过制定和普及《德清县农村宅基地管理办法》，让农民清楚和明确自己拥有的他人不可随意更改的权利。规定在严格禁止非法买卖宅基地，严格禁止城镇居民下乡利用宅基地建别墅、私人会馆的前提下，允许'通过盘活闲置农村宅基地和地上房屋，经批准后用于兴建农村电商、民宿、餐饮、养老、科研、创意、文化产业和符合条件的小型加工业等农村新产业、新业态'，允许'有条件地通过转让、出租、抵押，将一定年限的宅基地和房屋使用权流转'，像承包土地一样。明确'宅基地使用权及其地上房屋使用权的流转，不改变宅基地集体所有权性质，不改变宅基地资格权和房屋所有权'。这样就严格践行了中央要求的'落实所有权、保障资格权、适度放活使用权'的三权要义。我们又在实践中，通过张家、李户等一个个实例，让所有农民懂得宅基地改革的一笔笔账、一条条规，从而使每家每户有想动用宅基地的农民，拿着钱，又能睡得安稳……"邱芳荣说。

确实，农民其实担心的不全是能不能拿到钱，而是怕有一天自己的宅基地"飞"了，飞到别人的名下，自己却变成流浪者。

"只要不'飞'走，我就心甘情愿让你们帮我去经营……"许多农民后来选择的是这条路：让集体村民组织或合作社等来代为"看管"自家的宅基地，因为他们宁可少收入一点，也愿意安心些。

宅基地改革和新规政策出台后，德清农民的收入又增加了一大块。据国土资源部门统计，至少有三分之一以上的农民通过宅基地经营管理上的"流转"与委托，实现了"盘活"。而这些"盘活"的家庭，仅通过宅基地出租、利用所获得的收益，就可能抵得上以往种承包地的收入总和。德清百姓称这为"坐地发财"，奥妙也在此。

宅基地改革和盘活，对新农村建设与乡村振兴具有更深远的影响。

那天我来到人称"德清北大门"的蔡界村。这里曾经是有名的"喝西北风"的贫困落后村。蔡界村在2000年由原来的三个自然村合并而成，全村现有近800户村民，3217人。能不能把这个"北大门"守护好，对德清来说一直是件头痛的事。因为这里地域偏、交通不便利，又是纯粹靠种地吃饭的农村。越穷，村里闹事的人就越多。

"书记，你只要给我政策，我就能把这'北大门'看好，让邻县人看了眼红！"村支书沈炳泉上任后就跟前来检查工作的县委书记这么说。

县委书记笑了，说："我们德清的改革样样走在前面，即使现在没有的，只要谁提出来，我们研究认为是对德清发展和百姓生活有好处的事，我们都愿意探索。你蔡界想改革，要啥政策，我们已经有的，你拿去按章办事便是。"

沈炳泉说："我先要宅基地整合、建设新农村的政策。"

县委书记更是高兴，这就更简单了：你蔡界村对照我们已有的改革政策去做便行，到头来我们县里也会按政策兑现。

一言为定。

政策非戏言。

沈炳泉跟县委书记这么一"约定"，军令状就这样立下。但望着一片片凋零、散落的村庄和一块块七零八落的庄稼地，沈炳泉有些惆怅，但到镇上拿了县改革办下发的《德清县农村宅基地管理办法》后，他的情绪突然兴奋和高涨起来，再学习了省里"美丽乡村精品示范村"建设有关条例，这村支书顿时感觉信心满满。于是他召开村干部会，统一了思想，制定了一个奋斗目标：从全村调整和统一管理宅基地入手，用三年时间，把蔡界村建设成全县先进村和省级美丽乡村示范村。

多年来在他人、他村面前没有尊严的蔡界村全体村民都为这一奋斗目标而振奋、激动。

"好，既然大伙对这事表示赞成，那下一步我们就从动迁宅基地开始了……"沈炳泉看中势态，立即动员村民开始行动。

搬出旧村寨，去住好房，赞成的当然是多数。但实际操作中问题就冒了出来：宅基地"风水"不一样，咋来区分动迁和安排新住宅？查《德清县农村宅基地管理

蔡界村

办法》内容……太好了，有具体规定：不同宅基地地段，可分别论价对待。沈炳泉照葫芦画瓢，按四个不同等级把硬骨头啃了下来。就这样，一批又一批破旧宅基地上的村民搬到了整齐划一、宽敞明亮的新住所……那过程很让人难忘，大家齐心协力，欢欢喜喜腾老宅、建新房，热火朝天。

"农村建房不像城里盖房子，一眨眼就是成片成片的，我们农村盖房子一般都要跨年、越冬，所以那年全村400多户一起过年，我看着十分感动。因为当时大家都没有盖好新房，只能住在临时搭建的小棚里，多数人家祖孙三代窝在里面过冬、过年……可谁也没有怨言，特别支持我们村上的腾老宅、建新村的工作，我作为村支书能不感动吗？所以我跟村里的干部商量，说村民这样支持我们工作，村里应该答谢大家。可拿什么来答谢呢？后来我们商量的结果是，给全村60岁以上的老人集体过年，请他们一起吃顿年夜饭，每人现场发一个红包，对年岁更大的人，再多给那么两三百元……结果这事在村民中反响特别好，大家对拆迁和盖房中遇到的问题和困难都没有提意见，完全靠自己力量克服的。你想一想：一个村子才多大，可就在同一时间内有400多户百姓在盖房子，如果有人挑头出来弄点事闹闹，你村干部还能怎么着？仅凭这一点，我这个支部书记心头就一直惦念着乡亲们的好，就想着要服务好大伙儿，为他们多争取点利益。这些年真是怀着这样的心愿和情怀，我们蔡界村才把脱贫致富道路上的一块又一块硬骨头给啃掉了，成了县、省里的美丽乡村示范村……"

那天我进蔡界村，远远地就闻到一股浓浓的稻香味……沁入心肺，着实惬意。这种纯正的稻香已经不太容易闻到，而从蔡界村的一片广袤的稻田间，这股香味扑面而来，令人心旷神怡，仿佛回到了童年……

沈炳泉带我站在一片望不到边际的稻田中央的观景台，告诉我：这片千亩稻田原来是杂乱无章的几个自然村落，后来通过整合宅基地，统一将村民搬迁到了新村庄上，于是这一片便成了美丽的良田。有了成片规模的良田，沈炳泉就想到了搞乡村旅游——利用规模气派的庄稼地和旁边的河流等自然物，打造了我采访时所看到的观景台和周边的亲子游乐场等。

"节假日一到，连上海、杭州的城里人都跑来旅游，很热闹，增加了我们村上的集体收入，也给村民开的农家乐添了许多生意。"沈炳泉指着左手边远远看去青瓦白墙的新村庄，说现在全村700多户人家都搬到那里，形成一片美丽乡村生活小区；又指指他右手边一片郁郁葱葱的地方，说那里是村里留下来的旧村落，准备开发蔡界古村落旅游项目……

"我蔡界村今天的三个区块，清晰地勾勒出了美丽新农村的图景：生活、产业和旅游……这些年村民收入和生活如芝麻开花节节高。村民们的房子、看病、孩子读书、老人养老等，都有完整的一套政策保障和支持，一句话：大伙儿的生活质量越来越好，而花自己钱的地方则越来越少了。村集体经济收入也从2000年时的十几万元，到现在平均每年稳定在几百万元。这都给村庄建设带来了根本性的保障。你知道我们蔡界村能有今天这样的底子和保障，靠什么吗？"

靠什么？稻谷的青穗飘香之中，我就想知道短短几年，他沈炳泉带领的蔡界村到底是如何走出贫困，成为富裕而美丽的新农村的。

"地啊！就是宅基地整合和流转出来的400亩新增土地。"他高兴地大叫起来，一边说，一边向我扔过卷烟。我已经不抽烟了，但此时很想抽一支，因为沈炳泉说的事。通过做土地文章，一下为村民争取到了2个亿的资金，这么大的事儿，能不让人兴奋吗？

国家是有政策的：新增一亩地的指标，就是钱哪！而且还就不是小钱！呵，德清的土地文章真的再次让那些曾经落后、贫困的村庄摆脱了困境，短期内便实现了富裕——这就是改革带来的红利！

这便是让躺着的土地站立起来后的新景象、新态势，你无法阻挡，你无法估量它的效能，以及它对社会发展、百姓生活带来怎样的巨变！

蔡界村是德清数百个村庄之一。

村里新发生的一件事，让沈炳泉感动万分："百姓的日子好了，大家对集体和对党的感情更深了，自觉维护家园、建设好家园的意识也更强了。这不春天后的一段时间里，全国疫情蛮严重，我们村地处德清、桐乡、南浔三区县交界，有13个口子与外埠接壤，能不能守住德清防疫这些大门，当时县上、镇上都很担心。没有想到的是，当我们村把13个口子的守护任务分配到干部和党员头上后，村民们纷纷自觉站起来加入了守站队伍，有的是父子上阵，有的是母女同班，还有的一家祖孙三代一起值班……整整40天，全村70%的村民都加入了13个口子的值班队伍，连县上、镇上的领导都被感动了……"

"这叫啥？这叫你给了大家好日子，大家跟你一起把好日子往更好的方向去推！这才叫美丽乡村、人民幸福啊！"沈炳泉书记的内心深深地被改革所带来的村庄巨变感动了。

我想，蔡界村的变化，谁听后都会被感动。

然而在德清人眼里，土地文章是做不完的，只要人在大地上生存，尤其是中国多数人还在依靠土地发展和造就自己的家园与生活状态，那么"站立"起来的土地依然有做不完的更精彩的文章。

你或许还没有听说过"标准地"这词，可不是，它对我们这些土地资源的外行者来说，实在陌生。然而后来我才知道，即使是国土资源部门的人，也是在近几年才慢慢熟悉这个词的。但是在德清和德清的普通干部群众中，早已非常熟悉它了。

"标准地？标准地就是带着规划建设标准、能耗标准、污染排放标准等指标出让的国有建设用地。说白了，就是我们德清所有走向市场的土地都有一个'档案'，我们一看就知道它是啥样，值啥价钱。这是我们德清的改革成果，也是我们在做土地文章上的又一个发明创造……"瞧德清人回答得多自豪。

他们确实值得自豪。

早在2017年8月份召开的浙江省人民政府第十次全体会议上，省长明确指出，"标准地"在德清试点后是成功的。自试点以来，德清县根据"市场化配置、政府强监督、亩产论英雄"的原则，围绕"事先做评价、事前定标准、事中作承诺、事后强监管",建立"标准地"出让制度,推动了市场在土地资源要素配置中发挥决定性作用,有效实现了"有为政府"和"有效市场"的有机统一。

"标准地"就够新鲜的了,现在省长又在德清经验的基础上延伸出一个更实际、更响当当的词儿——"亩产论英雄"。

蔡界村千亩稻作文化园

何谓"亩产论英雄"?并不难理解,也就是说,对土地资源紧缺的江浙一带,论一个企业的实力、效益,不再简单地看你缴税、创收是多少,而要看你"亩产"多少,才见英雄本色。意思是说,企业很庞大,似乎财税体量也很大,可你占有的土地如果也很大,这样的企业是不该当英雄好汉的!

好一个"亩产论英雄"!其实讲的是土地资源的最佳、最高效利用率。

德清把土地文章做到了极致,自己把自己逼到了墙根:过去有谁把企业或一项经济活动与脚踩的土地大小来当作衡量标准嘛!

现在是。德清现在就要这么论英雄了!豪气,极致,一针见血,毫不含糊,彻底挤掉水分——彻彻底底地把改革"玩"绝了!

这就是德清和德清的改革劲头与精神。它的实质是:过去企业或单位想要一块地,满世界地去找各个部门,最后仍然无法得到结果,无奈只能选择一条路——找市长、找县长。"标准地"制度形成后的好处是:再也不用找市长、找县长了,你只需要找市场便是。科学规范的市场机制就是你想要的地的"轨道",只需要顺着它行事便是,既省心,又省时,还省钱。

可在"标准地"试行之前,那些躺着的土地确实也"站立"了起来,然而它走的道有时也会偏,有时也会"栽跟头",比如有的企业随意编个理由、设个项目,加上钱,就可以拿地,甚至想拿多少就拿多少,拿完以后到底在干什么、干成什么、干到最后又是什么,并没有人去追究。但现在不行了,德清"标准地"的试点就是要通过有效、合理与科学的机制实现对土地的标准化管理,那些非标准的土地买卖和使用行为,将被这一改革制度所阻断,它像一把无情而有理的利剑悬在用地和管地者的头顶,让你不得在土地面前太任性。

为了"标准地"试点和实验,德清县在莫干山高新技术产业开发区22平方公里范围内提前完成区域能评、环评的基础上,选定地块、确定产业、明确标准,并完成能耗、环境、建设、亩产等指标的制定。"当时光是在计算土地的各类产业指标这一件事上,参与其中的计算机人员不下百几十个,时间不下百几十个工作日!你得一笔笔、一项项算出来,再进行分析、归纳和理出思路……"参与"标准地"试点的一位县国土资源局的人感叹道。

然而有关"标准地"的配套改革措施,远比其他改革复杂得多,仅管理"大法"之后的"小法"就有一串,比如《工业标准地奖惩办法》《标准地企业投资项目信用管理办法》《标准地企业投资项目严重失信名单制度》等,都得一一制定。为何如此烦琐?德清给出的结论是:"亩产论英雄"的导向,除了提高土地节约集约利用率、颠覆供地模式、服务模式外,还颠覆了招商模式,倒逼转型升级。同时"标准地"中环境标准与能耗标准的建立,更是践行习近平总书记"绿水青山就是金山银山"重要理念的充分体现。

拍得浙江全省第一块"标准地"的启聚实业有限公司,投资11亿元建设了一座科创园。负责人张柏林先生在拍得这块土地时,需要用法律合同形式,保证对这块科创园地的每一亩地实现固定资产投资强度不少于340万元、每亩产业经济效益600万元、每亩上缴税收21万元、单位工业增加能耗不大于每万元0.5吨煤……这样的细致指标,使企业负责人张柏林在拍地时就强烈意识到了"谨慎用地""从严用地""高效用地"等概念,所以在日后企业的管理中,他必须心头时刻思考如何让"站立"的土地走得更稳、更快、更好……

这就是让躺着的土地站立起来行走的根本目的。

你瞧这德清,他们都做到了这个份上,它的每一块土地能不美吗?能不充满诱人的魅力吗?

答案是肯定的。

十四 "微改革"——嵌入心坎的情

一开始，高芸给我介绍"微改革"这词时我没有听懂。"就是那些并不列入我们承担的国家、省级重要改革试点项目，但又与百姓生活与利益密切相关的，由我们根据群众意见再作出的改革措施，我们称之为'微改革'。"高芸解释道。

"基于什么？德清的改革够多了，几乎一年中就要承担国家和省级改革试点一二十个项目，难道还有必要一定要加那么多压力？"老实说我觉得德清虽然是个"改革大县""改革先进县"，但是否还一定需要那么多自加压力的改革，我有些疑惑。

德清的干部一开始也有这样的疑虑，但有一件事让他们动起'微改革'的念头，而且后来越发觉得这个'微改革'的重要性比起大改革试点也不遑多让，因为'微改革'所做的事，都直接与民生有关，也事关大改革的顺利开展和收效，是提升德清整个社会品质与各种能力的重要载体和不可或缺的方面。

这一件事是，德清在开展每一个改革试点之后，国家、省、市等有关部门来考核时，会出现这种情况：相关的试点考核分数都不低，但到民众那里一抽卷调查，却发现打分打得并不高。这一方面让德清县上的领导和专司试点的部门很没有面子，另一方面又让考核的上级单位有些摸不着头脑：试点考核的指标是很严格的，每一条考核也丝毫没有虚假之处，为何群众赞同率不高呢？

县委、县政府开始调研，向群众求问"为什么"：难道是改革的事不好？还是改革得不够到位？

不是，都不是。群众摇头说。

那为什么？

你问为什么？是啊，你们兴师动众地搞这改革、那改革，是没错，是对社会发展有好处。可那改革跟我、跟我们大伙没啥关系呀！我们还有那么多需要关心的事，你们没有做呀！你们没有做好我们所关心的事，干吗要投高票给你们做的事呢？

"这就是问题嘛！这就是我们改革还需要不断深化、不断细化、不断从人民利益出发……"在改革推进的自省工作会议上，县领导一针见血地这样指出。

"微改革"动议和工作方案就在这样的背景下形成了。

其实"微改革"比试点改革的难度和广度都大得多，因为国家和省里交代的试点改革，从某种意义上讲，它更多涉及宏观和整体上的事，"微改革"则是更侧重具体的和微观的方面，大家都知道越具体、越细致的工作，多数是越头痛、越难做的事情。国家和省里的改革项目，虽然大、要求高，那毕竟是练枪练拳；微改革，则是在德清的身体上打针刮骨，来不得半点马虎和粗心，也意味着具体制订和执行改革的人，要花费更大的心思与耐力去从细微入手，去从民生的需要做起，去从是不是我自己也满意了作为指标来考核……"微改革"其实就是一项要把人民的情怀嵌入广大百姓心坎上的民心工程、持久工程，是一项需要不断完善的工程。"

高芸给我拿出了"微改革"的第一份正式文件，上面将"微"字的目的和意义说得明明白白——

目的，让百姓的心坎上有"感觉"：

为深入贯彻落实习近平总书记关于治国理政的重要论述，持续强化"以改革系统集成推动县域治理体系和治理能力现代化"的工作导向，进一步推动全面深化改革更加贴近企业期盼、更加顺应民情民意、更加切合高质量发展需要，"重点围绕解决好群众和企业的操心事、烦心事、揪心事，用群众的智慧、集群众的力量，谋划推出一批落点准、收效快的制度性、机制性创新举措，进一步拉近改革与群众的距离，让改革红利可感受、能触摸、有温度"。

原则，让百姓的心坎上有"甜味"：

——坚持"小切口、大实效"。聚焦群众身边的小事实事，从细节处着眼、细微处创新、细小处提升，实施一批"看似'动小手术'、实则'大有可为'"的细节革命，切实打通改革最细微的"神经末梢"，更为精准、精细地解决民生痛点、发展堵点，真正通过"微改""微创"为群众和企业带来大变革、大便利。

——坚持"敞开门、广纳言"。充分激发全社会的活力和创造力，把"开门搞改革"贯穿始终，形成"微改革"多渠道、常态化征集制度，从改革征集到具体实施再到建章立制，全过程邀请群众参与和评价，并广泛听取社会各界意见，让"微改革"

得到群众的真心拥护和大力支持。

——坚持"全链条、闭环式"。建立"微改革"闭环管理机制,由"发起人"提供思路、县委改革办统筹协调、各相关单位协同配合,对提交的"微改革"建议实施评估、交办、督查、销号的全流程项目化管理,确保改革推进事事有人管、件件有反馈。

工作举措,让百姓的心坎明白自己是"主人":

(一)广泛征集。主要通过"线上线下"相结合的方式,广泛征集"微改革"建议。其中"线下"通道包括在《德清新闻》报纸开设专栏、"两代表一委员"专题征集、机关企事业单位定向征集等;"线上"通道包括在"德清发布"微信公众号开设"微改革"专栏、浙江政务服务网"我要建议"专栏、"我德清"微信小程序等。

(二)评估分析。由县委改革办牵头,召集各改革专项小组,对征集的"微改革"建议进行评估分析。对于评估后暂时不采纳的"微改革"建议,向"发起人"说明原因并将有效建议纳入"后备库",待时机成熟时予以改进实施;对于评估后决定实施的"微改革"建议,由改革办梳理汇总,并进行立项。

(三)及时交办。县委改革办以《微改革建议书》的形式将被立项的"微改革"交由牵头单位办理,牵头单位在充分吸纳"发起人"意见建议的基础上制定实施细则,并在 10 个工作日内向县委改革办报送具体工作方案,明确目标要求、完成时限、责任单位、责任人,原则上时限控制在 3 个月以内。

(四)督查评价。县委改革办对改革推进情况实施每月督查通报机制,督查形式包括暗访抽查、联合督查、请群众体验评价等。"微改革"牵头单位在改革任务办结完成后,及时以书面形式将完成情况报送至县委改革办,由县委改革办审核后予以销号。如不能按计划办结的,或完成情况不理想的,牵头单位应提前向县委改革办书面报告原因,并提出延期办理时限和具体方案,确保落实到位。

(五)总结推广。由县委改革办会同"微改革"牵头单位深入提炼总结改革经验做法,争取每年推出一批可复制、能推广的原创性改革举措,进一步打响"停不下来"的德清改革品牌。

保障机制,让百姓的心坎上有长久的"安全感与放心感":

(一)建立考核激励机制。将"微改革"工作完成情况纳入全县综合考核体系,县委改革办根据"微改革"工作完成情况,在年终全面深化改革考核中对牵头单位和相关配合单位予以加分。每年评选公布全县十佳"微改革"优秀案例,对牵头单位在"年度改革创新工作先进集体"评选中优先考虑。

（二）建立追责问责机制。对牵头单位未能按时完成任务，又未申请延期手续的，由县委改革办进行预警提醒。对预警提醒后仍推进不力且未及时完成的，或在推进过程中存在弄虚作假、效能低下的单位和个人，按照相关规定，严肃追责问责。

"微改革"方案组人员在获得县委、县政府通过"微改革方案"的有关程序之后，他们便协调有关媒体并开动了县上所有大宣传工具，在60余万人民群众中间进行"征集意见建议"的广泛活动。

一时间，"我要说""我建议""我是德清人""德清应该这样做"等话题在全县老老少少的百姓中如沸水一般地开滚起来。

"我要提个建议！"

"我也有一个想法！"

"这才是我们最想要的！"

"没有啥事比这更让我关心的嘛！"

老百姓的事，一旦释放出来，就是林林总总、浩浩荡荡……"这吃得消吗？""这顾得过来吗？""失信了怎么办？""马虎了咋收场？"

群众的积极性和智慧被激发出来之后，干部们有些担心，甚至感到紧张和压力骤增。县委和县政府领导笑了，说："我们就是需要这样'发动群众'，就是要听听到底百姓有多少事是我们没有想到的。"

"吃得消和吃不消并不重要，重要的是我们能不能对群众心里想的事、希望政府和干部做的事，放到议事日程上来，真正去动脑子想办法帮助分析和解决。解决了和解决好，是工作标准，不去想、不去理会，甚至麻木不仁才是最可怕的。"县领导在干部大会上坦诚而言，"我们不会追究哪个部门、哪个单位是不是把百姓提出的建议与意见全部做到十全十美了，而是追究你是不是真把百姓和群众的意见与建议放在改进工作和加强政府职能、提高工作效益之上。"

"书记、县长，你们这么一说，我们就知道如何去把百姓提出的意见和建议科学、合理和有针对性地改进了。我们保证把能做好和能做到的事，全部做了、尽力做好，做不到的事和做不完美的事，交给群众一起来实现他们所要的美好愿望……"干部们把心头的压力，释放成了改进工作和提高自己能力的主动性，于是全县范围内的"为民办实事""让百姓有更多的幸福感"的微改革就这样铺开了……

这一改革一启动，原来有些悬在百姓头上的改革，贴近到了群众的身边和百姓的实际需要之上。虽然有些改革小，但群众却格外拥护和欢迎。最后搞改革的具体"操盘手"也有了一种强烈的成就感，因为大家觉得通过自己的努力，为人民群众办了实事、做了好事。

因为，德清的大地是葱绿的大地和波光粼粼的水域，而从这些生机勃勃的土地与水上生发出的每一点晨露与萤火都是迷人的光芒。"百姓的事，就是天大的事。"德清县干部上上下下心中装着这样的理念，于是什么事都变得有希望和有力气去干了！

首批"微改革"最后确定是 18 类事项，它们是：政务服务 7×24 随心办、急救用品"救"在身边、制定莫干山游玩攻略、缓解中心城区交通拥堵、打造百姓身边社区健身房、建设网上妇女儿童活动中心、在县级医院实施挂号缴费流程、小区物业精细化、实施农村环境卫生线上管控、合作办学助力企业招工、实施志愿者激励计划、建立工伤事故联合处置机制、保障群众特殊用药需求、实行电梯"智慧监管"新模式，等等。看着 2018 年《德清县微改革方案》"工作项目细则表"，让人感觉宛若一股清泉潺潺流入心域……因为这些"小事"，其实每一项都让人深深地、浓浓地感受到 6 个字：关怀、体贴和温暖。而当我再看着这"18 类项"微改革的具体实施细则和检验完成项目的标准，心头涌起的情感波澜却是汹涌澎湃、热泪难抑……

为什么？

因为我看到了这背后的巨大工作量和丝丝如泉流的深情与爱意——

比如为什么要解决"急救用品'救'在身边"事项，因为一场疫情之后，人们发现：奋斗和追求了一辈子的生活，可能由于突发的一场灾难，让所有人都面临一切被瞬间推倒的可能，死亡或瘫痪、告别所有亲人的悲剧随时来临……当然，平时由于大家都在努力"拼"着工作与事业，不该"走"的人走了、不该患的病加重了等等，都是因为身边无急救之器件或医疗设备，造成没有及时救治、没有及时诊断，从而丧失了拯救生命的宝贵时间。

越来越幸福的德清人愈加珍惜生命，因此他们有了更强、更多的自我保护意识和医疗需求。这，毫无疑问是人民群众最关心的大事，绝对是"微"，而且这样的改革必须及时、必须到位！

于是"微"变成了大，而且是关系到人民生命的头等大事！而这样的一个百姓关注的事项，其实牵涉的具体工作、具体部门，会有很多很多。首先它要弄清楚应该和需要配置器材的社区以及人员密集的公共场所适合增设多少自动体外除颤器

（AED），最后德清有关部门得出的结论是需要增设37台，而且必须告知全县公民这些设备在哪儿，另外同时投放急救箱312个、发放急救包15286个，而且以后每年向1万户家庭投放家用急救包……

"政府啊！多谢你们发来的急救包！要不是有了它，我孩子他爸就救不过来了呀！"一位丈夫获救的妻子感恩村干部。

我、我以后的生命，就完全彻底地交给德清了，余生要为德清尽我一切……"一位在德清工作的外籍企业家如此感恩。

其实，每一项"微改革"的背后，实际上体现的，一是县委、县政府改革的决心和意志，二是各个部门与单位共同协调、同心同德的积极性，三是综合实力。这三者缺一不可。比如"缓解中心城区交通拥堵"问题，牵动的可能是整个城区和交通要道建设，是全县整盘棋的大问题，决策者有没有改革的决心和意志？如此的"老大难"问题或者说它是现代化发展太快而形成的新难题，各个部门与单位、各条线与全体群众，能不能心往一处想、劲往一处使，在实施过程中出现种种不便时又能不能相互理解与体谅，都是实施这类改革的问题。何况，"交通拥堵"听起来只有4个字，而要改变它，也许需要几个亿、几十个亿，甚至是百亿以上的资金支持，有这么多钱吗？没有怎么办？有钱就一定改变得了吗？如何规划、何时动工、什么时候完工等等问题，它都是决策和改革所需要认真考虑的。

然而仅仅考虑就够了吗？绝对不够。比如当启动缓解交通堵塞的难题时，你就得在许多重要路口做调整，需要安排众多部门、众多条块，甚至可能一个"钉子户"也需要县领导亲自出面，那种矛盾冲突的激烈场面，很多人可能退缩了，最后剩下当领导的必须去做耐心细致的工作，你接受无端的骂骂咧咧是常有的事，你还得赔着笑脸去倾听对方的诉求；许多时候，一个好的改革方案和建议，可能因为某些人、某些单位在具体操作上不认真、质量不到位而前功尽弃，那些不满和意见就会集中到你身上，谩骂和指责让你伤心不已，但你必须放下个人情绪，调整态度，重新抖擞精神，投入新的工作状态之中……这就是改革带给干部特别是领导干部的烦恼与心忧。不干或少干可能就没有这种事，但不干永远无法对得起人民群众，少干同样不能解决人民群众所关心的事。唯有努力地、全心全意地去干，才可能让人民群众最后满意。

每一项改革，不管大与小，最后结果肯定是让一批人、一个面上的人获益得利了，也让德清某一个地方、某一条线得到了根本性改变……

缓解中心城区交通拥堵的"微改革"实施之后，县上责成有关部门完成了主要城区所有路口共 134 个信号灯接入交警指挥中心，实行智能配时策略，使城区整体通过效率提升 15%，同时在 25 个主要路口实行交警、志愿者等高峰执勤制度，从此城区头盔佩戴率提升至 91% 以上，路口守法率提升至 93%，这样大大缓解了交通堵塞问题。如果你驾车行驶在德清大小马路上，会感觉尽管路上车水马龙，但依然畅通无阻……

"微改革"中最后三项是针对洛舍镇的信用评价体系纳入社区管理、禹越镇开通跨越公交路线和阜溪街道推广便民服务就近跑等具体问题，也都一一全部落实到位。

便民服务推出后的一天，阜溪街道的张大伯比以往早了半个小时去街道办理一个医保手续，上回他吃了个亏，稍稍晚去了一个多小时，结果排队近排了两个小时，本来身体不太好的他，最后真气着了，而且当日事情也没办利索。听说街道现在改革了，"就近跑"项目推出后，街道上的邻居们都在传说，现在办事比以前省时省力了一大截。这一天张大伯是怀着试探的心思再去街道走一趟的，哪知跟邻居们"传说"的完全一致：不仅办事效率比以往高出许多，而且他比上回提早到了半个小时，结果到办事的地方，办事员比他还要早出一个小时到了岗。张大伯很感动地问："你们咋这么早就上班了？"办事员和蔼地告诉他："是新规定的，社区干部和办事员必须提早和晚退一小时工作机制……"

"真的不一样了！真的都是在为我们老百姓着想呵！"德清的百姓说，"一场'微改革'，让我们获得了大实惠，德清面貌获得了大改观。"

"因为我们看到了'微改革'所带来的意想不到的社会效应，所以第二轮'微改革'现在已经开始进入征集意见、建议阶段……"临别时，高芸告诉我。

德清做事，真心实意，难怪他们的改革之路，越走越宽阔，越改越想继续再改，越改越想往深里改，因为他们从百姓的获得感中找到了力量和兴奋点，找到了成就感和满足感。这，极其可贵。

德清百姓获得的改革"红利"，犹如春天里的明媚和风，习习吹拂在心坎……

十五 田野上的钢琴曲如此悠扬动听……

"泽国鱼盐一万家，从来人物盛繁华。"这句明朝诗人刘仲璟的诗句是赞美德清县新市古镇的。新市虽名为"新"，但实际上是个保存完整的千年古镇。那一天在细雨蒙蒙中，我来到新市目睹了这座江南一带可能保留最完整的旧式大镇。说新市是大镇，是因为在历史上它也曾是与德清并起并坐的县城，后来区划反复变化，新市成了德清最大的集镇，与著名的水乡桐乡为邻，是德清东南角的重镇。新市镇与禹越镇连在一起，就是整个德清的东大门，它们都是标准的水泽丰饶之乡。特别是新市，古人诗篇中传颂的"新市十景"，至今仍保存完好。那天我在当地文友们的引领下，漫步于河边的廊街，体味着百年不变的水乡小镇的风情，颇有一种"来觅诗家门系船"的感觉。拥有1700余年建镇史的新市建在一片丰水之地，全镇被水面分割成18块，全靠架在河面上的百座石桥连成一片集市，而镇内36条各具特色的弄堂贯穿于街市之间，构成了典型的"小桥、流水、人家"的江南诗意画卷。

当地人告诉我，在20世纪五六十年代之前，德清新市镇俗称"小上海"。那个时候的交通运输主要通过水运，而新市镇地处杭嘉湖水网中心，全镇五栅栅口天天泊满各种航船，是杭嘉湖与大上海相联结的"口子"，所以从今天新市所保留的旧貌中，依然看得见当年通衢四方的繁华景象。据说，当年新市内光茶馆、客栈、钱庄就有数百家。至今，我漫游在新市街头，依旧看到了"张一品""林家铺子"和"杨元新"酱油等驰名天下的老字号的发源店……

其实在德清，这样的古镇，还有数个，它们都保留得很完整。像老县城乾元镇、"民国范"的莫干山镇，江南文化古镇的风韵保存得尤为完好，这给现代化的德清增添了不少历史与文化的深厚感。

新市古镇夜景

　　细细品味德清这个水乡小县，你会发现许多有趣而不同于其他地方的事。比如它的各个集镇，虽相互间相隔没有多少路，又同在当年的武康、后来的德清县政府管辖下，但各镇并没有丧失自己的特色，而且这种特色始终保留并形成他者不可替代之势。难怪在振兴乡村的过程中，浙江省的"特色小镇"打造不仅先于全国任何一个地方，而且也是最成功的。

　　特色和各异，是德清乡镇一直保留的血脉。这种血脉在千百年的德清社会发展史中，一直扮演着推动历史车轮前进的角色。

　　第一次到洛舍，我就深深地喜欢上了这个镇和镇的名字。"洛"，我们熟悉的洛阳的"洛"，后来一问，洛舍镇还真与洛阳有关。宋室南迁时，一批洛阳人定居德清县城东北的一片漾塘旁，于是原本的"乐舍"便成了"洛舍"。"舍"，寓居之地。洛舍从此成了一个既与外界通达方便又自成一体的丰足水韵之"窝"，十分惬意。尤其是被千顷碧波所簇拥着的小镇，一年四季可闻早暮渔歌，真的能醉死人哟！现今，你顺着新修好的湖边栈桥而行，依然能见到古人在此吟诵的诗篇：

抽帆齐唱大江东，百里湖山指顾中。

雪浪高飞云倒卷，狂歌不怕鲤鱼风。

洛舍是一首诗，也是一首歌，而今天的洛舍又在催发德清改革与发展的一曲特别激昂的旋律，那就是它早已名扬四方的"田野钢琴曲"……

几年前，年轻的军旅女作家马娜博士写过一篇精美的散文发表在《人民日报》，开头这样写道：

石桥古朴，窄巷清幽，是洛舍；桂花香溢青瓦，摇橹荡揉黛河，亦是洛舍；琴声清亮似珍珠落入玉盘，亦扬亦挫，时而如溪水潺流，时而似大江奔涌，穿越清澄的碧空，缭绕稻田、溪头，仍是洛舍。

洛舍在今朝出名是因它的钢琴——这个原本与这片土地毫无关系的"洋玩意"。钢琴让这片古老的土地呈现了无限精彩的魅力。

前面章节中提到过洛舍的钢琴业及其不断扩张所需要的用地。其实洛舍的钢琴制造业，是"彻头彻尾"的"无中生有"。今天我们看到德清有那么多"新鲜"事儿，这或许都源自其最初勃发的"改革基因"吧！

话得从一个名叫"王惠林"的老农说起。但我实际上发现：每回镇上的干部请出七十又好几的王惠林老伯来后，每每让我暗自吃惊，因为王惠林老伯跟我交谈，他口中说出来的都是"洋话"——不是跟巴黎某某钢琴商行近期有件什么新鲜事儿，就是他的钢琴又在什么国际品牌比赛中获了大奖，总之你根本不可能想象他至今仍然是个农民，尽管他麾下的钢琴厂已经走到国际舞台，但他依然住在洛舍，住在他祖辈数百年来一直居住的洛舍……

王惠林老先生自然是无可争议的"洛舍钢琴王"，没有他不可能有洛舍今天的钢琴，中国和世界的钢琴产业也不可能是今天这个样——德清洛舍钢琴竟然独霸天下，服不服是你的事，它就是这个样，近二十多年间就没有改变过。

洛舍农民王惠林就是这场"改变世界"的乡间钢琴制造史的"主谋"，也可以说是"总设计师"。因为对老先生的几次采访和深入交往，我也才明白了许多"德清为什么能"的问题——

1984年，改革尚在全国许多地方铺开时，在德清洛舍这片田野上，已经热浪滚滚、风起云动……

此时的王惠林是洛舍镇玻璃厂厂长。"不安分"的王惠林总有一些自己的想法，也常愿意干些在别人看来有些出格的事。这不，机会又来了：德清县上的领导说，要想过好日子，就得"傍"在上海这样的"大树"上。

"大上海要省下一口饭，那就足够我们德清吃饱几年、几十年……"王惠林十分赞同这话，而且心头也早已痒痒。

终于有一天，他带着县领导的嘱托，来到大上海寻找"富起来"的工业项目。那时德清的农民，已经有了"吃着碗里，看着锅里，想着外面"的本事。

"找活做？有啊，有批出口的玩具钢琴愿意接吗？"一位上海朋友半开玩笑地对浑身散发着泥土味的王惠林说。

王惠林虽然是农民，但也是做木匠出身。朋友随口这么一说，拿着木制的儿童玩具琴的王惠林有些心不在焉地道："就这个？"

"嗬，怎么，你还想做大的？做真的？"上海朋友觉得王惠林是在白日做梦，完全不知天高地厚。

"对。如果有可能……"王惠林说。

"好啊，有梦想总比没梦想要好！"朋友的语气里充满揶揄。也难怪，没有人相信，木匠出身的农民能造"洋乐器"。

我们都知道，钢琴素有"乐器之王"之称，自古以来一直被视为音乐文化的代表。从外观看，钢琴是体积最大的乐器（除了仅存于欧洲数个教堂的管风琴外），音乐会上使用的钢琴通常可达三米长。其内部结构的复杂度很高，涵盖了上万个零件，三百多道制造过程的复杂性也非一般乐器可比。钢琴因拥有 88 个琴键而成为音域最宽广的演奏乐器，几乎涵盖了所有乐器中会使用到的乐音体系，可称为全音域的乐器，甚至可比拟为一支交响乐队。此外，钢琴在音量的强弱与音色的表现上也最为多样，可弹奏出轻如雨落、重如雷击的琴音，无论是为一把小提琴伴奏，或与交响乐队合奏，皆不会喧宾夺主，或被埋没吞噬，忠实地呈现出乐音间和谐的对话；而通过双手十个手指弹奏，或是双人合作的四手联弹，钢琴可以同时发出众多音响，创造出变化无穷的和声音律，因此成为无可替代的"乐器之王"。也因为如此，钢琴所承载着的不仅是悠久的音乐文化，而且其本身亦是高级乐器的象征。数百年来，世界各国的作曲家、钢琴家，创作了无数的协奏曲、奏鸣曲及各种类型的独奏曲和改编曲，再通过钢琴唯美的演奏，让这些辉煌的作品得以名扬后世，他们也因而与钢琴结下不可分割的音乐情缘。换言之，正是因为有众多的音乐家长年以来为钢琴谱曲，用钢琴演奏，钢琴才在音乐史和乐器表演上具有崇高的地位；而钢琴自身极为丰富的音响表现，则成为促使音乐家不断尝试新曲风、新弹奏方式的原动力。钢琴让更多具有音乐天赋的人安心学习、刻苦磨炼，最终成为世界瞩目的大音乐家、演奏家或音乐文化的使者。

在当时的中国，钢琴一直是人们向往而又不敢及的"洋乐器"。人们见过这位"乐器之王"后，似乎也一直认为它属于"贵族"而非平民所能及。且不说几亿中国农民中能有几个人是弹过钢琴的，自然也绝对没听说过世界上还有哪个庄稼人能制造出钢琴！十二平均律，88 个音符键，上万个部件，以及制作所用的木料和音色的调配，一般人根本无法调出一台钢琴的准确音声……从 19 世纪末第一位英国人在上海开设第一家琴行之后的近七八十年的时间里，中国钢琴制造业的发展，宛如蜗牛旅行，慢之又慢，钢琴制造企业也少之又少，直至改革开放之初，全国也仅有四家，且皆为国有企业。

"泥腿子的乡下人想造钢琴？这不就是白日做梦嘛！"听说过这事的人没有不嗤之以鼻的，就连王惠林的家人都挖苦他道："真有心思爱钢琴，先把你那双老粗手往水缸里泡上三个月。"意思是：一个种庄稼的，娇贵的钢琴看得上你？

不知天高地厚的王惠林犟脾气上来了，他执着地独自奔波于上海和杭州"探商情"，结果反而让他更加激情难抑：在上海这样的大城市买台钢琴要凭票，不等上一年半载基本没戏。浙江省更甚，全省每年按照计划只能分到 20 架钢琴的购买指标。也就是说，普通人真想要一台钢琴，好比登天一样难。就是找关系、走后门，也很难弄到一张"钢琴券"。

城市没搞成、没搞大的事业，咱乡村就一定搞不成了？王惠林把自己的"造钢琴梦"给县、乡的领导做了汇报，德清县、乡两级干部竟然与王惠林的想法一致：制造钢琴，投资不大，又是朝阳产业，且是劳动力密集型，支持洛舍人去干！

县上的干部其实还有一层更超前和大胆的意识：既然前几年——1978 年，县电子器材厂在失去自身专业和产业优势、未来发展不知朝何方而去时，与中国科学院上海硅酸盐研究所开展合作，在全国首创了产、学、研相结合的"德清模式"，获得超乎想象的成功。洛舍的"钢琴梦"，是否也可以仿照电子器材厂与"上硅所"的合作模式，闯出一片新天地呢？

试试嘛！成功了算你洛舍"呱呱叫"；失败了，你老农民也没啥丢脸的，最差也就回到地里去干一辈子"面朝黄土背朝天"的农活而已。

行，试试！反正是试试嘛！

德清人聪明，洛舍人敢干，一点不假。但二者兼而有之的王惠林更有一招：不是说钢琴品质高雅且技术复杂、工艺精致吗？那我们就去请上海钢琴厂的师傅来"帮忙"！

妙招。

于是，这回王惠林和乡干部们带着农民的梦想，换上"卡其布"罩衫，带着庄重的使命，像模像样地正式来到了大上海——他们没有想到，此次"上海之行"既干成了意想不到的"好事情"，也惹出了一桩震动全国的"麻烦事"。

近40年前的一段"风云巨澜"，让今天的王惠林老伯回忆起来，仍然感觉颇有"吓煞人"的味道。

"好事情"是这样的：王惠林偷偷把上海国营钢琴制造厂的4位技术人员约出来"吃了一顿老酒"，这4位在国有企业吃了几十年"大锅饭"的技术人员，一听王惠林他们想干番"钢琴事业"，感动至极，同时也对洛舍人给出的"工资待遇"十分满意，所以一致答应跟王惠林到乡下去大显一番身手。

离厂、离职，至少得给厂里交份辞职书吧。4位技术员认认真真地向厂里交了辞职书，而后跟着王惠林到了洛舍……

"吓煞人"的事随之也冒了出来。"这不是明着来'挖社会主义墙脚'吗？"上海方面传阅4名钢琴厂技术员的辞职书后，震怒了！

"必须立即把我们的人送回来！否则我们将向浙江省委、中央反映你们在光天化日之下'挖社会主义墙脚'的恶劣行径……"上海有关单位和部门给德清和王惠林所在地连连发出通知书和追责函。

"什么？他们凭什么这样对待我们浙江的农民呀？噢，我们要他们4个人就是'挖社会主义墙脚'，那他们五六十年代从我们浙江绍兴和宁波挖了几百、几千个裁缝去了上海，难道这就不是'挖社会主义墙脚'了？想还人？没门！"浙江省领导看了上海方面发给德清和洛舍王惠林他们的"追讨"信函，同样震怒。

一向亲兄弟般的沪浙两地的领导们"吵"了起来，这是非同一般的"严重事件"！

"你们到底是怎么回事吗？还真为这事干起仗来了？快把情况呈上来……"北京方面出面干预了。

风声一出，媒体逮住这一事件，开始凑起热闹来了，而这"新生事物"也确实是改革之初闻所未闻的，所以先是沪浙两地的报纸上围绕"国有企业的人才能不能流动到乡镇企业"等问题，你一篇、我一文地"干"了起来，后来这股"风"一直刮到北京、刮到全中国，铺天盖地的报纸、杂志等媒体一起跟着热闹起来了……这回好，初始是风波，之后是狂澜，一场全社会的大讨论由此掀起。

德清出名了！

他们的"抢工程师"事件，最后由中央领导出面给最终"平息"了：都是社会主义，都在搞改革开放，人才流动是正常的事，尤其是人才聚居、不流动的地方，流动到特别需要人才的地方是件好事，应大力鼓励。

这话说到要害和点子上了！一家家媒体的"社论"和"社评"文章也取得了共识：人才流动势在必行，搞活经济、发展经济是根本。

然而，改革初期的每一步路，其实都不易。舆论归舆论、政策归政策，上海钢琴厂的4名技术员"出走洛舍"的"合法性"刚刚平息，马上又冒出一个新问题，而且这个问题完全不是一句话两句话所能解决得了的，因为连中央组织部都头一回碰到：4名技术人员中有一名是中共党员，他的组织关系仅靠一封辞职信是解决不了的。原单位说了，你要走我们拦不住，但我们只能将你以开除党籍论处！

"我犯啥错误了，你们要这样对待我？"那名党员技术员不干了，回头找洛舍人说："我到你们这儿来已经下决心了。可他们要开除我党籍，这事我不好办了！"

折腾半天眼看好事要圆满了，竟然冒出这么个难题，让王惠林他们一帮洛舍人急得要跳起来了。"快！马上向县里汇报！"

县委接到洛舍的报告，立即召开了专门会议，专题研究到洛舍工作的那位党员技术员的党籍问题。经过一番慎重研究和讨论，最后提出建议：由洛舍镇党委重新考察这位技术人员在支持乡镇建钢琴厂过程中的表现，然后报请县委组织部门审查处理意见。洛舍镇党委迅速派员，认真考察了那位技术员的表现，结果认为，该技术员完全符合《党章》中的党员条件，提出立即给予恢复党籍的决定。

一起流动人才的"组织问题"就这样化险为夷。

"想想当时的事体，真的是一波未平又起一波呵！真有点惊心动魄……"王惠林老先生感慨地回忆道。

1985年1月，由中国农民开办的第一家钢琴厂——湖州钢琴厂便正式诞生了。这家号称"钢琴厂"的厂址，也实实在在地建在了四处皆是鸡鸭狗叫、河塘连稻田的东衡村。这个村庄距洛舍镇有十多里路，而洛舍到德清县城则有三十多里路。至今这个距离与当年相比只是泥土路与柏油路的区别，路程未变，所以当我几次去采访"钢琴之乡"时，所见道路两旁仍然是一片片丰腴的庄稼地和四处鸡鸣鸭欢狗守门的农村风貌，令人愉悦的是自远处快接近洛舍时便可听见悠扬的琴声了……

如此高雅的"洋乐器"，竟然"丛生"在如此的一片广阔田野里，如果意大利人克利斯托弗里这位在皇室里发明第一台钢琴者，知道中国的洛舍小镇农民在如此的大地上也制造出了钢琴，且几年后成为全世界最大、最好的钢琴制造基地后，不知会发出怎样的感慨？

回首当年，洛舍农民也确实够大胆的，他们为了留住钢琴技术人员，竟然痛下血本：每个人的工资比在国营厂翻4倍，还外加一万元生活补贴，这在当时算是一步奔向了"万元户"。

钱可以"缠"住人的心，但在田野上制造出精致的"乐器之王"，王惠林他们前期所面临的困难，简直是比几个莫干山还要高的险峰。因为尽管他们已聘请了专业技术人员，但真要在庄稼地里制造出一台能弹奏出优美乐曲的钢琴，绝对不是靠吹牛就能成得了的事。

怎么办？学！学到弄懂为止。就是学死了，也要给我学！王惠林说了："就是攀天去，也都给我上！"

那就学呗。于是，所有准备进钢琴厂的农民工，包括木匠出身、已经当了钢琴厂厂长的王惠林在内，都像模像样地坐在小凳子上听技术员们讲钢琴、钢琴构造、制造钢琴所需木材的种类和成料前的数道预备工序，听后便都傻眼了……

"天哪！这比娘们儿绣花还要细、还要难几十倍呀！"

"可不，就是让娘们儿来也不行呀！这活儿太细腻了，我们种地人可搞不成这个……不行不行，我还是捕鱼去吧！"

"我也走了。我看还是去山上爆破几车石头保险多了！"

……

还未正经干起来，已经"吓"跑了一批人。

留下来的那些农民们也"愁到了断心肠"：就跟做衣服的机器差不多大小的一台钢琴，怎么会有上万个零件？那调音必须要懂的"五线谱"更让连"ＡＢＣＤ"都不懂的庄稼汉们陷入了崩溃状态……

"厂长，你就饶了我们的小命吧！"

"厂长，是不是我们做错了生意呀？"

"厂长,是不是我们上了上海人当啊?"

"厂长,我看哪,我们是打碎的鸡蛋掉进了烂泥地,怕是捡不起来了哟……"

原本准备跟着王惠林"发大财"的那些农民们伸出双手,在他面前左一个"厂长"、右一个"厂长"地说着晦气的话,气得王惠林大骂:"你们能不能闭上臭嘴?"

末后,王惠林也伸出自己的一双干巴巴、黑乎乎的手,愣了半天神。然后他走到上海师傅面前,瓮声瓮气地问了一声:"你们帮我看看,我这双手跟钢琴投不投缘?你们要实话实说……"

上海师傅们笑了,回答他:"咋不行?投缘投缘,不投入进去,缘就不会有!"

王惠林笑了,说:"那我信你们。"

厂长王惠林这一"信",就成了一种无形的巨大动力。

为办厂已经拼到了三更五鼓的王惠林,现在开始加班加点苦学钢琴知识和五线谱……那双干了几十年农活的双手,竟然灵巧起来;那口毛竹般的粗嗓门,竟然也哼唱起来……突然有一天,大家上班时,看见王惠林亲自在厂里的一台样板钢琴上弹奏出了优美动听的《东方红》乐曲——

> 东方红,太阳升
> 中国出了个毛泽东
> ……

"哎哟,王厂长你啥辰光学的这本事呀?"村里的农民工友们惊得连连称奇。原来木匠也能弹钢琴呀!原来绣花之手也可以拨动琴弦的!受到激励后的农民们一下子充满了信心,这好日子真的有盼头了!

于是,一群庄稼人的一场看似荒诞的梦想便正式在田野上拨响了第一声奏鸣:农民们寻找到了技术员认为可以用作琴键的木料后,像呵护新生婴儿一样精心细致地"照料";数十位青年小伙子几乎是夜以继日,不久便将第一批琴键小心切块成形——琴键上凝结了他们的滴滴心血……

不是说有一万多个部件吗?我们就用一万多颗火热的心将它们刨磨而成;不是说有 220 根琴弦吗?那么我们就用 220 双手将根根弦丝日夜精心抚准;不是说有 88 个音键吗?那么我们就用 88 个黎明伴着鸟儿啼鸣来逐一调音;不是说十二平均律可以呼出变化无穷的和声韵律吗?那么我们就年复一年以十二个月份挥洒出的汗珠串

连成天籁的音符来伴唱，直到天地合一、刚柔交融。

　　一个看似遥不可及的梦想，一场看似没有季节的劳作，一次看似无须耕种的收割，让庄稼人明白了"高雅音乐""美妙旋律"源于不懈的学习、执着的追求和全身心的领悟……

　　一切都在改变，一切都在改变中走近梦想。

　　庄稼汉的手指变得柔软起来了，小木匠的目光更加睿智了，"憋葫芦"吟出了悦耳的叮咚声……田野不再寂寥，草木有了情调，溪流涓涓起舞。昔日偏僻寂静的洛舍东衡村，如今连每日消退的晚霞似乎都有些留恋此地了。

　　终于有一天，第一台由农民自己制造出的钢琴弹奏出了轻如抽丝、重如雷鸣的声音，那一曲用倾注着工人们全部心血的钢琴演奏出的《黄河》，使东衡村甚至整个洛舍镇的万户农家人都热血沸腾了。镇上的一位音乐老师还用新钢琴弹奏了一曲《春江花月夜》，悠扬缠绵的琴声，更是把庄稼人的心都迷醉了：琴键上发出来的声音比吃年夜饭还令人心里美滋滋呀！

　　"给我们的钢琴起个名字吧！"乡亲们围着厂长王惠林。

　　王惠林低头沉思起来……当他抬起头时，两眼已含满泪花："古有伯牙绝弦的传说，是因为他遇上了知音子期。而今我们庄稼人能造钢琴，是因为我们也遇见了4位贵人……"说着，王惠林动情地走到何水潮等4位从上海聘来的钢琴技术员面前，与他们一一握手相拥。然后他转身对着众乡亲动情地说："就叫'伯牙牌'吧！"

　　就这样，由洛舍东衡村农民们自己制造的第一台"伯牙牌"131-A型立式钢琴正式诞生了。后来南京艺术学院和上海音乐学院的专业老师们相继试奏后也大为称赞，并且这台钢琴一举通过了浙江省科学技术委员会的品质鉴定。

　　高山流水水似韵，田野风歌歌似雅。王惠林与上海来的4名技术人员弹奏的第一首"田野钢琴曲"，把整个洛舍镇的农民们从以前开山挖矿赚钱的梦中惊醒——原来"无中"也能"生有"，不靠破坏环境照样赚钱呀！王惠林用自己的心血和智慧凝聚出的这一"德清发明"，后来影响了德清几十年的改革心态。德清人就是发扬了王惠林这帮农民在田野里搞出钢琴的"无中生有"经验，一步步攀登上了中国改革大县的高峰。这一历程改变了德清，也推进和影响了中国……

　　我们现在再来回顾一下当年"田野钢琴曲"成功"奏响"之后的情形吧——

　　话说王惠林他们把第一台钢琴搞成功之后，愿意到钢琴厂学技术的乡亲们络绎不绝。1986年，琴厂一下子又新招了200余人。人多真的力量大呵！到1988年时，王惠林的钢琴厂已经能够生产 500 台钢琴了。

500 台呵，排在一起是个何等壮观的场面！而且是农民搞出来的。假如当初有像今天的"抖音"一类新媒体的话，那王惠林恐怕一夜名震全球了！即使当时的社会条件并非如此，然而浙江的农民造出钢琴一事依然震动了业界。

农民造出的钢琴到底行不行？著名相声演员姜昆听说了德清洛舍的"新鲜事儿"，便带头过来"吃螃蟹"，结果一番实地考察和请专业钢琴师连试数台"农民造的钢琴"后，这位相声界的艺术大师佩服得直伸大拇指：了不得！洛舍农民兄弟造的钢琴不仅价格便宜，音色质量同样"顶呱呱"！

"洛舍钢琴，中国一流！"农民造的"伯牙牌"钢琴从此一鸣惊人，并迅速跻身于中国五大钢琴厂之一（另四家皆为国有企业），而且无须凭票供应。

有人购买，就有人制造。有人热买，就有人大张旗鼓地制造……洛舍农民造钢琴的情形可谓红红火火，同时洛舍也有了中国"钢琴之乡"的美誉。

王惠林等人办钢琴厂的壮举和成功，让德清在 20 世纪 80 年代中期的中国，名声巨震！这是因为，纵观世界的钢琴发展史，它是紧随一个国家和一个民族的社会发展而发展的。当欧洲文明走向工业化时，欧洲成为钢琴制造业的中心；当现代化文明汹涌而至时，美国便成了第一大钢琴制造国。改革开放后的中国，人民的生活水平和教育水平随之迅速提高，钢琴需求量火箭式地飞升。传统的手工作坊型的钢琴制造业，在洛舍的田野上如春风吹拂麦浪，形成一浪更比一浪欢的态势。此时，又恰逢乡镇企业改制的热潮，"湖州钢琴厂"借势分解发展成了五六家新厂；原先在该厂的 200 多名技术人员又纷纷重组成新团队，一个团队便能创办一家新的钢琴厂……一时间，洛舍的钢琴厂如雨后春笋般地建立，仅东衡村就有三四十家钢琴制造厂，正可谓：条条田埂置木忙，户户钢琴放声唱。

然而，洛舍毕竟是个不生产木材的地方，而造一台钢琴所用的木材约超过 6 立方米，如此迅速发展的钢琴制造业需要大量优质的木材，怎么办？木匠出身的王惠林又想出一招：办木材加工厂，既满足日益增多的家装业，又可缓解钢琴制造用料紧缺，一举两得。

于是，一家钢琴厂有了木材加工厂，钢琴制造就如虎添翼，另一家钢琴厂便紧随其后……谁也不曾想到，转眼几年过去，不产一根木头的洛舍竟然成了远近闻名的木业加工基地，成为造福当地百姓的第一大产业。

无心插柳柳成荫。木业加工又推动了贸易的兴起，使洛舍钢琴制造业有了取之

乐韵钢琴音乐厅

不竭的"源流",而且因为材料和劳力皆实现了"就地取材",洛舍的钢琴制造成本远低于另几家国有钢琴厂。如此又是几年风云变幻,洛舍钢琴的产量跃居全国钢琴生产数量之"最",遥居领先地位。

洛舍的"琴声"已经响彻中华大地,传扬至五湖四海……

2007年,中央电视台国际频道播出了介绍洛舍钢琴之路的专题片《乡琴》,随即有美国15所主流大学的21位教授来到德清考察。

"他们是农民?他们生产出了这么高贵的钢琴?!"当这些远涉重洋而来的音乐专家们眨着眼睛,目睹中国田野上飘荡着如此壮观和悠扬的钢琴旋律时,连连赞叹:"不可思议!"

美国教授们的"洛舍之行",后来作为教学案例被编入MBA通用教材,让全世界无数音乐爱好者心中升起了一个梦想:到中国乡村去看一眼"乐器之王"的田野诗篇。

2010年,在举世瞩目的上海"世博会"上,著名盲人钢琴演奏家孙岩就用洛舍钢琴为各国观众演奏了一曲《致爱丽丝》,那时而如清澈流水、时而又激昂飞扬的生命之歌,再一次见证了世界一流艺术家与世界一流钢琴的珠联璧合。

2011年，土生土长的农民调律师高月明一手调定的"拉奥特"钢琴，被送到了中国音乐殿堂——中央芭蕾舞团的专业钢琴演奏家那儿验收，结果，该团的钢琴演奏家竟然对挟着田野之风的洛舍钢琴爱不释手，并且把它作为特别演出用琴。如此这般从"丑小鸭"一跃成"白天鹅"的故事，迅速在神州大地上处处演绎。

此曲只应天上有，人间难得几回闻。优美的丝丝琴声，拨动了庄稼人创业、创新的心弦。热浪滚滚的产业大潮，使曾经以"开矿致富"的洛舍乡村，渐渐形成了"我要造琴""我要学琴"的风尚。

我们前面提到的章顺龙，如今是洛舍镇党委委员、东衡村党委书记。现在他把王惠林创造的"田野钢琴曲"谱写成了一首首"金曲"，因为他比老一代更有文化，目光更高远。从小爱写诗的章顺龙，对钢琴更加如痴如醉。他从王惠林等老一代造琴人手中接过接力棒后，把目光投向了远方的海与天……

章顺龙的第一步，是用十年时间，打造了第一家乡村钢琴航母——浙江乐韵钢琴有限公司。之后，章顺龙说："企业大，并不说明问题。钢琴是艺术品，只论'每一台'。"为了让自己公司制造的每一台钢琴达到国际水平，"乐韵"

乐韵钢琴展厅

以年薪人民币50万元的代价，请来世界著名的韩国调音师。为了让自己的钢琴走向世界，"乐韵"开始每年举办"钢琴音乐节"，建造自己的乡村音乐厅，请来刘诗昆、郎朗和理查德·克莱德曼等国际级钢琴大师当场试琴和演奏……而这仅仅只是章顺龙的"钢琴交响曲"的一段"抒情曲"。

当"拉奥特"品牌被国外钢琴名家确认可以成为名牌时，章顺龙再一次将自己的"钢琴人生豪迈曲"推向了"高音"：他的"乐韵"公司全厂引进日本全数控高科技钢琴生产专用设备和生产线，同时选择世界上最好的木材作为制琴材料。在此基础上，章顺龙的"乐韵"与有百年钢琴制造史的奥地利著名的"克拉维克"结成战略合作伙伴，让名噪全球的"克拉维克"钢琴，落户到了中国乡村——洛舍东衡。

匠心换金心，琴声吟心声。在章顺龙等一批造琴农民的努力下，洛舍钢琴开始走向国际市场，从十年前开始一直居全国出口领先地位至今。

章顺龙的"田野钢琴曲"的第二个目标是：让洛舍成为"世界钢琴制造中心"和"钢琴音乐之乡"。

洛舍的钢琴，生长在辽阔的田野上，却飞扬到了世界各地，成为维也纳"金色大厅"的专用琴具——这一目标章顺龙已经做到了。这也令世界乐坛的大佬们感到不可思议：那拨动琴弦的双手，竟是中国田野上那一双双粗糙的耕地之手，然而他们在琴弦上弹出的旋律却激昂而舒缓，仿佛是汗水凝结成的大珠小珠落玉盘；那踩动钢琴脚板的双足，竟是那些常年跟随在犁牛身后的一双双壮实有力的大脚；那插秧的双手所拼组出的88个琴键分明而整齐，仿佛就是列队待命的钢铁队伍；那一台台输往远方的钢琴，带着沾满泥土芬芳的一串串音符，仿佛是重新获得尊严的庄稼人的身影……现今洛舍的钢琴产量，年产可达5万台，如此一个人口不足2万的小镇，竟稳稳地将"音乐之王"的荣誉搂于怀抱之中。而这些由中国农民制造出来的，"克拉维克""瓦格纳""拉奥特"等一批著名品牌钢琴，也早已把国际音乐舞台占领。中国德清的田野上所演奏的"田野钢琴曲"，以其绝妙的旋律、优美的音色和无可替代的影响力，一路铿锵走来，为我们弹奏出一部伟大时代的绝伦交响曲！

如今，这座藏于浙北的洛舍小镇更加让人感觉温馨优美了，那流经东村西寨的东苕溪也因为晨起暮落时不息的琴声而被称为"东方的小莱茵河"。悠扬的琴声也不再仅飘扬于东衡村的田头宅边，而是整个洛舍的村村寨寨、街头巷尾。在洛舍你随处可见老人、孩子、婆媳、学生和远方的宾客在一起弹琴论。他们的生活仿佛是一首首永远弹不完的"幸福钢琴曲"……

"对我们洛舍人来讲，这些依然还只是琴声的开始，最美的乐音还在后面。"满身诗人气质的章顺龙如今不仅是年制造5000台钢琴的企业大老板、洛舍钢琴发源地东衡村的现任党委书记，更是一个想把自己的家乡建设成世界音乐之乡的梦想家。

能不能实现，你只要去东衡村看一看就会得出结论。

而在第三次到东衡村后所看到的一切，让我自然是相信的。一是章顺龙已经带领乡亲们将村里闲置废弃的近2000亩面积的矿坑填成平整地，在上面建成了一个现代化的钢琴制造园区；二是在村中央建起了长长的集文化旅游、音乐和文艺创作为一体的"文化音乐一条街"……然而，让我最有感触的是，如今这里的百姓们住的是青瓦瓷墙的别墅楼房，吸的是沁人心脾的清新空气，闻的是花谷果木的飘香，听的是行云流水般的琴声……

出东衡村，至洛舍镇，我们还会有更多的发现：这里的许多家庭，男的是造琴者，女的是弹琴者，孩子是学琴者，老人则是"曼妙之音"的抚琴者……呵，身在如此美妙的乡村钢琴水墨画之中，你能不醉吗？

在洛舍，我真的醉了。

在德清，让人醉的田野不只有洛舍，在田野上弹奏出美妙旋律的也不只有王惠林、章顺龙他们的东衡村。洛舍砂村村是东衡村的邻村，20世纪八九十年代时以开矿多而远近闻名，曾经被戏称为"亚洲最大的露天石矿"。然而，砂村村最终还是没有富起来，反而因环境污染严重和经济落后而成了全县闻名的"拖后腿"的村庄。

"东衡能靠造钢琴弹出新农村的美妙乐音，我们砂村就永远靠'吃沙'填腹饱肚？"

"再那么干，老天也会给我们奏哀乐了！向东衡村学习，让田野奏出幸福乐章！"

砂村人终于被东衡村美妙的钢琴曲"奏"醒了！

2013年，他们抓住机会，关矿填土，平整出"万亩绿色大平台"，并且将这一平台的招商引资目标集中到绿色装备产业上，结果一举成功。

"像国内著名的'中车''益智电''雷神'等国有大型企业都已入驻我们的绿色大平台。"砂村村党总支书记沈利强兴奋地向我们介绍说，"以前开矿的时候，虽然说也比较富裕，村集体也就每年五六百万元的收入，现在我们已经翻了一番了，到2019年底，我们的村集体收入已经达到了1060万元。全村近千名原来外出打工的青年现在都回到了自己的家乡，开始演奏属于自己的美好人生乐曲……"

东衡村制造钢琴所演奏的是"无中生有"的美妙的田野钢琴曲，砂村村填矿坑、建绿色大平台，演奏的是"后来居上"的田野新乐章，它们皆体现了德清人的突破旧陈规的创造、创新的自觉意识，更是德清县委、县政府在治理社会过程中，充分发现和发掘、积极扶植与支持的结果。而这种治理经验告诉我们：尊重和顺应民心，秉持人民至上的理念，是执政者的最大德行，是治理社会的第一要则。有了这样的执政理念，人民群众的创造性和积极性将是奔涌不息的，并将成为社会发展和历史前进的动力。有了这样的执政德行，田野上奏出的乐音，会更加动听与美妙！

十六 "好山好水"前后是好人

一方好山好水，其实都是有原因的。自然部分是上苍恩赐的，然而上苍恩赐的部分并不能真正成就符合人审美与享受的那种"好山好水"。比如喜马拉雅山，它奇雄无比，水清而澈，雪洁如银，然而还不能称之为"好山好水"，因为一般的人去了无法生存，所以只能称其为奇山奇水。通常人们心目中的"好山好水"，就一直是像理解和感受"天堂"一般的那种惬意和诗意式的人间美域。毫无疑问，像莫干山、下渚湖这样的地方，便是古今中外所追求的"好山好水"。然而在我们这个星球上，在我们祖国的大地上，其实自然条件比德清更好的也不是没有，但为什么那些地方没有让人叫出是"好山好水"之地，这是值得深思的。笔者认为，必定有一个重要原因没有"好"起来，那就是人，人的因素和人的素质没有真正地成为"好"……由此，我答出这样一句话：好山好水的前与后，一定还有好人！没有"好人"的山再雄奇，没有"好人"的水再清澈，也不可能有真正意义上的好。

在阅历德清自改革开放以来的"成绩账本"，尤其是近20余年的快速发展与社会全面进步的"功绩簿"之后，我一直在寻找它的内在原因到底是什么。这是需要深刻追寻的一个问题，在一定程度上也是在向全世界回答"中国为什么能？""中国共产党为什么受自己的人民拥戴？"这样的世界性问题。

德清为什么能？为什么是德清？

我会这样回答：首先，因为德清本身地处"天堂"之"中央"，"好山好水"必会受特别重视。其次，德清历任领导致力于改革，努力推动社会发展和进步，从不懈怠，从不马虎，从不含糊，从不以牺牲人民利益为代价换取发展。同样，历任德清领导从不以牺牲好山好水为代价求取政绩与功名。他们将大自然和祖先留下的每一水、每一峰、每一块石头、每一片土壤，都奉为至宝……

然而，我觉得每每越深入和贴近德清，我越会感受到来自德清大地深处的那些冥冥之中的历史回音，它们更让我敬畏与崇尚，甚至膜拜。

从更久远的历史长河去观察世界，我们会更加欣赏德清式的生存方式和诗意生活，它概括起来为"溪水清澈，官民仁德"。这八个字，是德清的本色与本质、特质与特色，能真正实现这八个字，真的可以称之为东方式的"理想之国"。难道不是吗？难道还有让儒学思想熏陶下的中华民族的子孙更向往和期待的这般生存与生活方式吗？制度当然很重要，但制度的目的又是为了什么？社会主义制度，难道不是更宏阔的这八个字吗？"绿水青山就是金山银山"的生态社会，加执政为民、造福人民的共产党人的治国理念，从某种意义上讲，也是这八个字的更高远、更现实之版本。

一个民族的发展与崛起，一定是与一个民族所积淀的文化和文化基因有着直接关联。而一个地方的风俗与德行的传承，是与这一片土地上的人们的行为与生存理念密切相关的因素。翻开"德清"这部厚史，有两个古人不能不提及，一为孔愉，一为戴继元，因为他们两人与德清的"德"有着"血缘"上的关系。

孔愉并非德清籍人，但他与德清结下不解之缘。他本是绍兴人，是一名儒士，后到德清城的山下做了一名隐士。有一次他在回家的路上，见一个卖龟的农民，忽见那农民竹篮里有只白龟。这是稀有之物！孔愉内心一阵激动：此乃上天有好生之德，何不买下它将其归生？孔愉"放生乌龟"的故事就这样不胫而走，传了一代又一代。传说中的那只白龟，据说是只有灵性之龟，在孔愉将其放归水中后，一直不潜入水中，游了很远的地方仍多次回头顾盼，似乎在寻找和感恩放归之人。果不其然，晋建兴元年（313），隐居多年的孔愉应朝廷之召，最后当上了丞相。后孔愉征战有功，被封为"余不亭侯"。德清古称就叫"余不"，德清这块宝地后来也成为孔愉早年隐居之地的封爵地。有后人一直这样说，这是对他"放龟"的德仁之心的回报。

德清的另一位"德"人叫戴继元，乃一介平民，是清溪边上一家米店的伙计，过着平平常常的生活。44岁那年，也就是公元1254年端午节那天，戴继元因为做了一件"德"行之事，从此被后人传颂载史：那天大家都在参加为纪念屈原而举行的龙舟比赛，结果有一条龙舟翻了，20多个人全部落水，会游水的人上了岸，不会游的人在湍急的水中拼命挣扎……岸头的人很着急，有的惊恐，有的呼叫，但就是没有人敢下水相救。唯有戴继元奋勇跳下河中，一个个相救落水者，当把最后一个落水者推上岸时，戴继元自己则因体力不支，被急流冲走了……戴继元从此成为德清当地的民间英雄，被后人尊为圣贤者，建庙祭祀了一代又一代。他的事迹后来也被朝廷表彰，皇帝封其为"显佑侯""湖州总管""惠安侯"等。

上面这一官一民的美德之举，让德清千百年来以"德"行为至高荣耀和行事做人之标杆，其精神深入一方之地的骨髓——德清因此成为"德——清"，德，清清地流淌……

滋润这块大地和让这块大地始终保持滋润的正是其德之清源，是一批又一批、一代又一代、一个又一个有德者和有仁爱之心的人。

与其说德清是因为山水之好，还不如说德清历朝历代总有辈出的有德之人在此浇灌和滋润了这片美丽的大地，又因为辈出的有德之人而让这块美丽的大地越发美丽圣洁……

当代德清的领导者清楚，他们推行的一次次革命性的改革试点，其本身就是施德行善之举，而每一次施德行善之举本身就是一次推进社会向前迈进的过程。习近平总书记指出，执政为民、以人民为中心，是中国特色社会主义治理的根本与核心。德清今天的成功和能够实现全社会的以新技术为载体的现代化治理社会的实践，正是践行了习近平总书记的科学治理社会的理念和思想。德清无数次、不停步的目标和方向，就是为了这片土地上的人民利益的最大化、人民需求的最优化、人民愿望的最佳化。而德清人民从历史长河与文化源头流淌出的德之美与美之德，也一直在潜移默化地推动和影响着当今时代的改革风云，并且为以互联网、大数据为代表的"大脑"运营注入了源源不断的力量与底气……

每一次来到德清，来到莫干山的峭岩前，驻足于下渚湖防风氏的遗寺中，我的耳畔，总能隐隐听到一对母子的对话——

母泣：儿郎，科举与寒窗虽重要，还须自知冷暖与饥饱呵。

儿涕：慈母手中线，游子身上衣。临行密密缝，意恐迟迟归。谁言寸草心，报得三春晖。

如此千古不朽的《游子吟》和母子牵思图，折射和映照的正是德清人的仁爱与报恩之心的德行源流。也正是这股不竭的仁爱与德行之源流，才有了德清人本质与本性上的善良与道德至上的品质。

一般外人来到德清，看到的都是最美丽的山与水，这些山景与水域会让人感受"世外桃源"的诗意生活；在德清现在能看到的另一面就是以数字化、互联网为载体运营的最超前的现代化生活方式——百姓的生活、政府机构的办事方式以及城乡之间的交通与联结，皆在轻轻松松、有序有规又有速度和热度的"线上"……

那么德清现在的人还做什么？还能做什么？

走，去看看——

县委、县政府大楼里的官员告诉我：他们现在更忙、压力更大……怪了：已经做得那么多、又做得那么好，为什么还会更忙、压力更大？

官员们回答："大脑"飞速运转下的德清，每一个环节和细节都不再是那种"可有可无"的状态了，它们都将可能影响到整个大局的运营，成为阻塞四通八达之路的"门坎"或"塞头"，所以我们每个人的工作，必须以更高的要求、更好的标准、更快的速度、更佳的效果来衡量与实现。

呵，原来如此。

我跑到乡下与街道的百姓交谈，听他们怎么说……

他们告诉我：过去说德清，有些与己无关的感觉。现在不行，你是德清人，你就得按德清的"标准"、德清的"样本"行事；你可以做一百件好事、想一百个好点子，但你不可以做一件坏事、出一个坏点子，因为你影响的不再是一个人、一个家庭、一个村子，而是一片村庄、一片山水、一个城市、一个县域……你做好了事，"大脑"储存的是叠加的"金山银山"；你没有做或做错了一件事，"大脑"将迅速和无情地将你和德清的"负面"连在一起——这个时候，你就是德清的罪人，你拖的是整个德清的后腿。因为好事的叠加在"大脑"里是一个永不回眸的向前和发展的趋势；而你做错了一件事、污染了一块水，"大脑"的"清零"过程则是一种洗刷屈辱的倒退状态。前进一步与后退一步之间的距离不是"一步"，而是"三步"。

瞧，这就是德清人，是非价值观一清二楚的人。

"县因溪而尚其清，溪亦因人而增其美……"到德清，这句千古传下的话，时时被人吟诵，处处被人反复品读。而我也每每在吟诵这句话时，脑海中总会浮起一片极少有人去的野山丛林和一群仿佛常被遗忘的人群，而在那片不易被惊醒的野山丛林中的那一群人中，竟然藏着一些容貌怪异的人和一个绝美无比的人。见到这些人后，我也认定德清之所以是"德清"，或许就是因为几十年来他们和她和谐共处、美美相融、美美与共，这才是对"德清"二字最好的诠释……

无法想象的现实：第一次是在德清"好人馆"的墙上见到她的，见了她就再也忘不了她——开始以为她只是德清人为了让自己更具"德清"魅力，才找到了这位恰似当年西施的当代佳人来"充充面子"的，哪知德清人严肃认真、一本正经地告诉我：

我们的阿美儿可是真的人如其画哟！

这么美的人去伺候那么丑的一群人，不会是假典型吧？！估计不止我一个人不太相信此类事，所有来德清看"好人馆"的外地人或许都会这么问、这么疑惑。

德清给出的回答是：绝对的真人真事。人家阿美儿是中共十九大代表呢！

一听这个，我（大家）才会惊呆地点点头：信了。然后都会感叹一声：此人太不简单！太伟大！

不见这样的美人，不见这样普通百姓中的伟大人物，就等于少"游"了半个德清！我怀着这样的心境和愿望，决意"冒险"去见她——德清人都称她"阿美儿"。

见美人还要"冒险"吗？当然，因为阿美儿工作的地方是麻风病区。

现在的年轻人好像连麻风病都很少听说了，更不用说见过什么麻风病。而我们小时候对麻风病的认识，恐怕不比现在的"新冠"病毒弱。可以说，当年我们一听"麻风病"，就会吓出尿来……

带着半个多世纪之前的童年的这种恐怖记忆，我在2020年春天里那场新冠疫情稍稍稳定后的某一天，从上海来到了位于德清中部的一个叫"上柏"的幽静山区，这里就是那个已有近70年历史的"麻风村"——它的正式名字叫"浙江武康疗养院"。第一印象是此处曲径通幽、山青水绿，据传蒋介石的第一位夫人毛氏在此安身修养过，两座古刹更让这片神秘的山林显得格外有深厚的历史感与人文风情。

不过，越是如此，越觉得幽道深处的神秘，一丝丝越加紧张的情绪涌至像我这样第一次到"麻风村"的陌生访问者的心头……

"不用紧张，现在已经不是几十年前了，绝对安全！"德清朋友这么宽慰，于是我也就放下了心。

老实说，我内心还因为要见一位德清美人的期待，而使恐惧感也减去不少。

"到了！"德清不大，到上柏村的"麻风村"的车程也是转眼间的工夫。

在一片竹林和松柏树荫间，我们的车直驰进两道门卫后，进了一个很大的傍山而建的大院子，各种看上去20世纪六七十年代盖的平房有十几栋，很幽静，很雅致，风景更不用说，绝对适宜疗养。下车便见一棵已有420年树龄的大樟树。此树遮天蔽日，宛如大院的"定海神针"，为这座国内现存极少的"麻风治疗医院"支撑着近70年的风雨历程……

"1951年建院时，就是因为当时的专家们看中了这里环境好，又离附近的城镇和村庄较远……没有公路和汽车时，进一趟这里至少也要花几个小时、几十分钟。"

被人称为"村长"的喻永祥向我介绍。

是呵,德清的每一块地、每一片林、每一座山,真的是毓秀至极!顺着台阶而上,站在距大樟树百来米的古刹报恩寺遗址前,环视一周后,再在丛林青竹里,深深地呼吸几口……我不由如此感慨。

"是啊,这也只有我们中国才会给我们的疗养员们这么好的地方治病、疗养和生活……""村长"喻永祥能发这样的感慨,使我更加坚信德清"麻风村"的水平不仅在国内领先,即使与先进发达国家相比,也毫不逊色。

"太让人欣慰了!"我由衷为德清能提供如此优美上佳的环境和一大片土地给那些生活在这个世界上颇为孤独的特殊人群而感到高兴。

从"喻村长"嘴里,我很快了解到这个"麻风村"上的基本情况:建村几十年来,收受的病人(现在统一都称"疗养员"),大多数是20世纪六七十年代的,近一二十年已经基本没有此类的患者。"一直以来保持着80多名人员,年岁大了的过90岁,去年去世了。其余多数在此生活了几十年,最长的达50多年。他们不少人能自食其力,你看,这片庄稼地就是他们种的……""喻村长"指指近处的一片蔬菜地说。

我看到了一座小时候见过的"大食堂"。

"那是以前大家集体用的食堂。现在都已经是分餐和单开'小灶'了,而且由我们的服务员根据各位疗养员的口味、习性和年龄进行配制……组成家庭的疗养员就可以自己动手做饭炒菜了!"

"什么?他们还有结婚的?"我有些惊讶,因为听说麻风病患者通常有严重的血液传染病,这怎么能结婚与共同生活呢?

"喻村长"笑了,说:"现在我们这儿的病人基本上病情都稳定了,尤其是现在医疗科学技术也高明许多,所以除了个别疗养员,一般的都跟正常人生活没太大的差距。我们这儿就是有几对结婚的。"

"能生孩子吗?"听后我又问。

"这个不能。""喻村长"这回摇头了。

从报恩寺遗址下来,是台阶两旁的一排小平房,共4间,是一个"麻风史馆",虽小,但内容丰富,尤其对我们这些对麻风知识和历史了解甚少的人来说,每一幅照片、每一行解释词,都闻所未闻,撼人心魄……最意想不到的有三个人和几样物品:

第一位人物是梅藤更先生。

"哎呀,就是他呀!"突然我看到墙上有一张照片,一位西装革履、戴着礼帽的

"洋人"与一个四五岁的中国小男孩，面对面地鞠躬行礼，其情景极其可爱有趣。这张照片上的雕塑像，我印象特别深，在德清莫干山镇那块热闹非凡的文化广场上就有这样一尊雕塑，虽然雕塑的现场有解释牌，但只记得那一老一少、一洋一中的雕塑十分可爱有趣，很容易把人物身份给忘了。

原来梅藤更先生是到中国治疗麻风病的外国传教士和医生，而且开创了中国治疗麻风病的先河，功绩巨大。梅藤更先生在杭州开创了重点治疗麻风病的"广济医院"（现浙医二院前身），并且在这座医院出任院长长达45年之久，从1881年开始至1926年离开中国，梅藤更先生不知为多少中国麻风病患者治疗过，年逾70时，梅藤更先生回英国前，他所开创的广济医院已经有病床500张，手术室3个，住院病患4000人左右，为当时中国最大的教会医院之一。

"我知道中国是有前途的，后一代的青年更是了不起！"梅藤更先生临别中国时感叹道。这话让我深深地对这位献身于中国麻风病治疗的英国绅士感佩不已。

第二位也是一位外国人，但中国人都熟悉他，他也有一个很纯正的中国名字：马海德。后来马海德加入了中国国籍，所以确切地说，马海德是中国人。2009年，中华人民共和国成立60周年时，马海德先生被推荐为100位"感动中国人物"之一。

马海德出身于美国一个工人家庭。23岁医学博士毕业后，他抱着对古老而神秘的中国的好奇，与几位同学一起来到了中国，落脚于上海，这一年应该是1933年，当时的上海被称为"冒险家的乐园"。其实，此时中国国内的政治斗争和即将爆发的日本侵略中国的战争阴云密布，即使是上海的外国人，也有很多危险，但不乏进步的知识分子前来。马海德就在这个时候结识了美国著名女作家艾格美丝·史沫特莱、新西兰人路易·艾黎。他们后来成了马海德走上红色革命道路的引路人。

中华人民共和国成立后，马海德了解到中国麻风病严重，而且病人惧怕治疗，离群索居，普通人则惧怕麻风病人，十分歧视他们，于是马海德用自己的亲身行动去接近麻风病人，帮助他们积极治疗，重新树立起生活的信心和能力。同时他又以身作则地带领医务人员在各地建立麻风病治疗的专门医院，用了不到20年的时间，使全国麻风病患者从1949年时的40余万人，降至7万人。最重要的是，在马海德先生的领导和推动下，国家建立了治疗麻风病的医疗体系，给予了患者生活和就业上应有的待遇及人格上的尊重与尊严。马海德因此也成为新中国麻风病治疗的开拓者和奠基者。

马海德也是一位中国红色革命史上的传奇人物。他在延安时加入了中国共产党，新中国成立时的 1949 年 10 月 1 日，在天安门城楼上的开国大典上，他是唯一登上天安门城楼的具有外国血统的中国公民。

"是的，能够为这样伟大的人民，这样伟大的理想而献身，的确是值得羡慕的，因为只有为人民服务的道路才是充满阳光的大道。"马海德先生生前留下的这句话同样令人感佩。

第三个人是中国人，而且是德清"武康疗养院"——上柏"麻风村"的一名女护士。她叫楼月琴。

1977 年，当了 6 年煤矿工的楼月琴走进了神秘而颇为让人恐惧的德清武康"麻风村"。楼月琴第一次见到的一位病人，眼睛是瞎的，鼻子只剩下两个空洞，一双手已经被病菌吸收，只留下两根光秃秃的手腕，双腿已经截肢……

"欢迎你，楼护士。"病人的一声问候，既把楼月琴惊得连退了五六步，又让她内心掀起巨澜：原来他们也有正常人的情感呀！

他们也是人，他们有权像正常人一样活着……楼月琴从此立下誓言：只要在岗工作一天，就要与患者们为友一天，帮助他们好好生活每一天。由此，她也成了患者们爱称的"提灯女神"——那个时候孤寂的麻风村院内经常停电，为了查房和照顾病人，楼月琴经常深夜提着盏油灯，走到一个个失去正常肢体能力的患者床头，帮助他们擦身子、端饭、搬尿盆……

"你就是中国的南丁格尔！"楼月琴 30 年如一日，她提着盏"神灯"，点亮了无数麻风病人的生命之路，而人们就是这样称赞她的。

楼月琴因此成为镌刻在德清上柏麻风村的"功勋"墙上的人物，并且一直鼓舞和激励着一批又一批年轻的新医务人员。

我所要见的阿美儿就是楼月琴的接班人。仙女一般美的阿美儿，让提"神灯"的人走向了崇高的圣坛——2009 年，33 岁的阿美儿获得第 42 届"南丁格尔奖"，并受到时任国家主席胡锦涛的颁奖与接见。这一年距"师傅"楼月琴退休已 4 年。

如果说楼月琴是德清上柏"麻风村"第二代的杰出医务工作者，那么阿美儿就是第三代的代表。

阿美儿全名叫"潘美儿"，如果不是听她亲口说，我以为这是美女赶时尚而给自己起的"艺名"什么的。"我父母都是德清本土本乡的农民，没啥文化知识。他们就想生个儿子，所以给我们姐妹俩起的名字里都有一个'儿'，我叫美儿，姐叫芬儿……"潘美儿说。

原来如此。瞧,一个没文化的农民却给自己的美丽女儿起了个充满诗意的浪漫而时尚的名字。按照当地大人对孩子的称呼,潘美儿从小就被乡亲们叫作"阿美儿"。后来阿美儿越长越漂亮,一直到成人、嫁人,到现在,她还是这么有风韵、这么漂亮,故现在不管大人还是小孩,都管潘美儿叫"阿美儿"。就连同事以及麻风病疗养院的病人,也都称她"阿美儿"。

阿美儿现在的身份也是了不得,除了是"南丁格尔奖"获得者外,还是党的十九大代表、德清第一个获得"全国道德模范"称号的先进人物。这些头衔放在一个美女身上,其光环容易刺伤他人,也容易刺伤自己。然而这样的事没有在阿美儿身上发生,为什么?这其实也是我想弄清楚的。

"全国道德模范"潘美儿

那天走访上柏的"麻风村",我就是怀着这一目的,当然确实也想看看德清美儿到底美成什么样。

我的到来,让"喻村长"十分兴奋,亲自领着我参观这、参观那,忙得不亦乐乎。进入采访潘美儿环节时,他在大樟树下朝后面十几米处的行政房喊道:"阿美儿——快出来,大作家要采访你!"

"来啦——"一个甜美的声音婉婉而出,随后一位穿着淡蓝色工作服的女同志向我走来,并自我介绍,"我就是阿美儿……"

握住她的手时,我一面盯着她端详,一面在暗里计算她的年龄:2009年获得"南丁格尔奖"时是33岁,11年过去,阿美儿现在应该是44岁!

"你真年轻……"她不像实际年龄,确切地说看上去像40岁,但她的五官和脸蛋是那种完全不用修饰和化妆的自然美——"确实长得美……"我的一句情不自禁的话,让她脸上绯红起来。

"又让我不好意思了……"她说。

在一间小接待室坐下后,只剩下俩人时,我打趣地问她:"说你长得美对你来说早已不奇怪了，可为长得这么美的你却在麻风病医院工作而可惜的人也一定很多吧？"

她笑着点点头，平静地说："有的，以前还有让我到公司当啥接待的，给的工资也很高……可我从来就没有想到要换工作，也没有想过靠脸蛋长得好看去赚钱，我父母从小就教育我和姐姐要靠好好劳动才有人生，所以谁来说，我都只朝他们笑笑，最后还是踏踏实实地留在这儿，每天跟病人们一起生活……这不，一晃也有25年了！"

她又朝我笑了。她笑的时候很美——我把这个"发现"告诉了她，她依然没有太大反应，依然又平静地淡然一笑，一双忽闪忽闪的大眼睛看着我，等待下一个问题。她越发平静，我胸怀里的小心脏反倒"怦怦"跳……

原来真正的美人儿最美的状态是这种让人怦然心动、心跳加速的平静之美啊！这种平静之美叫你无法有邪念，因为邪念在她面前变得丑陋无比、苍白无力；这种平静之美令你也变得纯洁高尚起来……阿美儿就是这样的美，你欲暴露半点儿侵犯她的意思，你就是无比愚蠢之辈。

如果是这样的美人，加上心地善良纯洁，又勤劳朴实，那你就老老实实当其"奴隶"吧！

其实，给这样的美人儿当"奴隶"没什么丢人的，反而可能是一种幸福。采访潘美儿，听她讲述自己与麻风病人25年的往事，本身就是一种崇高与享受，既听得热泪盈眶，也同时心弦颤动——

什么叫"天使"？在阿美儿身上恐怕是最好的诠释了。美、善良、勤奋与无私都在她身上展现得淋漓尽致。

阿美儿是土生土长的德清人，她的父母也是土生土长的农民，但就生出了一对花一般的女儿，这可能与德清的好山好水有关。反正阿美儿的出生地是有名有姓的德清钟管镇戈亭村，那里没有什么特别，除了山清水秀，看不出有什么"仙"气，而阿美儿就是在1976年出生于这片土地上。有些重男轻女的父母对接连出生的阿芬儿、阿美儿没有什么任何的特别哺养，就是普普通通的农家菜、农家饭，而且稍长大些就派她们帮着干农活。

在德清这片农村土地上自然成长的阿美儿，在宁静和平凡中越长越美，正是因为这种美是在自然与外界不干扰的情形下自然生成的，所以阿美儿的性格和心底一直保持着宁静，连同她的天然美一样，始终保持着宁静之美——阿美儿至今风采与风韵依旧地保持着圣女般的美，皆源于她身上自然萌发的那种不曾改变过的"宁静之美"。

"我家是在德清的东部，水乡。小学在村里读，中学在镇上读，那个时候自己脑子里的理想，就是幼儿园老师、纺织厂女工、商店营业员，根本不敢想去当护士、医生，"阿美儿笑着说出了少女时的秘密，"找对象的最高标准也只求是个'居民户口'的……"说着她咯咯地自嘲起来。

她告诉我，后来她确实找了个吃皇粮的"居民户口"的，是她的同事，在武康疗养院当医生，他们的儿子也已上高中了。

阿美儿后来在初中毕业后，报考了中专护校，完全是因为她看到自己的至亲——十分疼爱她的爷爷患了肺癌而逝的那些痛不欲生的情景。"爷爷临死的那些日子，铸造了我要当名护士的人生理想，所以报考中专时，我毫不犹豫地报了护校……"

1996年从湖州护校毕业之后，到底上哪儿工作，家人有些争议。最后的结果是：就近为好。

这个条件并不难，所以阿美儿便被分配到德清境内的"浙江省皮肤病防治研究所"——外人并不知这就是麻风病医院。"我们全家都不知道这个省直卫生医疗机构是麻风病医院，所以一听说分配在离家乡最近的省直医院，全家人都很支持，我就稀里糊涂到了上柏这个麻风村……"阿美儿回忆道，那个时候从外面到上柏来，没有公路，只有一条土路，从大路上拐进麻风村，需要步行一个来小时。

"可是比起老一辈人，我们已经算幸运多了！他们当年是一手提着枪、一手拎着马灯在这里工作。我进来的时候，基本上通电通水，进出也可以骑自行车了……"阿美儿说，"唯一没有改变的是病人，依然让初来乍到的人十分恐惧。"

第一次进病房的情景，一直印在阿美儿脑海中。那天是师傅加老师的楼月琴护士长带她进的病房。"当时就是一股刺鼻的气味冲到胸口，直恶心。进病房时，是跟在护士长身后的，第一眼看到的一个患者是五官不全的，特别吓人……我有意躲在楼护士长身后，看她怎么与这些患者交流。这个时候，护士长就向几个患者介绍我，说今天来了一位长得特别漂亮的新护士，叫阿美儿。你们看看她是不是很美啊？护士长这么一说，叫我没有想到的是，房间里的每个病人都突然欢腾起来。他们中手脚不便的，就拼命地点头；没有手指的，就用拳头使劲拍着；还有人使劲用自己能够利用的身体部位，拍打着桌子，嘴里却能说出清晰的话，就是那句令我热泪盈眶的话：美！美！病人们还说'谢谢'我来照顾他们。听到这么热情和鼓励我的话，当时

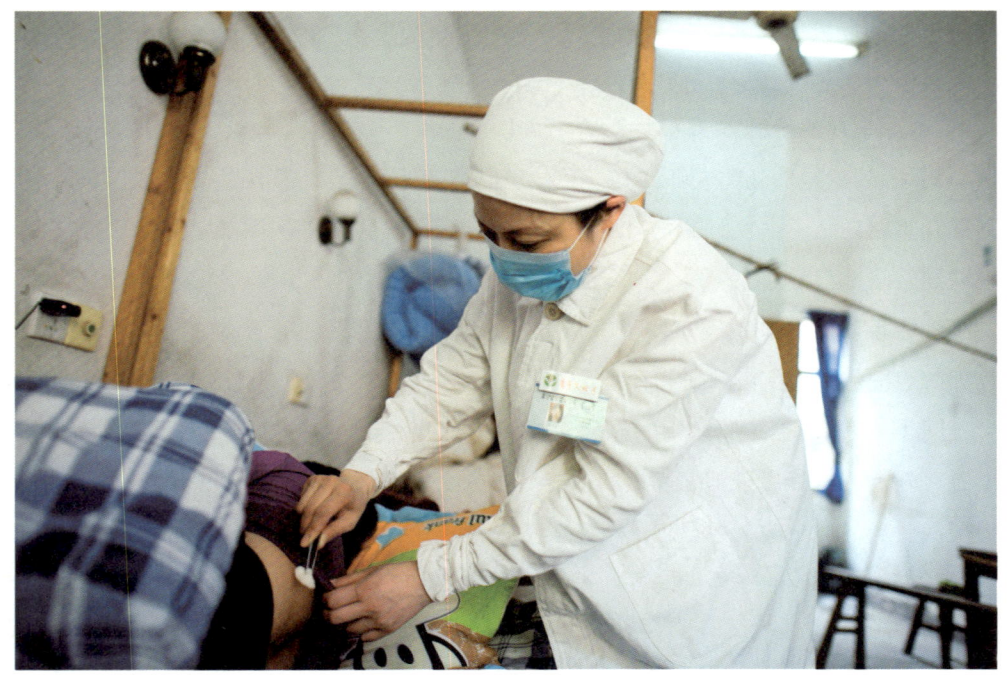

工作中的潘美儿

我就慢慢消除了恐惧感，不再躲在护士长的身后了，一天下来，就能直接站在患者面前了。大家对我也特别热情，一口一个'阿美儿'，好像亲人一样，没有隔阂感……第一个工作月之后回家的日子，父母问我咋样，并说实在不行就换个工作。我说，再看看吧。这么着，一干就干到现在。估计这辈子都会在这里工作了……"阿美儿说完又抿抿嘴，咯咯地笑了。

阿美儿说得简单，其实她在麻风村里所走过的人生历程并不那么容易。

有一次，麻风病疗养员徐阿土过生日，包了饺子，特意邀请潘美儿去吃。潘美儿有点害怕、忐忑。在徐阿土小小的房间里，热腾腾的饺子出锅了。阿土把盘子举到了潘美儿的嘴边。潘美儿至今还记得徐阿土当时的眼神：有些羞涩，但更多的是期待，纯真得像个孩子。潘美儿实在没有勇气拒绝，就把嘴边的一个饺子，几乎没咀嚼就吞了下去。至今，她都不知道那是什么馅儿。看到潘美儿真的吃了饺子，阿土的表情变化了。这表情，让潘美儿终生难忘。徐阿土先是愣愣地看着，接着，突然大哭起来。一个男人，在他50岁生日的那天，咧着嘴大哭，这在旁人看来简直是不可思议的事情。徐阿土说，他过了有生以来最难忘的一次生日。就在这一天，潘美儿深刻地意识到：在阳光没有照到的角落，同样有花开的期盼。

《光明日报》记者写的一篇题为《麻风村里的天使》的文章中有这样一段故事。

我们知道，麻风病是世界上最古老的三大传染病之一，是一种由麻风杆菌引起的慢性接触性传染病。凡被传染上的人，很难能够根治，患者十分痛苦，他们中多数人将失去原本的正常生活，甚至丧失生命。中华人民共和国成立以来，我国的麻风病得到显著控制，到2018年，治愈存活者约20万人。现在我国基本消除了麻风病危害，现在的患者主要是让他们保持有一定质量的生活，或者说是让他们体面地面对残留下的生命时间，这也体现了我们社会主义大家庭的温暖与制度优势。像阿美儿所在的"浙江省武康疗养院"上柏住院部是我国最早的麻风病院之一和全国现存少数的几所麻风病患者康复疗养院之一，其工作任务就是照顾好这里的几十位平均年龄在75岁以上的老患者，让他们也能过上有尊严和有幸福感的晚年。

然而，正常人一旦患上麻风病之后，是十分痛苦的，关怀他们的生命和提高他们的生活质量，则是在这里工作的医务人员最重要的和最根本的任务。可以这样说：在此活着的人，生活极其不易；在此工作的人，他们的工作也是极其不易。

几十年如一日的责任与使命，就是阿美儿及她的前辈和同事们始终如一的职责和工作内容。他们的辛劳与艰难很难用语言表达。兰心蕙质、圣女般的阿美儿能够保持定力，用一颗比外表还要美的心灵去为这样的患者服务，且全心全意、一如既往，所以她也练就成"最美的德清人"——

麻风患者曹小英，全身多处溃烂，每天在床上呻吟，阿美儿为她擦洗全身、清洗伤口、点眼药水。

双目失明的范大娘生理功能严重受损，常常大便不能自控，一拉就拉满衣裤，阿美儿一闻到臭味就赶紧去为她擦身子、换短裤、洗衣服。后来阿美儿便专门为范大娘买了"尿不湿"，大娘开心得直喊"好囡囡！好囡囡"。

张大伯的手是残疾的，鼻子是破的，鼻涕常常顺着嘴巴往下流淌，阿美儿则每天要为他擦鼻涕、换口罩，甚至还要换洗内外衣裤。

麻风患者的眼睫毛多数是倒长的，容易损伤眼角膜，阿美儿每周都要为麻风休养员拔除倒长的睫毛，那几乎是要脸对着脸的活儿，而且她还要一边跟患者说着轻松的话语，一边又得轻手轻脚地帮他们拔睫毛……

多少个黑乎乎的夜晚，患者突然生事遇惊，阿美儿就要提灯披衣，以最快的速度赶到他们身边，帮助解除痛苦与难事。上了岁数的患者排不出尿、翻不了身是常有的事，而阿美儿就像待自己的亲生父母一样地待患者。于是日久天长，阿美儿就成了全体疗养院里几十位疗养员们的"好囡囡"；于是，只要阿美儿出现，整个疗养院就是欢乐的，就能听到一声声此起彼伏的"阿美儿""阿美儿"。时间越久，这"阿美儿"便成为上柏麻风村每天都悠扬响起的一支动听的旋律。

在常人眼里几乎不敢想象的事，而在德清上柏的那个封闭而宁静的麻风村里，一位美貌如花的德清女人，用25年时间，不仅做得如此完美和优美，而且她也带出了一个比她还年轻的护理团队。他们寒来暑往，一代传一代，在美丽而幽静的院落内，以参天的香樟树做证，把最美好的青春和年华，留在了这片独美的山坳里，让一群原本在人间最失爱的人，获得了最丰盛、最精彩、最感人的爱，也让那些原本残缺的、痛不欲生的、无人敢接近的生命，重新获得了欢乐、愉悦、美妙和更长的生命呈现……

阿美儿指着小会议室和行政楼廊里的一面面奖状与锦旗一一介绍道：2015年，她的护士团队被中宣部授予"时代楷模"称号；2017年，又被授予"全国工人先锋号"荣誉称号；2018年，她的团队又获得全国道德模范与身边好人"中国好医生、中国好护士"殊荣；2019年，再获共青团中央颁发的"青年文明号"称号等荣誉。

"阿美儿就像一团熊熊燃烧的爱火，让我们这里充满了温暖、温情与温馨……就像一个处处溢满爱的大家庭。""村长"喻永祥给出了这样一句非常准确的"总结语"。

是的，"好人"会让自己更美，一个"好人"带给人间的是一片美好。阿美儿就是这样一位好人。上柏麻风村内包括喻永祥在内的所有医护工作者，都是德清有名有姓的上榜"好人"。他们的事迹和美德，常在人民中间传颂——

  疗养护士潘美儿，你好！
  你身穿白衣衫，白衣护士好！
  你全心全意，你工作这样好！
  救苦又救难，手艺这样巧。
  救苦又救难，护士工作好
  ……
  疗养院护士长潘美儿，你好！

你身穿白衣衫，白衣护士好！

你有情又有意，名气这样好。

护士拿了国际奖，护士名气好。

啊，护士拿了国际奖，名啊名气高！

离开上柏麻风村时，阿美儿从手机上发来一位92岁麻风患者汤金初在他去世之前用残疾的双手颤颤巍巍地专门为获得"南丁格尔奖"的阿美儿写下的诗句。这诗或许写得不是最美的，但它是一个临将告别这世界的麻风老患者用全部心声呐喊出的绝唱，因而也是最优美、最动听的诗篇……

在德清，像潘美儿这样的"好人"并非一两个，而是几十个、几百个……"也不是，应该说'德清好人'无处不在，处处皆有，是一种社会风尚。"德清干部这样给我补充道。

我很同意这一说法，是因为德清这片土地上确实天然地"生长"好人。在吴语语系中，"好人"一词是百姓对一个品德高尚、无私为他者的评价，它是百姓心目中的"圣人"，虽然语言朴实，然而却蕴含了对一个品格优秀和表现突出者的丰富褒义。能被公众称之为"好人"并不那么容易，所以在德清、在江南吴语地区，被称为"好人"是一个崇高的荣誉。

流传很广、影响巨大的"德清好人奖"，源自民间。它最早是由一个叫"马福建"的人创办的。农民出身的马福建，家住德清县武阳街道太平村。从小受到心地善良、勤劳纯朴的父母教育影响，马福建心地善良。长大后，马福建做起水产生意，靠卖鱼为生。有一年春节，一位老人来到马福建的鱼摊，可是老人站了很长时间，也不停地翻动着各类水产，最后还是摇头叹气地走了。马福建看在眼里，心头有些疑惑，后来了解到，这位老人身边无子女，生活过得拮据，过年想吃条鱼，却无钱买鱼。马福建为这老人的事，心头泛起无限波澜：大家的生活越来越好了，总还有一些困难的人家，我们应该帮帮他们。于是，马福建决定拿出10000元，设个"孝敬父母奖"，每年对村里那些孝敬老人、尊老爱幼的小辈给予奖励。

马福建的这一草根"好人奖"从此就传开了，而且竟然是全国首个这样的民间奖。"此风一长，浩荡而起，德清山水，跃然清新……"一位本地诗人如此长歌。

那以后，德清许多有爱心的人，纷纷效仿马福建，一个又一个知名的和不知名的人都站出来设"好人奖"。虽然有些奖钱不多，可能是几百、几千元，但"好人奖"所产生的影响和风尚，在德清一年更比一年形成不可遏制的好风气，而获得"好人奖"

的人像中了状元一样荣耀。从那时起，出面设各种"好人奖"的人越来越多。比如有企业家看到德清有一批优秀的环卫工人，兢兢业业，常年披星戴月、风雨兼程地为大家服务，于是他出面设环保"好人奖"，每年奖励一批优秀的环保工人；比如有男士十分赞赏那些朴实大方、爱家爱子女的"德清嫂"，就自己拿出几万元钱设了个"好人德清嫂"奖……这些是民间设的奖，政府从来没有干涉，只是一如既往地支持和提倡这种"好人设好人奖"的社会风尚。

在德清公民道德馆，讲解员给我介绍，德清民间设立的"好人奖"，目前有76项，涉及社会方方面面，这些奖中，大的奖励金额达几十万元，小的几百元不等，"但意义却是一样的，都是来自民间，来自群众对某个领域、某一专业和系统里的优秀人士的表彰，而且这样的表彰完全是'民意'的……"那位向我讲解的人，她本身也是义务工作的"好人"。

"好人奖和好人馆，可以说像是一个'精神净化池'，它让所有人感受到的是精神和灵魂上的洗礼，是人们面向崇高和追求美好所共同迈出的一条温暖与温馨的道路。""好人馆"的志愿者介绍说，曾经发生过这样一件事，"一位过去喜欢小偷小摸的无业小青年，后来看了'好人馆'里的'好人'事迹后，发誓要悔过自新、重新做人，于是开始努力学习、勤奋工作，后来也渐渐成了当地一名企业主，而且每年用无名的形式捐助相关'好人奖'。"

"'好人'更好，坏人变好人，人人当好人，这在德清早已是一种全民性的社会风尚。"县委领导很自豪地在我面前几次这样说。

20余年过去了，当年那位首设"好人奖"的马福建，现在是莫干山老年公寓乐园的院长，这也是一个慈善单位。他先后收受了各类高龄、偏瘫、痴呆和流浪乞讨人员1500多人，有500多位老年人在他的乐园里幸福地走完了人生的最后一程，其中有50多位孤寡老人是在他温暖的怀抱中安详地离世的……

"我很幸福，因为我有那么多可亲可爱的父亲与母亲，也有许许多多孩子，他们让我的人生更加丰富和精彩。""全国孝亲敬老之星""浙江省道德模范""湖州市先进共产党员"的他，满脸溢着幸福的光芒如此对我说。

马福建这样的好人，在德清遍地皆是。

"清禾公益"创始人方明便是其中之一。

在县城的一栋四层楼上，方明正在为他的志愿者布置任务和培训新一批入队志愿者。你不会相信一个完全依靠自己的力量创建的"好人队伍"，在努力参与着一个县城的社会治理，如在几个街道搭建赡养孤寡老人平台，为突发的社会公共事件而建起"山鹰救援队"……但这些就是方明完全靠自己的力量办起来的"好人好事"。

"我们的山鹰救援队，不仅参与过国家级的突发事件，这次在德清抗疫战斗中，也立下了功勋。比如2014年江苏境内出现一次龙卷风，我们山鹰队派出去后，在现场抢救中立了大功。"方明很自豪地指着墙上的一大片奖状与锦旗说。

"山鹰救援队除了本部的几十名职业队员外，还分布在十几个外省市区，常态化的志愿者共有5000多人，他们都是经过专业训练出来的，能上山、能下海……"方明说。

这是不可想象的一个"好人"所能做的事。但在德清就有人这样做了，而且做得异常的好。

1973年出生的方明是个很会做生意的德清人。"钱多了自己花不掉，一家人也花不完怎么办呢？就该为社会做点事。我跟家人说要做公益事业，就是这样开始的。后来越做越大，几乎方方面面都在铺开，所以用的钱就越来越多，这也一方面迫使我继续把生意做好，另一方面挣越多的钱去做越广泛、越有意义的公益事业和社会需要的事……"方明的"好人"就是这样越当越放不下，越当"好人"也越来越多，如今他麾下的注册志愿者已达10000多名，他们的身影和足迹，不仅遍及德清的每个角落，甚至在东北和西藏都有他的"德清好人"队伍。

"他们用自己的行动和一个个无畏与无私的身影，在为德清树起一个好形象。而且在这其中，感觉到了当德清人的自豪……"方明的这话，源于他那颗炽热之心的情感，也代表了今天所有德清人的真实想法。

他们所做的事，丝毫没有做作，一切自然而平常，如涓涓不息的英溪之水，潺潺流动中舒扬着一种美，一种光……

十七 闪耀光芒的一颗"珠"精神

"好山好水"加好人，成就了德清千年和今朝的不朽与光芒。然而我发现，德清能够在治理社会的宽阔大道上独行其先、独善其美，也非一朝一夕的"顺风顺水"，它也有上坡下坡之惊险曲折，更有翻山越岭之登攀艰巨。没有一种特殊的精神是很难实现其"理想之国"坦途的。

了解德清人之后，我发现他们骨子里有一股异常强大的坚韧力量和不达目标不罢休的精神，而且不怕岁月的磨砺与风霜的摧击，总在看似如水细流之中寻找突破和追求胜利的巨澜出现，又常在险峻的攀登中忽而飞身跃起，忽而绕弯而行……他们不惧困难、不畏复杂，只求头顶有一束阳光、身边有一塘清水，或一片顺心顺意的空间，让自己的愿望和理想最终获得实现。

德清的执政者，在治理社会过程中，十分体贴民情与民意，并始终坚持习近平总书记"以人民为中心"和"服务于民"的执政理念，让治理社会的宏大设想与愿望，化作涓涓细流，温情周到地灌入人民心田……于是，原本就秀美的青山，更加茂盛地长就海一般的竹、云一般的连片层林；于是，原来的秀水变得更加清澈与欢腾，鱼儿与飞鸟仿佛成了一对谁也离不开谁的恋人；于是，乡村与城镇的融通和互补，以日新月异的姿态，竞相争显光芒。而这中间，有许多德清人在党和政府的涓涓细流的滋润下，以百折不挠的毅力和志向，铸造了一种不屈、不服、争必赢、争完美的德清精神，从而使德清在改革与治理全域社会的道路上昂首阔步，呈现的中国特色社会主义的康庄大道，越走越光明……

创造这样的"德清精神"的人，他们存在于德清的各行各业，宛如洒落在苍穹之上的万千群星，独闪其光，又光光相映，组成了耀照山河的"德清天幕"。

他们或许很年轻，像刚刚从省城归巢回到德清的创业者，能在几天、几十天内把义乌模式的网店，搭建在联结"外面世界"最近的禹越镇开发区内，开始把德清外的世界和德清的世界，联动着介绍到更大、更宽阔的"云"上……

他们或许很老很老了，看上去并不起眼，也并不时尚，但他们手握网络，在"云端"把最传统和朴实的"德清特色"介绍给远方的他和她……

刚到德清，就有不少人向我提起"沈志荣"这个名字，他们夸他一生就为了一颗珍珠，而且让德清的珍珠在全中国乃至世界上都闪闪发光。我见他第一面时，他的两个儿子非常自豪地告诉我：我们家的老爷子可时尚了，他玩手机和新鲜玩意，比我们快和熟练得多！

可不是！我们最初的聊天主题是"国际形势"——中美冲突方面的事，沈志荣他知道的竟然比我多好"几筐"哩！

不过，我还是想知道他和他的珍珠事业，因为这是"德清主题"。

这个话题到了沈志荣那里，可就如打开了话匣子一般，可谓"汹涌"而出……

"关于中国出珍珠，中国的江南水乡出珍珠，这不是新鲜事，全世界都知道，史书上早有记载。"他说。

随后，他带我到了他的"中国珍珠博物馆"。这里装满的"珍珠知识"，令我大开眼界：虽然中国的珍珠史最早，而且德清珍珠的历史又最悠久，但这个博物馆里的知识告诉我，原来外国人竟然比我们中国人自己更知道"德清珍珠"。而这部飘荡在欧洲等文明国家里的"德清珍珠史"，从某种意义上讲，折射了中华民族传奇史中"德清篇章"的伟大，难道不是吗？

"沧海月明珠有泪，蓝田日暖玉生烟。"这是唐代诗人李商隐《锦瑟》里的经典诗句，阐释了华夏古人对玉与珠的珍视与喜爱。然而我们知道，比唐代早近3000年的夏朝的先民就已经发现了珍珠，并认为那是天雷孕育而生、又经月光抚养成型的宝物。之后，珍珠逐渐成为献给宫廷的贡品，甚至上升为国家的钱币。可见，中国古代对珍珠特别器重。当今无论是英国女王，还是亿万万中国女性，她们所喜欢的珍珠项链，其历史其实也已经有几千年了！

那么是谁最早发现和使用了珍珠呢？一位译名叫"麦嘉湖"的西方珍珠专家曾撰文指出：珍珠发现的优先权是一种没有人会争辩的荣誉，因为这既不需要天赋，也不需要智慧。人类不可能一直食用软体动物却错过它们产出的珍珠。麦嘉湖先生认为，古人类开始在海底寻找食物时，就已经发现了蚌中的珍珠，任何一个较早的人类文明发源地都可能会发现珍珠，其本身并不奇。称奇的是谁开始把珍珠作为珍品用于人类生活和社会进步的一种稀罕之物，这才是十分重要的，因为这与文明社会的发展史紧密相连。麦嘉湖指出：中国作为文明古国，在最古老的史书《尚书》中，就已经有邻国（今江苏省东北部地区）将珍珠作为贡品进献给朝廷的记载。他进而指出：11世纪之前，周公（指南针发明者）编纂了最早的字典，书中说明珍珠是陕西的珍贵产品之一。淮河也发现了大量的珍珠，在东南亚各地，从喜马拉雅山到太平洋，从满洲到海峡，都有这种被推崇的装饰品，它可以用来装饰鞋子、腰带、耳环、项链和头饰，以及用于点缀民间的神灵。现在，在普陀岛上，可以看到一幅菩萨的金像，这是康熙皇帝的礼物，约5英寸高，雕像身上镶嵌着一颗巨大有光泽的珍珠，珍珠从那儿升到了天空。中国历史对珍珠的诸多记载，显示了宫廷以及装饰者所赋予其的价值。

> 春水龙湖水涨天，家家楼阁柳吹绵。
> 菱秋未插鱼秧小，种出明珠颗颗圆。

这首明代诗作描述了中国珍珠之乡——湖州的珍珠养殖的繁荣景象。约五六百年前的12世纪末与13世纪初的湖州德清地区，"珍珠大王"叶金扬的名声早已鹊起。因此有关叶金扬的珍珠制造技术也被那些传教士们广为探访并传播到西方列国。从十六、十七世纪之后，一直到19世纪甚至20世纪之初，那些研究中国珍珠的西方学者，无一例外地把"叶金扬"（许多西方人还把叶金扬译成"叶纯阳"，这是湖州德清方言迷惑了洋人所致，他们根本听不清浓重的当地方言里"金扬"跟"纯阳"有何区别）视作世界珍珠养殖技术的始祖。法国人路易·布唐先生（L. Boutan）在其《珍珠》一书中这样指出：

> 用软体动物产生珍珠，似乎是中国比所有其他民族都走在了前面……中国人把珍珠制造工序的发现归功于湖州府的一位本地人，名叫叶金扬，生活在公元13世纪末。他死后，人们在距湖州府40公里的小山，为他建立了一座寺庙；在这个寺庙里他的名声依旧，仍然受到尊重，逢年过节时，人们举行特别的佛事活动来赞美他。这属于一个垄断行业，由某些村庄和家族控制，如果其他村庄或家族想从事这行业的话，必须向叶金扬寺庙支付贡税，并承诺支付一笔钱

作为寺庙维修费用。

就在叶金扬等中国珍珠业界风云人士叱咤天下时，欧洲尚未形成真正的"珍珠时代"，而后来得以迅速形成和风靡，不得不说与一位叫马可·波罗的意大利威尼斯商人推崇德清叶金扬的德清珍珠有着密切关系。因为是他第一个对从中国，特别是在"行在"（当时他笔下的杭州城别名）所看到的德清珍珠在欧洲大力宣扬与传播。

马可·波罗盛赞他所看到的杭州，称它是"天城"（The Heaven City），是"世界上最宏大壮丽的城市！"作为一个有见地的意大利旅行家和商人，马可·波罗先生以其特有的敏锐，在万物呈现的杭州市场上格外留意到有一种珍珠宝贝，那便是当地已名噪一时的"珍珠大王"叶金扬所培育的附壳佛像珍珠。叶金扬是距杭州不远处的湖州德清人，这位中国淡水珍珠养殖第一人的"珍珠大王"，随当时中国民众大举信佛之势，创造性地培育出了一种珍珠"弥勒佛"像，轰动"天城"内外，随后佛像珍珠流传到神州各地。当然，这股风潮自然不会不引起像马可·波罗这样的外国旅行者及传教士们的注意和兴趣。

在意大利威尼斯商人兼旅行家马可·波罗之后200多年，第一位西方传教士正式以"传教士"名义来到了中国，他叫利玛窦。1584年，利玛窦获准从广东入境，进入中国内地。此人对中国和中国德清人叶金扬培育人工珍珠技术的考察与传播，为欧洲君主们对珍珠的渴望与企求起到了巨大的推动作用，并且也为欧洲人创造自己的"中国式珍珠"技术产生重要影响。

1761年，瑞典的大自然学家林奈先生尝试在黑蝶珍珠贝壳上采取环锯术代替以往打开蚌瓣膜的方式植入珍珠核并培育出一颗珍珠。他兴奋得把第一颗培育的珍珠献给了国王君主。但林奈再想完成他的"发财梦"时，却发现，他的这种方法，造成蚌的死亡率超高，最后不得不放弃。11年之后，同为瑞典人的一位名叫格瑞尔的科学家，亲至中国德清，在叶金扬故乡的土地上，对当地的人工培育珍珠技术进行了详细考察与学习，并且掌握了全套技术。之后，他把叶金扬的人工培育珍珠技术带回了欧洲。从此，西方世界也有了成功的人工培育珍珠的新天空……

再过几十年，欧洲又一场更加伟大的革命席卷那里的每一个国家，也带动和影响了全世界，它就是持续了近200年的工业革命——资本主义和资产阶级产生，人类进入了完全崭新的时代。而就在这个时候，作为东方大国的中国，却进入了封闭与没落的晚清，整个国家甚至像珍珠养殖业等也被邻近的日本超越，连同大名鼎鼎的叶金扬也在民间渐渐被淡忘和消失。

不知远在苍穹的叶金扬知此景况，会如何悲切？但站在中国身边的一位"东方邻居"，却在暗暗窃喜，它就是日本国，其中有一位名叫御木本幸吉的人，在1893年培育出了第一颗完美的日本珍珠。就在这一年，御木本把那颗完美的珠子献给王室后，曾许下一个愿望："有一天要让全世界的女人都佩戴上珍珠。"

随即，御木本在国内和海外大规模地开办珍珠商店，名声迅速遍及全世界。1927年，当御木本幸吉游历欧洲及美国时，遇到发明家爱迪生，对方看了一颗颗亮晶晶的人工珍珠，大为惊叹地表示："这绝对是世间的奇迹！"御木本幸吉的人工珍珠和珍珠首饰品，开始誉满世界，称霸全球。御木本过世后，日本政府为他追颁了日本国一等荣誉奖章，并尊他为"日本珍珠王"。

御木本在日本珍珠界拥有至高无上的地位。到1940年，他经营的珍珠养殖企业达360家，年产珍珠1000万颗。但即便已经称王称霸，御木本在告别人世前，曾对他的家人和学生嘱托：御木本家族和日本珍珠业有今天，不能忘记中国的叶金扬。

也许正因这一嘱托，在中华人民共和国成立十周年之际的1959年，受日本人工养殖珍珠技术影响的中国留学生熊大仁，带领学生在广西北海，开启了海洋人工养殖珍珠的先驱之路，并在两年之后成功培育出第一批海水人工珍珠。

这一成功预示着中国人工培育珍珠沉默了数百年后，再度鸣起号角。

谁也想不到的是，几年后的1967年9月9日这个"九九艳阳天"的日子里，在叶金扬的老家浙江德清，一个年仅19岁的小伙子却以非凡的勇气和智慧，竟然凭着民间传说中的"叶金扬培育珍珠"经验，伏在家门前的漾水中"弄"起河蚌来，并在次年成功地采收了5颗与700多年前叶金扬培育出的附壳佛珠一模一样的珍宝奇珠！

然而这仅仅是个开端。那些仍在世界各地称王称霸的日本"珍珠大王"，做梦也不曾想到那个看上去瘦不拉几的中国小伙子竟然又用了不到10年时间，在德清雷甸的那片漾里，养殖了100万只繁殖人工珍珠的三角小河蚌……这个数字对外行来说也许没有什么概念，然而那些日本珍珠专家们一听就瞎眼了：不可能！他，一个突然从水里冒出来的中国人怎么可能一下子抢占了我们全日本养殖珍珠河蚌的总和呢？不可能！绝不可能！

哈，但这已经是事实了，无法改变。让日本同行更无法接受的现实是：又仅三四年时间，德清的人工珍珠产品以绝对的数量和质量超过了稳居世界市场龙头近百年的日本淡水人工珍珠产业！还是这个瘦瘦的德清人创下的奇迹。

"叶金扬显灵了！""中国叶金扬转世复生了！"

一时间，日本、欧洲甚至整个世界的珍珠界都在流传一个传说：古老的中国和奔腾跃进在当代世界发展前列的中国，有两位相隔近千年的"珍珠大王"，如今一起被世人所传颂——他们便是在湖州德清同一片波光粼粼的漾水中诞生的两个史诗般的人物：叶金扬和沈志荣。

名扬海外和被载入西洋史书的叶金扬，已经让德清珍珠的名声传遍了欧美大地。沈志荣是20世纪和21世纪之间的跨世纪人物，他是德清当代的乡贤，在他手里重振叶金扬创造的德清珍珠的奇迹和辉煌，其实是当代德清史书和德清精神特别闪耀光芒的篇章，因为沈志荣几乎完全是依仗着个人的能力在支撑着德清珍珠和中国珍珠的成与败、荣与衰……

认识沈志荣时，他已经进入"古来稀"年龄，但一经接触就发现：此人虽为一介渔民出身，却思灵脑聪、精明大气，善于接受新事物，对时局与形势的判断具有独特和敏锐的观点。当然对经商和市场的经验，也难有人可以同他相媲美。

在沈志荣的性格中，有像珍珠一般的特质：它源于水中孕育之物，却又如岩石一样硬气；它以蚌为附，平凡朴实，却又精致高贵，而且追求完美——这正是德清人典型的内在与外表特征。欲想认识今天的德清人本质，阅历"珍珠大王"沈志荣似乎便可。

说到德清的沈志荣，不能不说到一个叫小山漾的湖面。在德清，像小山漾这样大小的湖面几乎一点儿都不起眼，但这个小山漾却连着两位掌握德清珍珠命运的人，他们就是叶金扬和沈志荣。史书上传说的叶金扬古刹就修在这个小山漾一处山坡地上。完全可以设想，如果没有沈志荣的这份对先祖的情愫，这片曾经名传世界的土地恐怕仍然平常而荒蛮，绝不会像现在这样"仙气"丛生。

现在所能看到的还尚存着部分南宋时的寺城遗迹，那些早已风化了的青砖和残留的石柱，足可以证明这座小寺的古老。唯有一口古井保留得很完整，它深深的井洞，仿佛能够让我们听得八百多年前叶金扬撑着篷船在漾上与飞鸟们嬉戏珍珠情的阵阵回声……

据说，当地人为了纪念这位中国淡水珍珠养殖的鼻祖，数百年来一直保留着祭祀仪式。也因为这一生生不息的传统，让叶金扬的名字传遍了全世界。也许只有沈志荣最懂得和清楚叶金扬的意义：先祖创造的附壳佛像珍珠对民间传播佛教起到了不可估量的作用；从科技角度，他又让人类在人工培育珍珠技术上迈出了非凡的一步，而这一步影响到了整个世界的人工培育珍珠事业的大飞跃，也为今天珍珠走进人们的日常生活并美化生活作出了不可磨灭的伟大贡献。德清人曾经以祭祀叶金扬的方式为其筑造了一座寺庙，其实是一种文化和文化传承现象；也可以视之为一种精神，一种从这个江南鱼米之乡的水域里升腾出的精神。这种精神自诞生之日起，就像一股清流，潺潺不停地流淌在岁月的波纹里，浸透着这个地方的清新气息，从而源源不断地润泽这片大地上的一代又一代庶民百姓，也簇拥着无数杰出的精英们开拓进取、各领风骚于他们所在的那个时代，甚至影响后世与后人。

叶金扬自然不会想到，在他数百年之后，他故乡的这片水域里，竟然又会被一位叫"沈志荣"的人再次翻腾起惊涛骇浪。"俱往矣，数风流人物，还看今朝。"沈志荣作为今朝"风流人物"，他让德清珍珠重振光芒，也让德清人的精神再次升华……

沈志荣第一次领"当今世界殊"的时间为1975年。

这个时间，日本的人工珍珠养殖产业遥遥领先于全球。但叶金扬家乡的一件事、一个人，让珍珠大国的日本人惊呆了：

中国德清的一个"雷电大队"（他们把雷甸误译为"雷电"）竟然在人工珍珠培育的数量和质量方面都赶上了整个日本的水平！

"雷电"太厉害了！日本人从一个又一个的"贸易进口"单上看到了来自中国的珍珠产品信息后，既兴奋又紧张——为质地精美、价格便宜、货源又源源不断的中国珍珠而兴奋，同时又为那个迅速崛起和超越于他们的"雷电"珍珠大队而万分紧张。

日本商人太想知道那个中国"雷电"的底细，于是，一支12人组成的日本珍珠考察访问团在1979年4月来到了上海。

他们的行程非常紧凑，第一站是上海的嘉定，第二站是苏州，第三站在杭州，最后一站选定在德清的"雷电"大队……

"雷电"大队？起初，中方官员愣住了，在地图上找了半天就是没找到湖州德清县境内有个"雷电"大队。

"珍珠，他们生产的珍珠大大地好……"日本访问团中有人操着半中文半日语说。

噢，德清的雷甸大队，不是打雷的雷电大队！

从杭州到德清有50公里路程，用现在的速度，坐车不到一个小时就可以到了。但40余年前的1979年，沈志荣是开着一条机动水泥船将日本代表团接到了德清。

据沈志荣回忆，这开着水泥船接来的日本专家访问团，不仅没有对他渔民的接

小山漾淡水珍珠养殖基地

待方式感到不满,相反一路兴奋不已。为何?因为四月的江南实在太美,美得一路上日本客人兴奋得站在船舱内或甲板上手舞足蹈个不停。

离开杭州越远,离沈志荣的家乡雷甸越近,日本朋友越开心,因为仿佛越到乡下和湖区,那江南的春天像是越肆无忌惮、明目张胆,撩拨着人的心弦:漾上的水中,暖暖风儿乍起,让宽阔的水面荡起层层涟漪;在距离岸头近的漾边,你可以在水中看见农家人居住的青瓦白墙房屋、田埂上悠然吃着草的山羊和咯咯叫欢的鸡群的倒影;漾的中间,是望不到边的养殖河蚌网络,一条条舢板在其间的水面上划动,那舢板上有许多穿着花格罩衣或毛衣的姑娘们还在唱歌和嬉戏……如此鲜活、生动和美妙如画的中国水乡,让远道而来、过惯了现代工业文明日子的日本友人,别有一番滋味和感慨,所以虽然走了数个小时的水路,心底欢快却丝毫不减。这让第一次接待"外宾"的沈志荣也大为放松:原来外国人也蛮好玩的!

随后的日子,沈志荣更加心潮澎湃,因为日本同行对他作为"大队长"(日本人把生产大队支部书记称为"村长官")领导下的雷甸渔业大队所养殖的珍珠蚌的规模和产量,简直惊讶得目瞪口呆。"当时我们雷甸一个河蚌养殖场的河蚌数量就达到

150万只，相当于全日本珍珠河蚌的总和！"沈志荣说。

日本同行无论如何也不敢相信这样的事实！他们面面相觑，不知说什么好。因为他们刚刚也去了江苏的苏州、上海的嘉定和浙江的杭州这三个养殖河蚌与生产珍珠的地方，如果再加上雷甸沈志荣这里的珍珠河蚌，在世界上骄傲了100多年的"大日本"珍珠事业不就完蛋了嘛！

倘若不是眼见为实，日本同行绝对不会相信这个残酷的现实。中国人竟然把如此惊天的事情"藏"得那么严实啊，而且形成这个强大产业和技术的对手竟然是过去从未听说过、毫无半点名声的德清渔民沈志荣！

于是日本同行开始谦卑地围到沈志荣的身边，好奇而神秘地问他："沈先生，你是否就是叶金扬先生的后裔？你是否获得了他的河蚌养殖技术真传？能向我们透露点你的超级秘诀吗？"

"我？叶金扬后裔？哈哈，不是的。嗯……也可以说是吧！秘诀倒是没有，就是……就是自己慢慢琢磨出来的。"沈志荣被问得有些不好意思，也不知道到底如何回答日本客人的问题。那个时候，"外事纪律"很严格，回答错了是要"吃苦头"的。

"沈先生太伟大了！一个人竟然搞出了与我们整个日本国不相上下的庞大河蚌养殖产业啊！你的人工珍珠培育技术也快超过我们日本国了！简直就是石破天惊！日后的中国珍珠业和世界珍珠业都会受你沈先生的影响……"

也就是从这一天开始，"德清珍珠"再度被中国之外的世界重新认识。当然，沈志荣也开始在日本珍珠界被奉为"中国珍珠王"。日本民族很特别：它对强大于它的人和国家异常敬重。德清渔民出身的沈志荣，自然也是日本同行特别敬佩的人。尤其是知道了沈志荣的"人生之路"后，更加敬重他。当然，也因为对沈志荣的敬重，所以他们对德清人也同样特别敬重。

事实上，我们从沈志荣成为"中国珍珠王"的人生轨迹中可以了解德清人的精神实质。

沈志荣生在中华人民共和国成立之前的旧中国，从小生活在贫苦家庭，连填饱肚子也常常是让他父母发愁的事。至于珍珠是啥样，他更不知道，但他知道有钱的人和爱美的女人才在脖子上挂一串珍珠项链。至于珍珠是从哪里来的，这个沈志荣是知道的，因为一般生活在水乡的人都知道是河蚌里长的。若再有人往下问河蚌为啥长珍珠，就基本不会有人再回答得出来了。可对什么事都好奇的沈志荣，从小获得的有关珍珠的说法则是一个童话式的传说，也很独特：说是月亮上的月亮公公和月亮婆婆爱看地球上的万千世界，可月亮总要下山，所以月亮公公和月亮婆婆很生气，他们就用大锯锯桂花树，而就在锯的过程中，大片大片的树屑往下飘落，一直落到了人间，于是地上的动物争抢着吃桂花树屑，唯有河里的蚌张开嘴，将月亮上飘下的这些桂树屑裹在自己的怀抱里……日久天长，树屑在河蚌的精心呵护下，渐渐成为晶莹闪亮的珍珠。

呵，原来珍珠是仙树上掉下来的宝贝呀！听到这个传说的时候，沈志荣12岁。那时他在参加生产队到杭州拱宸桥那条河上捞绿水萍的劳动，正巧有个晚上是中秋节，老船工沈福根和李志法带着第一次出家门劳动的沈志荣在乘凉时，望着星空，聊着这个传说。

那个夜晚，星月皎洁，月亮上的"桂花树"看得清清楚楚，所以只读了五年半小学课程的沈志荣仰头遥望着月亮，听着两位长辈讲述的"月桂树屑与珍珠"的故事，神思格外出奇。而之后他也试着潜到水下去捉蚌，想取颗珍珠看看，但每次都失败。于是他回头问那些讲述"月桂树屑与珍珠"故事的长辈，人家就取笑他，说："珍珠是仙人之物，哪那么容易取到嘛！"

"可为什么有人戴着珍珠项链嘛！那珍珠是哪个地方来的？"小沈志荣又好奇地问。

"这个……"长辈被问住了，支支吾吾地告诉他，河蚌里的珍珠是稀罕之物，千百只蚌中偶尔有一两只蚌里有珠。

"我们德清以前有位了不起的人能给河蚌种植上珍珠，他是'仙人'，叫叶金扬，他还有自己的寺庙呢！"

沈志荣第一次听说了自己家乡有个"仙人"会种珍珠……

一切似乎都在给他后来的命运铺设着一条忽隐忽现的道路，这条道路叫"珍珠人生道路"。

或许是命里注定，出生在绍兴的沈志荣，原本的人生目标是当兵，此生却与水连在一起，先当渔业大队的学徒工，上了五年半小学、读完12册课本后，沈志荣就离开了学校，一头扎进了雷甸那处漾上……

漾是先人留下的，主要用来方便泄洪和运输，以及供人畜生活所用。雷甸那边的水，与近邻的一条古运河相通，从南到北的船只都会经过他沈志荣当学徒工的渔业大队管辖的那片河面。20世纪六七十年代时，沈志荣家乡的多数河面归属于国营渔场管理，后来渔业与农业不停地发生矛盾和变化，特别是"农业学大寨"后，专业渔业大队管理的河面越来越小。"最后只剩下3600多亩面积。"沈志荣说。

这3600多亩漾面后来成就了沈志荣的一个了不起的人生梦想，而沈志荣其实也实现了中国人的一个伟大梦想——世界人工珍珠史上重新恢复了中国的应有地位。

沈志荣16岁到渔业大队当学徒工。18元，20元，25元……当学徒工的三年，工资在不断上涨，但这并没有消磨沈志荣的意志和筋骨，相反他更加勤奋好学。他的养父虽然对他要求很严，平时也显得"很凶"，但心灵手巧，特别是他的竹匠功夫，远近闻名。这让爱学好强的沈志荣受益匪浅，所以在渔业大队当学徒工时，他把队上的活儿样样学了个遍，最后连造简易房子都能"上手"。也正是这一点，渔业队上的人都喜欢他，获得信任的他也更加卖力和好学上进。

顺风顺水当了几年学徒工的沈志荣在1967年初秋的一个日子，他的命运竟然发生了质的变化。事情是这样：那天早上出工后，沈志荣和两个年轻伙伴吕荣夫、王阿根同去场部堆放鱼饲料。这个时候，他们看到老渔工王子成端坐在一张破桌子旁，眼睛盯着桌上的几只河蚌，见沈志荣他们过来，便招招手："来来，看看这些蚌里有没有货。"

沈志荣好奇地问王子成："蚌里会有啥货呀？"

"珍珠呀！"王子成头也不抬地回应道。

"珍珠？"一听这，吕荣夫和王阿根"噌"地跑到了沈志荣前面，围到王子成的小桌前。

"稀奇吧！"王子成抓起桌上的三张油印纸、一把镊子和几根铜丝，对沈志荣和吕荣夫、王阿根说，"喏，这些东西是我从嘉兴学习班上带回的，反正我这把年纪、这个塞满水的脑袋是弄不出珍珠来的，你们年轻，你们去弄弄看吧！弄出名堂了，你们就是队上的功臣，我让队上给你们多记点工分。"说完，王子成哼着《我们走在大路上》的曲子，走了。

"王师傅，我们这儿以前有人弄出过河蚌珍珠吗？"沈志荣一看王子成走了，便着急地追问道。

"听说老早老早以前有人在我们这儿就弄出过珍珠来的……"王子成连头都没回，但他的这句话，却在沈志荣的头顶和耳边回荡了许久许久。

一堆废弃的河蚌前，另外两位年轻伙伴早已不知去向，只剩下沈志荣独自站在那里发呆。

河蚌里真的生珠啊！原来河蚌里的珍珠是可以人工种出来的呀！我们这儿的叶

金扬老祖宗真的本事大嘛！发呆的沈志荣其实内心从此掀起了翻江倒海之巨澜！

人工珍珠是我们中华民族自己创造出的传统宝贝，我们不仅可以成功养殖，还应该比别的国家搞得更好！世界上最早最好的人工珍珠养殖是我们德清人搞出来的呀！为什么不赶快赶上去呢？

那些日子里，沈志荣只要躺下身子，闭上眼睛，就会听到天空中回响起一个声音——这声音的口音是德清的，这声音又有些低沉。他想，那一定是在天上的叶金扬老祖宗在与他说话。

是的，老祖宗在给我鼓劲、给我方向、给我力量啊！那些日子里，沈志荣常常夜不能眠，甚至一天比一天感觉有一种无形的力量，在无穷、无止地鞭策与激励自己去干一件大事，这就是从王子成手里接过那几件简易工具，试着去搞人工珍珠！

"我这个人就有个特点：一旦认准了的事，必须想法搞成功！不搞成功，不搞出个名堂，心不死！"已至"古来稀"之龄的沈志荣在接受我采访时这样总结自己的人生体会。

人工珍珠现在看来似乎并不是多么复杂的事，但对当时的沈志荣来说，就是攀登高山、到月亮上去的事：仅读了五年半小学的文化知识，仅有三张油印纸的"全部参考资料"和剪刀、镊子加铜丝的几个东西能让蚌长珍珠？

"嗯……隐隐约约还记得那个上海来的谢老师好像说过：那河蚌的外膜受到异物侵入的刺激后，蚌便会分泌出珍珠质，日久天长，慢慢地长成了珍珠……再细说我就说不上来了。"沈志荣无法看明白纸的文字和图案时，就追着王子成师傅去问，王子成被问急了，就摸了半天的头，嘴边蹦出几个字，剩下只能摇头。无奈，有一天又被沈志荣追问得无话可言了，王子成一蹬脚，说："你让我少烦点心好不好？我这么个石头脑壳，能逼得出啥名堂吗？"

"你真想做事，就去请县里的陈技术员，她也去过嘉兴学习班的。"王子成总算想出了一个逃脱沈志荣的办法。

王子成说的陈技术员叫陈琳芝，这位浙江水产学校毕业生在当时算是"大知识分子"了，其实也是一个年轻的姑娘。她应邀到沈志荣他们的渔业大队指导珍珠培育，王子成便对沈志荣及王阿根说：你们得先到河里摸些蚌上来。

陈琳芝技术员到渔业大队那天，沈志荣、吕荣夫和王阿根三个小伙子毕恭毕敬地等在鱼饲料仓库，等着县里的这位女技术员给他们讲述和指导人工珍珠培育技术。

陈琳芝看了看放在桌子上的几只刚从河里摸上来的河蚌，挑了其中一只，然后用刀将蚌壳撬开，指着河蚌的外套膜边缘的表皮细胞，说："你们用镊子把外套膜剖开，切成小片，再把小片放入河蚌的外套膜结缔组织里面……我看到老师就这么做的，材料上也是这样写的。"

沈志荣看着和听着陈技术员总共不到半分钟的技术指导，有些发愣，眼睛直愣愣地看着女技术员，希望从她嘴里还能说出一个小时、两个小时甚至更长的话来，但人家女技术员红着脸，支支吾吾道："就这些，我也跟你们王师傅学的一样多。"

"这么几句话就完了？我看呀，人家县里的技术员都没把它放在心头上，凭我们几个半文盲能搞得出来？"吕荣夫、王阿根把一堆河蚌往地上一甩，一边摇头一边叹气。

唯独沈志荣仍然不停地摆弄着河蚌，颇感兴趣地说："如果照陈技术员说的话，我看我们也是可以试试的……"

他的一句"试试"，就是几千只河蚌的活受罪——育珍珠，先得有蚌。蚌在何处？蚌在河湖漾塘江溪中。

"蚌跟人一样，它也讲究环境，死水塘它不会待，水流太湍急的地方它也不待，只在水流速度适中、泥土又能相对稳定的地方栖息和生存繁殖。"沈志荣不仅从小在水乡长大，而且工作又在渔业大队，当学徒工的三年里对家乡江湖河塘漾溪沟浜里的"水产"早已了如指掌。"德清一带的蚌也有几种，最多的要算背角无齿蚌，这种蚌比较适合食用，尤其是春天，你捕上几只这样的蚌，放点咸肉和春笋与蚌肉同炒，绝对是道鲜美的佳肴。还有一种叫鸡冠蚌，学名为褶纹冠蚌。再一种是三角帆蚌，壳大，形状扁平，呈三角形。后两种可以育珍珠。"沈志荣说。

摸蚌不需要太多技术，但耗力消神，需要耐力，用现在的话说，必须具有精气神。蚌很善性与温和，基本上任人摆布，但也有例外：一旦它要张嘴袭击你的时候，也可以死死地夹住你的腿肚子或手指，让你疼痛不已。不过基本上很少有这种情况出现，即便出现，人足够有力量反制河蚌——使一些劲就能将其蚌壳掰开，如果再狠一点把蚌壳掰裂，那么这只蚌很快就会死亡。没有外壳保护的蚌是不能生存的，而蚌壳除了保护蚌自身生命外，还可以创造出比蚌自身生命更宝贵的物质，那就是我们人类极其奢望的珍珠。包括人类在内，地球上几乎所有的生物，很少有像蚌一样的，那硬邦邦的两扇原本用于保护自己身体的外壳，被异物侵入受伤后竟能以顽强的自愈力维持生命，并且日积月累长出新的稀罕之物——结晶体的珠宝。这就是神奇的大自然所产生的奇妙现象。在当时，读书有限的沈志荣并不知晓，他对人工育珠一事也并没有那么高深美妙的认知，然而他内心有一个强烈的目标：要为渔业大队干出点名堂，让社员们（即现在的村民）的生活好一点点。

"一斤珍珠可以卖几万元，这是我们辛辛苦苦泡在水田里干几年的活都干不出来的呀！"沈志荣感慨。从那个时候走过来的人，都会有这种感慨。

现在，沈志荣带头下的德清雷甸渔业大队的三个小青年想做一件大事，一件改变渔业大队、改变雷甸甚至改变德清和中国的大事：人工培育珍珠。

沈志荣仨人对着那三张油印纸上的每一句话和那些操作的图案，准备好剪刀和镊子，着手给蚌做"手术"。但沈志荣他们发现，每一只蚌的"嘴"闭得紧紧的，轻轻地撬不可能撬开，重重地使劲撬，蚌壳马上碎裂，壳一碎裂就意味着蚌面临死亡。

"这……"沈志荣仨人没想到一上手就遇上了难题。原来性情温和的河蚌竟然还有一套非常坚定而顽强的自我保护能力：你轻易想与其斗争，它紧闭壳壁，根本无法摧毁和伤害，除非用巨大的力量猛烈狠砸，否则它的外壳十分不易被粉碎，当然一旦蚌壳受到破坏，也就意味着此蚌的死亡。如此看来，蚌还有一种"宁可玉碎，不求瓦全"的品质。

这可怎么办？他想不出招数，就只好蹲到旁边放着无数河蚌的池塘去观察蚌嘴何时自我开启……

哎哟，原来如此！看着看着沈志荣突然兴奋地跳了起来，原来那些垒在池塘里的河蚌们看起来相互之间没有什么"动静"，其实细看就会发现，垒在最上面的河蚌会自然"呼吸"，这一"呼吸"就把"嘴"给张开了。这"张嘴"的蚌基本都贴着水面，"大概它要出气。"沈志荣这样理解。

只要你张嘴，我就有机会！沈志荣为自己的这一发现而兴奋不已。他耐着性子，挑了几只"条件较好"的河蚌，养在塑料盆内，并且故意让蚌口朝上，稍稍露出水面一点点。

同时他在旁边准备好竹塞等工具，只等河蚌一"开口"，立即下手行动……

憨厚的河蚌哪知人的这些诡计，等它感觉需要氧气和水分时，它便开始紧张地"呼吸"起来，一呼一吸便必须张开"嘴巴"，露出它粉红色的内体。就在这一瞬间，早在一旁准备着的沈志荣说时迟，那时快，将竹塞插进张开的蚌壳中间，待河蚌反应过来时，它再也无法合拢"嘴巴"，只得任人摆布。

大概任何一种生物的繁殖本身都是件十分痛苦的事。河蚌生珍珠，其实是一种"皮外孕"，即非自身产子所孕，而是被外界强行实施的皮壁质受孕，而且必须切割开外套膜。这一系列的非自孕的折磨，对河蚌来说显然是痛苦和难忍的。然而若没有这种人工和外力影响，任何一只蚌体都不可能自生出半颗珍珠。

珍珠之美，是河蚌以其生命的痛苦过程为我们人类所奉献的一份精神结晶。

显然，沈志荣他们那会儿搞珍珠时不会考虑到这些细腻的感情，他们只有想法子在河蚌的"肚子"里放进珍珠切片，然后让蚌能够慢慢"怀孕"，直到把珍珠胎儿养育大。"是，哪想那么多嘛！"沈志荣谈起当年的育珠初期，这样说。

蚌嘴被沈志荣用"诡计"撬开了，但要动"手术"，还得让蚌"嘴"张开相当长一段时间，而且这"嘴"既不能张太小，也不能张太大，小了无法在外膜内植入珍珠切片，大了容易在手术时掉进杂物，这样河蚌会得病而死亡。"手术"时间也不能太长，时间一长，有的蚌就再也合不拢嘴了，一旦如此，这只河蚌很快也会死亡。

1967年的那个夏季，是沈志荣一生事业的重要开端和一段难忘的岁月，也是他做梦最多的一年。"那时一是每天想着到底我们的'手术'做得对不对，二是待上千河蚌都植入了切片后，又天天想着到底能不能在它们身上长出珍珠，所以说是天天做梦，而且白天也做梦。"沈志荣说他自那时起，晚上经常睡不着，老做梦，后来还因此患上了神经衰弱。

第一批试验性的人工珍珠河蚌约有一千多只，经过存放、实验、宰杀到正式插植式的手术，最后成活的仅剩下几百只，这对沈志荣他们来说，已经是了不起的"伟大胜利"了！接下去的活就是要把这些"怀孕"的河蚌重新放入水中养殖。而放在何处，怎么个放法，又有许多讲究。因为不敢有任何闪失，所以沈志荣主张把这些河蚌放在竹篓子内后，全部放养在他家旁边的河道里，这样他每天都可以看得见，也便于观察河蚌们的成长。

任何一件过于看重的事情放在你心头的时候，压力就会变得像山一样巨大和沉重。之后的日子对沈志荣来说，便是如此。

从理论上讲，河蚌被插入细胞膜片后，细胞膜片慢慢"长大"，一直等到若干年后就完全成为人类期待的那种光泽艳丽的珍珠。然而这个过程，就像女人十月怀胎一样，到底是否怀上、胎儿是否健康等等，旁人并不知道，只有"母亲"河蚌知道，而它所怀的"宝宝"状况如何，与环境、与它的健康和营养等又有密切关系。所有这些，对当时的沈志荣他们来说，就像他们对女人如何怀孕生孩子的认识一样，可谓一无所知。

"手术成功不成功，这十几天了也该能看出点眉目。"沈志荣说。

几百只河蚌被一一从水中捞起，放在岸头。才十几天时间，当河蚌被堆放在一起时，沈志荣就感觉有些不对劲："啥味道呀，嗡臭嗡臭的！"他的话还没落地，王阿根拿起一只河蚌，悄悄一用力，那蚌嘴就裂开了，里面喷出一股异常难闻的嗡臭味。

"完了完了！肚子里全烂了！"王阿根用手指戳蚌肉，那变了色的蚌内体立即溅出一股发黑的脓水，差点溅到沈志荣的嘴角。

"怎么会是这个样呀？"那一瞬，沈志荣的脸色铁青，顺手一甩将王阿根搡到一边，自己扑到蚌堆上，开始检查每一只让他日夜牵挂的河蚌……这可是他的全部希望和企盼呀！

"怎么会……怎么会……"望着眼前一大堆不是长脓就是已经腐烂发臭的河蚌，两行泪水顿时挂在了沈志荣的脸颊上。他双手抓着岸头的泥巴，想痛哭一场，可哭不出来；他想大喊一声，嗓子口又像堵了一团棉絮。

"那种失败的滋味不好受，我能记得一辈子。"沈志荣现在这样回忆当年的那场痛苦的失败。后来他才慢慢明白：原来天气太热的时候，是不宜对河蚌进行"手术"的，一般气温在20℃左右是给河蚌植入细胞膜的最佳时间，气温过冷过热都不宜。

"志荣，还有二十来只是活的！"绝望之时的沈志荣听到王阿根这么说，好像捡了一根救命稻草。他赶紧把这二十几只河蚌像抱婴儿似的搂在怀中，回头对吕荣夫和王阿根说："快挑两个最好的竹篓，赶紧再把它们放回河里。"

"行行！"于是三个人手忙脚乱地重新将这仅存的二十几只河蚌小心翼翼地放入河水之中。

将河蚌安顿完毕后，沈志荣的心却更加被这些河蚌牵缠着，而且一直牵缠了1000多天。不过这回他像即将从硬壳中蜕变出的雄鹰一样，不飞则已，一飞冲天。

还是1967年那个年份，但季节不一样了，满地飘香的桂花已经不见，嗖嗖刮来的北风一两个夜晚会把绿油油的青菜叶打得垂头丧气。农家人知道，这是冬天快要到了。水稻田已经被翻耕，麦种撒到地里，棉花已快摘得差不多了。就在这个时候，捞守了三个多月的沈志荣实在等不及了，一天下工前，他叫住吕荣夫和王阿根，说："明早我们再把那些河蚌捞起来看看。"

第二天，放置二十几只河蚌的两只竹篓被拖到了河边的岸头。

"开始吧！"沈志荣拿起一把剖刀，交给吕荣夫，但对方没有接，又转交给王阿根，对方更是直往后退，并连声说："还是你来！你动手。"

沈志荣其实并不想亲自动手，他真有些怕再次看到他不想看到的局面。可两个伙计不愿动手，所以只能自己干了。"那就我来吧！"

沈志荣说着就稳了稳刀子，然后抓起一只色相比较鲜活的母蚌，对准蚌嘴，不轻不重地"咔嚓"一刀勒下。就在这一刻，目不转睛的沈志荣眼前突然被一道闪电般的光亮耀了一下。

"哎哟！"沈志荣下意识地轻叫了一声。

"怎么啦？"

一旁的王阿根和吕荣夫都被吓了一跳。沈志荣闭了闭眼，双手依然保持着剖蚌的动作，而后再度睁开双眼，瞅了一眼手中的河蚌，对两个伙计说："我看到里面有一道光似的刺着我眼睛了。"

"啥光？"王阿根吓得直跺双脚问道。

吕荣夫则在一旁张大嘴巴大笑起来，道："可能就是珍珠吧？"

"是珍珠吗？"王阿根一听，大叫起来，想从沈志荣手中抢过河蚌，但被沈志荣一把拦住："急啥？"

吕荣夫和王阿根轻手轻脚地围在沈志荣身边，四目集中聚焦在沈志荣手中的那个蚌壳缝隙间。"看到了吗？里面……那发亮的地方，有点淡黄的白……"沈志荣一边轻轻地扒开蚌嘴，尽量把它有限度地扒大一点儿，又极其小心地怕刺疼了母蚌，一边喃喃地告诉伙伴，"看清楚了吗？里面，是珍珠吧！"

"看见了！是珍珠！是珍珠啊！"两个伙计连声高呼。

沈志荣随即将刀抽出，更是兴奋地说："你们都看到了吧！那肯定就是我们种的珍珠！"

"来来，再剖一只，我要看看我们的培育是不是真正的成功了！"沈志荣随手捡起另一只母蚌，"卡嘶"轻轻一刀下去，河蚌的嘴再次被剖开一条缝隙……"看到了！看到了！这个蚌里也有亮光！也有珍珠啦！"

这一现实让三个德清小伙子彻底地疯狂了！他们相互拥抱，互相捶拳，然后打滚在一起，又喊又叫。

此刻的沈志荣他们，只有一个梦想：就是希望珍珠快快长成。然而珍珠的孕育期是一千天，要比"十月怀胎"的人长出两三倍。做事讲究实在的沈志荣在有过一次"苦头"的教训之后，心里明白，自己的人工培植珍珠的路还长着，能不能在两三年之后从蚌里正式取出正儿八经的珍珠来，不是一天两天的事，上千天的时间里，谁能说得准不出现旯旯旮旮的事？

"我们还是保密为好,你们也要做到啊!"沈志荣对两位伙伴说。

但沈志荣他们干的活不是在实验室,而是在露天的河面上,别说养珍珠这么大的事,就是某某家来个提亲的事儿,不出半天,整个队上的人差不多全知道了,更何况沈志荣他们搞珍珠搞出名堂了这般惊天动地的事!

先是渔场的领导听说这件事后,跑来问沈志荣有没有这事,沈志荣对自己的领导不能说谎,只能点头。"好小子,行啊!为我们渔场争光了!"渔场领导连蚌都没看,回头就向县里作了汇报。当县里再把这事传回到雷甸公社时,那可真是炸开锅:"渔场的几个小伙子育出了珍珠?这事我们怎么不知道?走走,去看看,是真是假,眼见为实嘛!"

"要派搞水产的技术员去,他们懂行。"一位主要领导特别吩咐道。于是几位水产技术员专门来到雷甸,找到沈志荣,说要亲眼看一看珍珠河蚌。

开始沈志荣不想让他们看,因为自从消息传出后,总有"领导"或"专家"嚷着非要他们撬开河蚌看个究竟。但沈志荣心疼呀:这河蚌虽不是人,但怀上珍珠的蚌跟怀孕的妇女差不多,你不能天天扒开肚皮去看胎盘吧!

不看我们哪知道你说的珍珠到底是真是假嘛!领导和专家往往会生气地回敬沈志荣。无奈,沈志荣只能给珍珠蚌"做手术"——每撬开一回蚌嘴,沈志荣就心疼一回:这样下去,二十几只母蚌用不了几天不就全部"报销"了嘛!

怎么办?沈志荣绞尽脑汁,才算想出了一个办法:要看也只能一批人凑到同一个时间看,每次有人想看时他把母蚌用开口器撑开一条细缝,尽量放在亮光下,那些想看的人必须站在同一个角度,眯一眼就能看得见蚌壳侧壁上长着的颗颗小珍珠……"是,是珍珠!看见了!看见了!"心满意足的领导与专家们个个都会高兴得手舞足蹈,直夸沈志荣他们了不起。

表扬和鼓励给了他巨大压力:母蚌里的珍珠苗苗并不意味着几年后就是可以收获的珍珠呀!要是之后的两三年时间里,河蚌出点啥毛病,珍珠成为泡影,咋向领导和渔场上的父老乡亲们交代嘛!从小吃尽人间苦难的沈志荣,最怕别人瞧不起自己,所以他十分清楚:如今雷甸培育出了珍珠的事名声在外,如果中途出了意外,自己还能在雷甸抬得起头吗?

想到这里,沈志荣的内心异常沉重。有办法救自己吗?他问母亲。母亲告诉他:"多学习,多请教呗。啥事都是人闯出来的,这里的祖宗叶金扬能够搞出佛像珍珠,也不是他生来就会的,也是慢慢摸索出来的呀!"母亲的话给了沈志荣极大启发,从此他把去杭州买书看作自己生活中的一件大事来安排：只要队上有活到杭州去，他抢着去，如果队上有农闲，他就往杭州城里跑，跑到城里的同一个地方——新华书店。

"那时在书店，一蹲下来就是几小时……凡是有用的书就买下背回家去。我就是靠书这位'老师'帮的忙，慢慢对养殖河蚌与培育珍珠技术有了些基础。"沈志荣回忆说。

1968年的春与夏，虽然沈志荣的珍珠蚌仍在水中宁静地度过它们的"孕育期"，但现实中的沈志荣却经历了人生几场惊涛骇浪。先是渔场和渔业专业队被改为雷甸水产大队，国营渔场与水产大队的根本区别，在于前者的员工是拿工资的，后者的社员是拿工分的，沈志荣的身份发生了质的变化，从工人变成了农民。1968年的秋季征兵开始，当农民的沈志荣认为自己必须"搏一搏"，跳出"农门"，结果报名、体检都成功了，但后来"政审"这一关没通过，最后是王阿根去了部队，吕荣夫走了当时很多人走的路——参加"革命工作"。当年一起入队、一起搞珍珠的水产大队仨青年，唯独留下沈志荣一人。

那些日子里，雷甸的人常常在傍晚时间，看到河边或漾岸头有个孤独的身影站在那里，有时一站就是几小时，他的目光盯着水面，脸上挂满了忧虑或麻木的表情。此人就是沈志荣。

"行人南北分征路，流水东西接御沟。"沈志荣那时并不知晓白居易的这句诗，但他内心的感受却如诗人所写的意境一样。

他的人生到了一个十字路口。命运不能假设，如果可以假设，也许那年沈志荣能够成为一名人民解放军士兵，他或许就成了军官，一生军旅；或许他也能参加"革命"去了，成为一名官员。但这两种命运的结果是，中国少了一位珍珠大王，中国和德清的珍珠事业也不会像今天这样为世界所瞩目。

"老天帮了我一个忙，让我留下来搞珍珠，要不是这样，今天的德清肯定不会有像现在一样名气很大的珍珠产业，中国也不会有欧诗漫。"沈志荣这样告诉我。

1968年的冬天格外异常，没有下雪。失去了两位伙伴相伴的水产大队的生活，让沈志荣感到特别孤独。水产大队相当一部分人也因为从"国营渔业工人"到"农民"的身份落差而心不安宁。这给当时的德清县领导造成很大压力。

怎么办？县领导专门开会研究对策，最后决定：发挥水产大队的自身优势，促进稳定。"雷甸不是搞珍珠养殖成功了吗？这可是个热门，让那个很有本事的小沈上来当师傅，把'河蚌育珠训练班'弄起来，搞热门了，全水产大队的日子不是好过了嘛！"县领导直接指姓点名，要沈志荣担当重任。

被冷落的沈志荣，突然感觉自己又一下像坐上了直升机，他心头百感交集：看来，我这辈子真要吃"人工培育珍珠"的饭了。

果不其然，德清"河蚌育珠训练班"开起后，靠几年前王子成师傅参加嘉兴珍珠培训班拿回的一把镊子、几根铜丝和三张油印纸，外加自己在杭州解放路新华书店买回的几本《水产养殖》书籍，沈志荣登上了讲坛，而且一讲就再也停不下来……开始是自己水产大队的人来听，后来是雷甸各生产大队的人来听，再后来是德清全县的技术人员来听，再再后来连杭州、嘉兴、绍兴，甚至江苏苏州、安徽芜湖那边的人也来听了。

"我们办班的时候，正好遇上了江南一带社队企业兴办初期，大家对因地制宜河蚌育珠兴致特别浓，但包括一些省、县专业科技人员也没有人真正有实际育珠的成功经验，我们雷甸就不一样，我们有成功的育珠标本放在大家的面前，所以信誉程度特别高，训练班也就格外红火。"沈志荣说。

然而，沈志荣心里清楚：光凭河里悬挂着的那二十几只母蚌的育珠标本，是不够的，哪一天让参加训练班的人都亲眼看到他育出的珍珠真货，这才叫"硬碰硬"呢！

盼啊盼，沈志荣一边给来自四面八方参加训练班的人讲课，一边盼着河里那二十几只蚌早点能产出珍珠。他表面上若无其事，内心却焦急万分地度过每一天、每一个月的分分秒秒。"那种煎熬是很难受的，闷的时候就想发阵子疯！"沈志荣日后这样说。

但在珍珠出世之前，有人曾多次催他把河里吊着的母蚌取上岸剖开取珠，他总坚定地摇头："还不到时候呢！"

后来，母亲悄悄对他说："那些河蚌有一千天了吧？"意思是可以看看了。"不行！万一没熟咋办？"他依然坚定地摇头。

再后来，是新婚的妻子细声细语地在枕头边吹着他耳朵说："瓜熟了是要及时摘的……"沈志荣掐了掐手指，若有所思："还应该有一个星期。"

一个星期过去了。再也没有谁催他，其实谁也不敢催他。但沈志荣自己却迫不及待了：那一天清晨，他特意换了件干净点的衣服，将自己的心境调整得十分庄严，然后迈着有力的步伐，走到河道边，登上小舢板，划到放置河蚌的那两只竹篓前，而后轻轻地将其拎起，再回到岸头，坐在那张桌前。

该是剖开河蚌看结果的时候了！也许是太专注的缘故，沈志荣并没有发现此刻他的身边已经围聚了不止一两个，而是10个、20个水产大队的人。他们都在等待与他们命运相关的一件大事：河蚌育珠是否成功？！

母蚌被一只又一只地剖开。所有人的目光与沈志荣的眼睛一样，紧紧地盯着那些被剖开的母蚌内侧……"啊，我看到光亮了！"一道白光闪出，沈志荣的身边，便腾起一片欢呼！

"啊，我看到珍珠啦！"又一道白光闪出，更高的一阵欢呼再起。

如此一轮又一轮的欢呼声，让剖蚌的沈志荣越剖越心潮澎湃、激动万分：是的，是珍珠！是的，是我想要的珍珠啊！

等到他将二十几只母蚌剖完时，全屋子的人都在跳啊，叫啊，甚至有的还在唱……

"你们看、你们都看到珍珠了吧……都看到了吗？"沈志荣也在叫，也在喊，他还在叫和喊之中，流着泪，哭出了声。

他一边擦着眼泪，一边擦着汗水，将头快要埋到河蚌堆里了——他在一颗一颗地数着那些刚从河蚌体内取出的珍珠粒：1、2、3……30、31……总共40颗啊！

呵，这40颗现在看起来也并不是太完美的珍珠，它们对沈志荣意义重大，对德清也意义重大，对中国同样意义重大，因为它的诞生，意味着沈志荣的人工育珠正式成功，也从此让德清的"珍珠之乡"有了最强有力的现实佐证——古有叶金扬、今有沈志荣，这两个"珍珠大王"，既是历史和现实的真实人物，又都诞生于德清，还有什么比这更能证明德清是名副其实的"珍珠之乡"！而沈志荣的成功，也意味着中国人工珍珠的辉煌历史正式开启。

1970年，沈志荣培育出这几十粒货真价实的珍珠，确实可以称得上是当代德清史上一个"惊天问世"的事件。

然而，成功培育出珍珠，并不意味着就永远可以生产和采撷源源不断的珍珠。因为要产珍珠，就必须有河蚌，而沈志荣告诉我，不是所有的河蚌都能产珠和育珠的，或者说，好珠一定也需要有位"好妈妈"才行。"鸡冠蚌和三角帆蚌是我们所选的育珠河蚌，特别是后一种三角帆蚌，它壳大、翼丰，呈扁平形，种珠产珠最多，所以它是最好的一种蚌，我特别喜欢它，但它很少。"沈志荣说。

现在，蚌当然也就成了"香饽饽"。这是沈志荣没有意料到的，于是雷甸和德清一带在20世纪70年代便出现了一阵"摸蚌"风潮。

雷甸还出现了第一批"夫妻摸蚌队"，他们划船到德清和德清之外的嘉兴、嘉善等河荡，一摸就是十天半个月才回乡一次。"那个时候天已凉了，十一月、十二月了，但是大家为了给珍珠养殖场多摸些蚌回来，还是坚持下水……确实精神可贵。"沈志荣对当年与自己一起创业的水产大队的"摸蚌队"有很深的感激之情。

就在沈志荣准备甩开膀子大干一场时，省上的专家队说也要到雷甸来进行"工农结合"，"共同研究河蚌育珍珠技术"。沈志荣一打听，来者是省淡水研究所的"河蚌研究"小组成员。

"人家是正儿八经的大专家！你得跟人家搞好关系哟。"刚刚生下第一个儿子的妻子在枕头边叮嘱沈志荣。

"那还用说！我是土八路出身，连小学都没上完，人家省城来的专家，我做梦拜他们为师都没机会呢！"沈志荣一把搂住妻子，笑声透出被窝——他是真高兴。因为土生土长的育珠人沈志荣虽然培育出了第一批珍珠，但还有许多问题他仍然"一知半解"，或者已知而不会"解释"。

天上掉馅饼的好事，给沈志荣遇上了。

专家到队的第一天，就给沈志荣上了深刻的一课："小沈啊，你那二十几只育出珠子的河蚌有记录吗？"

沈志荣瞪圆了两眼，一愣："啥记录？"

专家也愣了："你搞的育珠是科研工作，没有记录呀？"

沈志荣沉默，自愧。

专家叹了口气，像是喃喃自语："也不能怪谁呀，农民嘛！"随后，专家缓了一口气，变了一个语调，道："不管怎么说，是你小沈第一个把珍珠培育出来了！这就很不简单了。但按照我们搞科研的基本要求，二十几只河蚌培育出珍珠还不能说这项技术就成功了。我们还要对你以前的育珠技术和河蚌的整个生长期进行一一观察、分析，一直到总结出规律和经验来，所以现在开始我们要对你所有的育珠过程进行记录。"

沈志荣连连点头："好的呀！我们一定按照专家师傅们的要求严格落实好。"

专家来队上指导，沈志荣确实打心眼里认为是"百年一遇"的大好事。如果没有他们的指导，沈志荣也许到现在也不知道搞科学讲究"章法"，而没有"章法"和"规矩"的成果即使再伟大，或许就是上不了台面。"欧诗漫企业文化能有今天这个样，跟当初从专家那里学到的严谨的工作作风和科学规范的工作方法有着相当大的关系。"沈志荣毫不隐讳道。

但在如何育珠的科学征程上，专家和沈志荣又有那么多不同的见解与矛盾，这让身为一介农民的沈志荣十分尴尬和无奈：退，意味着前功尽弃；进，需要逆风而行，既要勇气，还要受人误解。

一度，沈志荣被推到了风口浪尖，甚至差点丧失继续育珠的事业。

问题出在如何给珍珠插种的技术问题上。培育淡水无核珍珠的常用方法，是将细胞切片移植到另一个河蚌的外套膜结缔组织内。可沈志荣看到这种方法形成的珍珠质量也不理想，于是提出了自己不同的看法。

"你有啥理论根据？"专家们的目光聚到沈志荣身上。因为专家们认为，珍珠的大小与质量好坏，取决于外表皮细胞片的厚薄，同时还与细胞片是长方形还是正方形有关。由此专家延伸出一个结论：河蚌的外套膜细胞皮层越薄越好，植入方形的外表皮，这样培育出的珍珠才会圆润粒大。

沈志荣眨了眨眼睛，摇摇头，又直了直脖子，说："反正我认为你们所说的珍珠要大就得放入方形切片没有道理，也没有啥科学依据！"

沈志荣心想：你们非得让我讲出"道道"，我本来就没啥"道道"，我只凭自己的经验和想法去闯一闯，而且就是要给你们（指专家）看一看！

大凡能干成大业的人，都是些有"想法"的人，而且通常都有比较强的个性。沈志荣属于这样的人，他一旦认准的路子，用他自己的话说，就是"几头牛都牵不回"。之后，沈志荣就不声不响地照着自己的想法开始了又一次"攻关"……

"这应该是1970年6月左右的事。我就开始按照我琢磨的想法试验起来，培育了一批珍珠。其实方法并不那么神秘，我是采用了笨办法：河蚌不是有两叶壁面嘛！我在一面蚌壁上的植珠办法用的是专家们所说的，另一面蚌壁上是用我自己的办法，这样不就可以检验出到底哪种方法更好嘛！所以我就用这种类比进行试验。但是哪种好，只能看结果。因此一直到了10月份，有一天我小心翼翼地剖开几只试验性的河蚌一看，心里就彻底踏实了，因为用我的方法培植出的珍珠比用专家们的方法培植出的珍珠，无论是个头、圆润程度还是质量、光泽等，都超过了。"沈志荣回忆说。

其实，沈志荣的方法也非"瞎弄"，从后来的成功实验获得的总结材料也证明他的那套"没有说出来的经验"亦充满了科学道理。他具体的操作方法是：把开口器插入育珠蚌的两壳之间，将双壳撑开到一定宽度，插入木塞加以固定，再用开口针在育珠蚌外套膜上横向开口。接着，便将从植片母贝外套膜切下的长方形细胞小片沿通道送入。切片既不能植入太深，也不能太浅：太深会拉大小片的距离，减少插片数量，影响质量；太浅了切片容易掉出，且容易沾污染物，形成污珠或乌珠。同时，也不能损伤母贝的内脏器官……如此这般地将每一道工序做得精细准确。

这是一次飞跃性的成功！那些曾经怀疑和说沈志荣"骄傲"的专家们听说沈志荣用自己的方法成功培育出了理想的珍珠后，赶紧来到雷甸看个究竟。

"小沈，你还真了不得呀！"这回专家们看着眼前"铁证如山"的好珍珠，便向沈志荣伸出大拇指。

"多剖些蚌，而且要把蚌壳打开，把幼珠计量。"专家说个"好"并没那么简单，他们要按照科学实验的程序，对沈志荣的育珠新方法进行一一检验，于是先后打开了30多只珠蚌，随后将这些蚌内的幼珠取出过秤计量，最后得出结论：沈志荣的育珠方法对头，可以推广试验面。

专家的意见就是管用。浙江省有关部门立即发文通报，要求正在开展人工育珠的单位马上纠正以前的做法，重新推广沈志荣的新方法。"通报"文件也到了德清和雷甸，立即引起上上下下的热议。"小沈"的知名度又一下上了"屋檐"。"你这'无法无天'还真弄出名堂了啊！恭喜恭喜！"水产大队的支书脸上堆满了笑容，跑到沈志荣面前，连声夸奖，随后又说，"小沈啊，以后育珠的事上，你只要说一声，我们全听你的。你想怎么干，队里全力支持！"

"哎！"沈志荣笑得满脸灿烂——这回他是真开心！

此时的沈志荣，也不再是以往那个成天低着头、埋头琢磨事的"小沈"了，放在他面前的已经是个无限广阔的天地。然而，天广地阔，也让沈志荣有些不知所措：搞人工培育珍珠，有了些方向，但一旦想"甩开手"来大干一场时，却发现根本不太可能。为什么？

"哪有那么多蚌嘛！"沈志荣说。

江南水乡，到处是江河湖泊、漾塘水溪，育珠之蚌还不够？

"不够！开始规模性人工培育珍珠后，母蚌差远去了！"沈志荣说，"而且当时以我们人工培育珍珠的技术水平，大约一千只河蚌才能育出一斤珍珠。别看我们是江南水乡，水面也很多，但在水产品中，蚌类都是野生的，所以数量并不多，如果摸蚌的窍门掌握得差一点的人，一天其实摸不到多少只蚌。这么一算，你想想看：如果我们想培育一斤珍珠出来，得花多少劳力成本？尽管那时劳动成本不太讲究，但要想把人工珍珠培育做大，用现在的话来说，形成一个靠它来脱贫致富的产业，实在太遥远了！"

有育珠技术，却没有那么多母蚌，等于"无米之炊"。沈志荣急得直跺脚：这、这怎么弄嘛！

"发动全队劳力，有水性的都去摸蚌！"大队支书亲自动员和发话了。

于是水产大队的干部、社员，男女老少，能出动的都出动了。但效果完全不是沈志荣所想要的，因为大伙儿费尽力气才摸到了区区几千只河蚌，会计一算成本，死活跟支书嚷嚷：沈志荣他搞的名堂没法"名堂"，干死大家也挣不了几个钱，还不如在家养鱼捉蟹。

"队上尽力了，小沈啊，你看看怎么弄嘛！"支书为难地盯着沈志荣问。

沈志荣看着那么点儿河蚌，而且还有许多是不能做育珠蚌的，无奈摇摇头，长叹了一声，回应支书："看来靠摸蚌是不行的，得自己想法把蚌先培育出来。"

"育蚌……你行吗？"一双怀疑的眼睛又盯住了沈志荣。

"不行也得试试呀！要不育珠的事干不始终，也做不大。"沈志荣回答。

"那还是那句话：你只要成功，队上绝对放手让你去做。"支书拍着胸脯说。

"谢谢支书支持。"沈志荣真心感激队领导的这份心，然而他却把自己逼到了一条"不归之路"：如果能把蚌种培育成功，那他就可以继续他的人工珍珠培育大业；倘若育蚌失败，沈志荣也就再无酬志之处！

怎么办？育珠之路刚刚起步，前面却又竖起一座更高的育蚌之峰需要他去攀登……

沈志荣琢磨的是：欲想获好珠，必先育好蚌。无蚌说珠，等于篮子揽月，一场空。沈志荣又想：世界万物，有些道理是一样的，比如健康美丽的女人，生出的儿女肯定也是活泼健壮又可爱的好娃娃。据此理，珍珠母蚌必须找那种能产好珠、产大珠之蚌。什么样的蚌产的珠又多又好？鸡冠蚌和三角蚌。而这两种河蚌中，后者又更胜一筹。

亘古至今，世界上有一个规律从没改变过：好的，总稀贵。河蚌也一样。鸡冠蚌的培育，沈志荣没有用多少时间就弄成功了。可人工养殖三角蚌却费了他大力——整整六个春秋！

沈志荣所说的"三角蚌"，学名叫"三角帆蚌"，英文名：Hyriopsis cumingii。它是淡水双壳类河蚌，分布于湖南、湖北、安徽、江苏、浙江、江西等省。这种河蚌壳大而扁平，壳面黑色或棕褐色，厚而坚硬，长近20厘米，后背缘向上伸出一帆状后翼，使蚌形呈三角状。后背脊有数条由结节突起组成的斜行粗肋。珍珠层厚，光泽强，所以沈志荣在前期的人工珍珠培育中发现，三角帆蚌培育出的珍珠不仅个头大，且光泽异常之美，为其他河蚌所不及。

但是，沈志荣发现，这种珍珠母蚌在他家乡雷甸和德清一带的江湖里却并不太多。因为不多，就必须人工繁殖，方可满足人工培育珍珠之需要。

当沈志荣认定必须攻克人工养殖三角蚌后，那段时间里，他完全痴迷于三角蚌的所有知识和生长特性之中。一次又一次跑杭州的新华书店且不用多说，最主要的是他想弄明白三角蚌的生长特点和生长环境。他发现：三角蚌的栖息地很独特，不在普通的湖塘之中，即使有，也极少，都是湖塘的出水口或过水口，一般漾内或湖塘泥水里就很少。后来，沈志荣光着身子一次次扎进离雷甸不远的大运河里"摸蚌"，竟然获得意外发现。

原来三角蚌是一种非常讲究生长环境的贝类水生物，它虽喜欢栖息于泥水之中，但绝对不愿意与污泥和脏臭杂物为伍，可以说是位"水中贵妇"。为了寻找这样的"水中贵妇"，沈志荣无数次扎猛子潜到数米深的大运河滩底，寻觅她的踪影。

"找到了！而且很让人意外和惊喜。因为三角蚌一般既不在水流湍急的地方，也不在死潭静水之处，而是在一些湍急拐弯与盘旋的地方。那些地方的水流既干净，又有小生物停栖，所以三角蚌在那里既能生存，又能摄物，同时又保持它的贵族气质。它们通常五六只一窝地聚集在一起，不单居。"沈志荣告诉我三角蚌的生存规律，听来十分有趣。

这一发现非常重要，给梦想进行人工繁殖三角蚌的沈志荣提供了可贵的第一手资料。然而这仅仅是第一步，他还要更加细微地去了解三角蚌为何愿意生活在这样的地方等等复杂的问题。于是很快沈志荣又发现，原来三角蚌作为被动摄食的动物，它必须借外界进入体内的水流所带来的食物为营养，其食性主要以小型浮游生物为主，也滤食细小的动植物碎屑，这样的水域径流处，恰好能够满足它的这种需求。

生长的规律摸清后，沈志荣还要弄明白三角蚌生殖与发育的过程，而这是人工繁殖生物最关键的环节。沈志荣借助于书本知识和通过相当长一段时间的亲自潜水观察，他了解到三角蚌这位"水生贵妇"的生殖与繁殖规律：每年 4～5 月，当天气晴暖，水温稳定在 18℃ 左右时，成熟的雌雄蚌生殖腺，便慢慢地变得饱满、成熟。雌蚌的生殖腺由淡黄色变成橘黄色，表明性腺成熟，受精孔紧贴于卵膜，遇精子即受精。一只雌性三角帆蚌怀卵量达 40～50 万粒。母蚌的生殖腺逐次成熟，有多次排卵的习性。雌性三角帆蚌在繁殖季节排卵为 5～8 次。因此，在人工养殖蚌时，可多次采集钩介幼虫。母蚌的成熟卵经生殖孔排出附在外鳃瓣上，此时雄性成熟精子随水流从雌蚌的入水管进入外鳃瓣与卵子结合形成受精卵。那些受精的卵经过 1

个月左右的发育后，变成钩介幼虫从母蚌的体内排出，遇到鱼类后，利用其足丝和钩齿牢牢地抓住鱼体，在鱼身上寄生，根据温度的不同，需经7～15天后可发育成稚蚌，然后从鱼体脱落沉入水底，开始幼蚌的独立生长。

读到这里，你真以为你也能育蚌了？你以为就拥有了可以培育珍珠的河蚌——那个沈志荣看准的三角帆蚌了？错！天底下的事哪有这么简单。

"关键问题，是把书本上的知识，变成成功的实践并获得理想的结果，这个难度让我尝到了啥是科学，啥是科学成果……它们之间有时差之毫厘，可能谬以千里，真的是这样。"其实，沈志荣可以称为一名农业水产科学家，他在人工珍珠和河蚌养殖中的科学贡献并不亚于哪一位同行中的科学院士，只是有些人总喜欢戴着有色眼镜看待像我们这位从没有离开过那片带着水腥味的德清水乡的"珍珠人"而已。

如同最初培育出那40颗人工珍珠一样，沈志荣开始的人工繁殖三角帆蚌的所有方法，都很土，土得不能再土。

他先要摸来雌雄蚌，并且是看上去比较健康的蚌。这得潜到大运河底的那些三角蚌比较喜欢的地方去把它们摸上岸，然后好好养在竹箩里，等待雌蚌受孕。那些日子里，沈志荣的心思急切而焦虑，因为河蚌的受孕过程并非轰轰烈烈，相反是在潺潺流水中完成的……而且其微妙和奇妙之处，人用肉眼不易看到，因此也无法去感受雌雄蚌之间那传宗接代的伟大过程。

连摘星星的胆识和勇气都具备的沈志荣，此时在面对小小的、十分温和而不动声色的雌雄河蚌之间的这种交媾与受精过程时，他变得无能为力。"只得顺其自然。"沈志荣笑言自己在雌雄蚌的"幸福时刻"的心境。是的，既然河蚌是大自然界的生殖繁荣之物，顺其自然是对它们最好的保护。

孟子曰："尽其心者，知其性也。知其性者，则知天矣。存其心，养其性，所以事天也。"意思是说，人的一生欲想干成大事，必须顺其天意，此处"天意"，孟子的话，其实在很大程度上讲的是人做事需要按照自然规律办事，顺应大自然。沈志荣并没有读过孟子的书，但他从小从奶奶和母亲那里获知了一些做人的基本道理：天底下的有些事情不能"扭着脖子"干，否则只能越来越糟糕。

但任何一项科学发现和科学实验又几乎都是前人没有做过的事。大自然的环境与室内的实验环境有很大不同。比如沈志荣摸索到了三角帆蚌的生活规律是离不开活水。可仅凭活水，三角蚌也不会自生自灭，活水仅仅是它的生活环境的要素之一。它喜欢栖息在有泥土的河床坑洼里，这是沈志荣一次次潜入运河底在三角蚌栖息处发现的"秘密"。既然三角蚌喜欢在一定的河床坑洼里生活，那泥沙沉积物的土壤里是否有特殊微生物令河蚌格外喜欢呢？

"扑通！"又是一个猛子扎到河床底，沈志荣再次潜入三角蚌栖息处，抓起一撮泥巴，然后跑到杭州的省农业科学院土壤研究所，请专家化验。结果：土壤与三角河蚌生活栖息环境没有实质性的关联。这是怎么回事？沈志荣有些崩溃。

但沈志荣在这些"未知数"面前并没有退缩和萎靡，因为凭他"渔民"出身的经验认定：无论何种珍珠母蚌，有些生活条件是必需的。比如活水，活水就能让像三角帆蚌这样的"水中贵族"保持一种生长的"优越性"，同时还必须有相对养尊处优的微生物的保证，即水可流动，但也不能太清，污秽积朽是绝对不能有的，因为有臭味的泥水里，绝对滋润不出高贵的珍珠。

似乎有许多现象是矛盾的：三角蚌的生活习性既要保持流动的水环境，同时又要必需的小生物流经到它的身边以供它"就餐"。人工繁殖幼三角蚌，这些问题的解决是当务之急。于是沈志荣琢磨给"怀孕"的母三角蚌寻找合适的孕期、产卵及幼卵生长的"温床"——一只只用竹网编织成的网箱，它既让水流动，又能让母蚌放置在其中不"逃走"，同时还能让沈志荣随时观察其变化，包括为其送"食"。但还让沈志荣绞尽脑汁的是，到底在什么情况下能保证幼蚌有个良好的生长环境，或者说他所想象的设计环境与大自然的环境如何能达到一致，从而让那些万千幼蚌健康成长？

这一难题让沈志荣苦苦思索，他想了许多办法。"因为我们当时是在最原始的条件下进行的人工繁殖河蚌，一只母蚌能够产下几万粒幼卵，也就是有几万、几十万只靠肉眼根本看不见的小幼蚌产出来后，你得让其活下来，而后再慢慢养大。这过程比我女人生孩子还要复杂不知多少倍！而我们完全是在几个竹网箱里来完成，没有最起码的显微镜，只有一根水银温度计，其他的全凭渔民的经验与感觉，所以在这种情形下进行河蚌的人工繁殖，最初的现场你根本猜不出会是什么结果！"

上面已经说到，从蚌卵即钩介幼虫变成幼蚌的过程很奇特，它必须依附在其他鱼的鳃上才能成活，而且附着在什么样的鱼的鳃上也特别讲究。因为太大的鱼，它游弋活动的时候动作太大又猛烈，母蚌那弱小的钩介幼虫无法依附其身，会消失殆尽在"茫茫水海"之中而死亡。体弱幼小的钩介幼虫也不能依附在青鱼这样的鱼身上，因为青鱼平时的主要生活区在深水之中，那里的温度偏低，柔弱的钩介幼虫又经不起低温折磨。"所以我们选择了性情比较温和的鲢鱼，而且是幼鲢，钩介幼虫适合寄生于这种小鲢鱼的鳃角上。"沈志荣说。

说得简单，然而是否能让看不见、摸不着的万千钩介幼虫准确无误地落附在小鲢鱼鳃上，这得看沈志荣的运气了。

这一幕惊心动魄的幼蚌生命的"诞生大片"是在一个特别简陋的渔业大队的仓库里完成的——但它又几乎静得还不如闹钟走针的声响大。这惊心动魄的"大片"其实只是在沈志荣的心里才有如此波澜壮阔的情形……在那间除了水温确保20℃左右，没有空调、没有低温设备的渔业大队的仓库内，沈志荣在里面忙碌得每天都是一身汗水。

现在他要解决两个难题：一是那些依附在鱼鳃上的小幼蚌到底会飘落到哪种水域环境中，这对大面积人工育蚌至关重要；二是从大自然的江河到竹网箱的小容器，鱼儿、蚌儿的生长环境中不可或缺的一样东西，那便是这些水生物所需的氧气。流动的江水中有足够供鱼蚌呼吸的氧气，然而沈志荣把鱼苗蚌苗放进仓库内的竹箱容器内，便缺了这必备的氧气。两个关键问题需要沈志荣解决。不解决，就别"玩"人工养蚌育珠大业。

我们先说后面一个解决氧气的问题。这样的问题如果按现在的社会发展技术条件来看，小学生听了这般事也会笑出声。但在五十多年前沈志荣年轻时的那个年代，尤其是在他生活的农村，给水生物解决缺氧的问题还真一时难倒了他。

"这个并不复杂，你只要用两口缸，一口大的，一口小的，大的缸里盛满水后，用一根细管往小的缸里灌流，便在那口小缸里产生氧气了！"沈志荣专门去了一趟杭州，向省农科院专家请教了一番，便明白了"制氧"的土办法。

氧气问题解决之后，沈志荣关注的是附着在鱼鳃上的小幼蚌到底会飘落在何种条件下的"地"。这又是沈志荣关注的一个根本点。因为前面已经讲到，三角蚌的栖息地与其他河蚌不太一样，作为"水中贵族"的三角蚌，极其稀少，就是因它的生存环境非同一般，不是所有的地方都适合于它幼年时期的生长。所以沈志荣特意在放置了已附上钩介幼虫的小鱼的容器内，分别安设了6块不同条件的小方格，它们有的是放上了泥沙，有的则什么都没放，有的则放了桑树与泥土的混合物。

"最后发现，那些什么都没放的薄土层上反而有36只小河蚌苗，其他的都没有。这证明，小三角幼蚌适合在无土无泥无杂物的环境下生存。"一个多月后，沈志荣终于找到了一种适合于小三角幼蚌的生存环境。这一发现，对人工培育河蚌具有关键性意义，沈志荣为此兴奋不已。

这 36 只三角蚌幼苗，对沈志荣来说，意义非凡。"从现在开始，我们要成批培育小蚌了！大家一定要严格按照我说的去做，不能有半点马虎。"1975 年，沈志荣开始放手大干了，他一共做了 6 只网箱，按照上面的培育方法，将数万只小幼蚌放入其中进行培育。

"结果那些小幼蚌长得非常快，而且十分有趣……"沈志荣给我描述道，"开始用肉眼是看不到它们的，等稍稍长大一点后就可以看得见它们是啥样了。我们就一天一天地看它长大，等长到指甲板那么大的时候，就不能再放在原来的网箱里了，必须放到江河中去。但马上又来麻烦了……你问啥麻烦？麻烦太大了！"沈志荣瞪着一对有神的大眼睛跟我说，看得出，那神情里藏着万千奇妙的育蚌秘密。

"你可不知，那几万只小蚌苗苗有意思极了，它们都在拼命地争着长大……但有一天我突然发现坏事了！"沈志荣像讲一个传奇故事似的给我比画道，"大千世界里，小小生物之间也有残酷的厮杀：我们的几万只小幼蚌遇到了一群小螃蟹！它们要吃小幼蚌，而且一吃起来，就是吃掉一大片！"

"这怎么办？"我跟着紧张起来，好像是发生了世界大战一般。

"我们赶紧把放置小幼蚌的网箱往上拉……可小螃蟹也厉害，它们也往上爬，然后再通吃一遍！"沈志荣长叹一声，如拿破仑遇上了一次滑铁卢战役。

"其实后来我们还是留下了第一批蚌苗多达 8 万只，可以说都是从小螃蟹嘴里抢回来的！"沈志荣说。

这是 1975 年的事。1975 年沈志荣已经成功地实现了人工培育三角蚌。第二年的 1976 年，他培育的人工小三角蚌多达 200 万只，一跃成为全国第一名。其实这个数量也超过了当时的日本，只是当时沈志荣还并不知道，那时国门尚未打开。最让沈志荣激动的是他和几位村上的人挑着装满珍珠的担子，第一次到上海卖珍珠，一下给水产大队拿回了几十万元的现金。"那回全队人高兴得都要跳起来！"沈志荣说。

那会儿，别说雷甸大队，就是德清县的领导也很少人见过那么多现金！

沈志荣的"珍珠人生"后来便是一次又一次地"放卫星"——给他自己也给德清创造了一个又一个的时代精彩篇章。比如他把整个德清的珍珠产业推到全国第一，让许多只知莫干山不知德清的亿万人从此知道了德清；又把中国珍珠产业推到了世界第一，让"邻居"的日本国大为尴尬并由衷产生敬意。他在转制中力挽狂澜、泪洒故土的心路历程，正是中国农民从农耕生产方式蜕变到现代化市场经济的"千年跨越"那般酸苦甜辣。他所创造的著名品牌和集团企业"欧诗漫"成为德清第一个上市公司，该公司至今仍然是全国珍珠行业中的龙头"老大"。他一生为中国的珍珠和德清创造了多少个"第一"？

"真数不太清！"沈志荣又一次谦逊地笑了。

新冠疫情发生前后，我曾两次去见过沈志荣和到他的欧诗漫总部，看到的景象依然是热火朝天、生意兴隆。"七十古来稀"的沈志荣依然挺着直直的身板，走路"嗖嗖"生风，犹如小伙子一般。

"我们德清人都是这个样！"在我向他讨教"奥秘"时，沈志荣笑眯眯地说了这样一句话。

我今天所看到的欧诗漫也非30年前初创时的那个样，它强大到已经有了自己的珍珠产品和产业与销售市场的专业科学研究院；人工养蚌育珠的他们现在每月要推出数个纳米新产品和时尚的新款式；一颗硕大且全天候闪闪发光的珍珠与欧诗漫也早已成为德清的"名片"……

是呵，沈志荣身上所体现的创业精神、敢闯精神、务实精神和追求完美、永无止境的精神，就是德清精神最具体、最生动的实例。

"中国珍珠王"因此受到德清自己人和全国同行乃至世界同行的赞赏。

从一颗珠子上，我们也看到了整个德清人的光彩与光芒。

十八 邂逅你是风华与浪漫，是幸福与向往……

　　人的一生其实很短，在贫穷落后的时候，人类连生存的权利都无可选择。当人们开始富裕的时候，人类有了迁徙的选择和游乐他乡的欲望，甚至从地球的这边到达了另一边……到了今天，人类为了更好、更安全、更永久地生存，竟然将理想化成了某种现实——开始飞向和探索遥不可及的星空和宇宙之外的地方。

　　也可以这样认为，人类的生存史，就是一部不断寻求更好生存、更好活着、更美心境、更多幸福的求索史。难道不是这样吗？

　　追求更好、更多、更完美，是人之欲望和理想所在。对此我们无可非议。

　　然而对同时活在这个地球上的人来说，绝大多数人仍是极不平等的，因为他们实际上是没有生存的选择权，或者他们生来就在那块地方，"命里注定"了他们无法改变自己的出生地与国籍。连水都没有的非洲干旱大地上的人完全可以搬到水乡泽国去生活，但因穷而无法背井离乡，所以他们的子子孙孙一直生活在干渴的非洲大地上。大山深处里生活着的那些人，几千年甚至几万年来，他们一代又一代地蜗居在崇山峻岭里，不愿意搬迁到一马平川的丰饶之地，只是为了遵守先辈们的遗愿——传承血脉的家园真的如此重要吗？

　　但有一点可以肯定，即使世界开放到不能再开放的程度，即使全球各个国家都很富裕，人类肯定依然还不能像长江与黄河那样的水流一样，从源头流淌出后，再无回头，不依恋那曾经的起点地，否则"民族""国家"可能就会消失。到底到什么时候能够这样，目前我们看不到这种远景。

　　人类依然遵守着"生存地"和"国籍"的原则。似乎再幸福与富足的人都没有放弃"家园"与"国籍"这两个其实并不具有生命意义的人生烙印。

那么，人类依然有了一个值得我们思考和关切的问题：你活在哪个地方，那个地方的富与穷、美与丑，将与你的人生和生命有着密切关联。用中国的老话说，"命中注定"多么重要啊！

从历史的坐标看德清，站在这块土地上，再展望和寻思这里的人们，我内心常常发出感叹：生活在这里的人们是多么幸运！因为德清本来就是一块丰饶和美丽的土地，山是那么雄伟与峻峭，又常年披着郁郁葱葱、生机盎然的绿袍，它会给你送来拂面的清风与爽朗的晴空，即使蒙蒙细雨的季节，你也能感觉浑身的清朗与舒适；德清那些流动的水，就像你生命中的血液，它滋养着你的心灵，它激荡着你的情怀，它催发着你对新事物的欲望，也抚摸着你可能会躁动的灵魂与思想，并让你沉浸于宁静中获得思考与新的收获……其实德清的"灵光"和"福气"，远不在自然的山与水，还有无法搬走的地理位置——与"天堂"相邻，你就是"天堂"的一部分，甚至泛动着更多的"天堂"之气。

"天堂"为何物？杭州？苏州？那是古时的中国人追求美好与幸福生活之地，是理想生活的参照物，是精神家园的存放地。今天的人们，还沉浸于古人的那种"美好与幸福"的概念？显然远非如此。今天的人们，既想享受城市生活的舒适感，又渴望自由、自然、自信、自乐的环境，那么德清就成了最佳的新天堂的理想之地——杭州人、上海人、苏州人、南京人甚至遥远的外国人跑到莫干山、下渚湖，难道不是为了这些？你看看"洋家乐""农家乐"里走来的"老外"和"阿拉"对德清的那份喜欢与痴迷，就说明了"人间天堂"的全部含义了！

自由、理想与幸福、快乐之地——今人对"天堂"的诠释。

所以他们乐此不疲地到处寻找这样的地方……最后许多人选择了德清，而且也不再游异国他乡。"裸心堡"的高天成和莫干溪谷项目的老板——融创集团孙宏斌都属于这样的人，还有"万鸟归巢"的三林村树林里的那些成千上万的白鹭鸟，他们和它们都是认准了德清，还有与我一样正在被吸引和迷恋上的人与不知其名的它们，甚至是马云的阿里巴巴团队、联合国地理信息专家队伍等。

一群一群，一群更比一群壮大与宏大的队伍正在向德清走来……

呵，这已经是一种抑制不住的时代潮、风向标和人心之流！

为什么？我一直在寻找这个问题的答案。

于是我向两种人员进行了求证：一是本地人，二是来这里生活与工作的新德清人。

祖根就在德清的本地人，犹如平地上崛起的莫干山，是搬不走的那道景……

新来德清生活和工作的人,他们如下渚湖面上吹拂而过或停留在湖面上空雷鸣电闪、阳光雨露的风……

这样的"景"与"风",组成了德清的风景。

德清的本地人深情而开心地告诉我:他们为生在这块土地上而自豪、而骄傲,因为凭借他们自己的能力和想象,都极有限,"党和政府才是我们幸福生活的引路人","我们想啥就有啥,我们没想到的事,党和政府都想到了;我们想不到、干不成的事,党和政府也全都送了上来。一项改革,就像一盆黄金;一个'智慧大脑',就是一个'诸葛亮'。我们要啥有啥。生活在德清,就像畅游在满塘清澈之水中的鱼,感受到的是源远流长的幸福与每天都能看得见、摸得着的收获……"

那些悠悠然、乐滋滋的新德清人则这样动情和幽默地告诉我:当曾经漂流四海的他们来到德清后,突然感觉以前所有的"苦旅"真的是苦,"早知德清,何必远游?"这是他们的共识。但他们又说:没有"苦旅",何来德清?而这,正是一批优秀的共产党人按照习近平总书记要求的"以人民为中心"的政德之道,创造和营造了一方福地所给予人们的心悦与恩赐。

相信那些或近道而来,或远道而来的旅游者到了德清,多数会选择莫干山山脚和半山上的"裸心谷""裸心堡",因为那些会让你在大自然的包围与簇拥下,"傻傻"地放松心情、放飞心灵。如果你是个想在德清安居乐业者,你一定更愿意选择"莫干溪谷"。融创的孙宏斌,开发的房地产项目遍布全国各地,然而他独钟爱德清的"莫干溪谷"项目。

"这里最适合营建一座陶渊明心目中的'世外桃源'……只有德清这样的地方才有可能建设成中国人心目中的当代'世外桃源'。"当有人问具有传奇经历的孙宏斌为什么选择德清时,他搬出了自己人生前20多年坎坷中总结出的一段话,"人原本生活得很好,原本可以不冒险,但因为选择了梦想,所以会朝着这个梦想而不惜一切地往前走,直到实现一个又一个梦想,梦想之后又是一个又一个的新梦想……这一点,德清人与我很像,所以融创要把莫干溪谷建成具有一切现代化条件的'世外桃源'。"孙宏斌这样定位和精心建造了"莫干溪谷"。

如果让我说句心里话,那么我真的特别想在"莫干溪谷"停下来、留下来和居下来,直到生命结束那一刻,甚至将生命之后的无限时间全都交于此地。不为别的,只为在这里能吹到山里的清风,闻到水田里的稻香,吃到宅基前后的新笋与滴着露珠的菜叶,以及看到"叽叽喳喳"的飞鸟和莫干山流淌过来的甘泉,还有应有尽有的林

十八 邂逅你是风华与浪漫,是幸福与向往…… | 231

莫干溪谷

中游乐场、露天健身跑道、十几分钟便能抵达的"三甲医院"、连锁的大型超市……当然,最重要的是,人留莫干溪谷,我们可以放弃和消除原本积存在心胸的所有忧愁与烦恼,一切变得自由、自然、轻松、愉悦。经历风雨后,人所遇见的"彩虹",不就是这嘛!

我在莫干溪谷参加过"敬农节",还在这里参加了中国农民第一个"丰收节",那现场的"农味""田味""耕味"和"甘味",让我陶醉了许久、许久。而在德清这样的邂逅有很多,每一次有意或无意的邂逅,都会让我的心深深地被"留"住并一次又一次地生出无数"德清遐想"。

比如在莫干山镇上的老火车站,能够连接从杭州或上海开来的高铁。

比如在雷甸的"通用航空"机场上迎接飞自东京、纽约、伦敦的大飞机。

比如在"东南门户"的禹越和新市,开设调度沪杭两市甚至整个长三角物资供应的"物流中心"。

比如在下渚湖与百亩漾,建立中国水文化游乐与学术并举的"水天地"。

比如在"地理信息小镇"建一座"联合国地理信息大脑"……

"不是'比如'了,作家先生!"有一天我在德清畅想未来时,现场的德清朋友兴奋地凑到我的面前告知,"你所说的这些已经不再是畅想和梦想了,它们有的已经在我们德清未来的版图与规划之中了。比如你说的在'地理信息小镇'建联合国地理信息'大脑',习近平总书记在刚刚召开的第七十五届联合国大会一般性辩论会上已经承诺,将在中国设立联合国全球地理信息知识与创新中心和可持续发展大数据国际研究中心,我们德清将荣幸地成为这个'中心'的所在地。"

近来,德清又成功入选第六届全国文明城市,测评总成绩位列全国县级市(县)第一名。这是对德清社会治理能力和治理水平的又一次肯定。

呵,我能说什么呢?我只能告诉他,这就是我感受到的德清,它已经进入处处风华、时时浪漫的时代和境界。我知道它还将会有不尽的风华和浪漫,因为这片土地上的执政者以越来越成熟的理政才能和开拓创新精神,怀揣以人民为中心的理念,让执政之德,缓缓流淌于思想、行动和血脉之中,融为一种自觉的、停不下来的、臻于完美和更高远境界的意识和行动。正是这股源源不断、温暖如春、普惠于民的执政之德的清流,让德清越来越充满生机、越来越充满朝气、越来越美丽和高贵起来,成为杭嘉湖平原、长三角一带,乃至全国巍然耸立起的"新莫干山"。

这是中国当下和未来所需的改造和治理新形态的社会模式。

这正是中国特色社会主义制度下一个地方或者一个地区的全域发展的新样本。

德清，德如清清之水，长流不息，滋润大地，温暖民心……

德清，与你邂逅，是我们的愿望，是国家和民族的福分。

2020 年秋完稿于上海、北京

出版统筹：林青松
责任编辑：程　禾
文字编辑：姚　璞
版式设计：秦逸云
封面设计：壹图设计
责任校对：高余朵　王君美
责任印制：汪立峰

摄　　影（以姓氏笔画排序）：
　　　　　王　正　王昆远　王树成　朱　伟　孙建华　吴文贤
　　　　　张　梁　陆　瑾　陈　晖　林　陌　周祖辉　俞大庆
　　　　　姚　璞　姚海翔　徐敏曙　谢尚国　虞国强　蔡　俊

图书在版编目（CIP）数据

德清清地流 / 何建明著. -- 杭州：浙江摄影出版社，2020.12
　ISBN 978-7-5514-3075-3

Ⅰ.①德… Ⅱ.①何… Ⅲ.①报告文学－中国－当代 Ⅳ.①I25

中国版本图书馆CIP数据核字(2020)第223009号

DE QINGQING DE LIU

德清清地流

何建明　著

全国百佳图书出版单位
浙江摄影出版社出版发行
　　地址：杭州市体育场路347号
　　邮编：310006
　　电话：0571-85151082
　　网址：www.photo.zjcb.com
制版：浙江新华图文制作有限公司
印刷：浙江兴发印务有限公司
开本：710mm×1000mm　1/16
印张：16
2020年12月第1版　2020年12月第1次印刷
ISBN 978-7-5514-3075-3
定价：58.00元